Mellan is och aska

MIKAELA NYKVIST

Roman

Runsorina Books
Runsorserien del 3

Tidigare utgivet i samma serie

Rök i fjärran, 2017 & 2018
Förändrad och bränd, 2018

www.runsorina.com

ISBN 978-952-68819-6-6
© Mikaela Nykvist

1:a utgåvan, 2019
Inlaga och omslag: Petra Långfors / Peppy Design
Omslagsfoto: Kenneth Jansson / Jansson_k_photo
Tryckt hos: BoD – Books on Demand, Norderstedt, Tyskland

Utgiven med stöd av Svenska kulturfonden
samt
Svensk-Österbottniska Samfundet r.f.

Persongalleri

Grönbergs familj
Magda: Enda levande dottern
Lisbet: Alfreds och Elnas dotter
Elmer: Alfred och Elnas son
Verner: Magdas och Alfreds son (tvilling), avlad av våldsman
Ingeborg: Magdas och Alfreds dotter (tvilling), avlad av våldsman
Elna: Dog i barnsäng, mor till Lisbet och Elmer
Anna: Dog i Wasa brand 1852
Signe: Mor till systrarna Grönberg, dog i barnsäng när Anna föddes
Jakob: Magdas far, skomakare

Karlssons familj
Alfred: Son i huset, far till Lisbet och Elmer
Stina: Alfreds mor
Ragnar: Alfreds far
Lisbet: Alfreds och Elnas dotter
Elmer: Alfred och Elnas son
Knut Eriksson: Åländsk pojke som flyttat in
Verner: Alfreds och Magdas son (tvilling), avlad av våldsman
Ingeborg: Alfreds och Magdas dotter (tvilling), avlad av våldsman

Adlerhjelms & Palmlöfs familjer
Alfred: Son i huset, far till Lisbet och Elmer
Stina: Alfreds mor
Ragnar: Alfreds far

Lisbet: Alfreds och Elnas dotter
Elmer: Alfred och Elnas son
Knut Eriksson: Åländsk pojke som flyttat in
Verner: Alfreds och Magdas son (tvilling), avlad av
våldsman
Ingeborg: Alfreds och Magdas dotter (tvilling), avlad
av våldsman

I slutet av boken finner du några faktarutor om
nödåren 1867 - 1868

I

Sommar 1867

Magda vaknar av en våldsam smäll. Hon far upp ur sängen och rusar ut ur sovkammaren. De nakna fötterna drar ihop sig av den plötsliga kölden som slår emot dem och hon trippar snabbt på tå mot dörren samtidigt som hon slänger en sjal runt skuldrorna.

Inte igen, tänker hon och suckar uppgivet. Magda stiger ut i köket och väntar sig att mor Stina åter ska ha vaknat och stigit upp mitt i natten för att försöka koka mat. Det är tungt att handskas med den älskade svärmoderns senila påfund de gånger hon har varit tvungen att gå och lägga sig på tom mage och vaknat av den grävande hungern.

Men när Magda kommer in i köket är det mörkt och kallt och hon finner ingen Stina som slamrar.

Förvirrat stannar Magda till i köket och undrar vad det var som väckte henne. Så hör hon en ny smäll och inser att den kommer från gårdsplanen. Det är mörkt ute så hon vågar inte gå ut ensam för att se vad som står på. I stället återvänder hon till sovkammaren för att försiktigt väcka Alfred, utan att störa tvillingarna som sover i en gemensam bädd vid väggen.

När Magda tar tag i bolstret märker hon att Alfred inte ligger på sin plats. Långsamt rätar hon på ryggen och rynkar pannan. Vad är detta, var är han? Hon överväger att krypa ner i sängen igen för att slippa kylan som fortplantar sig längs benen och vidare upp mot resten av kroppen likt ringar på vattnet. Så smäller det igen och nu förstår hon att det är Alfred som är ute på gården och sysslar med något märkligt. Hon drar på sig sockorna, hakar på sig kjolen och går mot dörren.

Försiktigt skjuter Magda upp dörren och tittar ut i hopp om att se vad som pågår, utan att behöva stiga utanför dörren. Men hon kan inte urskilja något av intresse och det är tyst för tillfället, så hon väntar.

När Magda sticker ut huvudet märker hon genast att något är på tok. Hon andas ut en gång till. Sedan suckar hon djupt. Det är köldgrader och frost. Andedräkten står likt en fallande fura ur munnen när hon andas. Nu när det ska bli sommar. Nu när de skall påbörja sådden. Idag.

"Alfred!", säger hon utan att höja rösten så mycket att hon väcker resten av huset.

Ingen svarar, så hon sticker fötterna i trätofflorna som står i farstukvisten. Tveksamt går hon ut på gården, vandrar mot stallet med dröjande steg och hackande hjärta.

Han har slitit som ett djur denna vår, hennes Alfred, på randen till galenskap. Mjölet är slut, höet är slut och hungern sliter i Runsorbornas tarmar. Alfred har jagat med snaror, fällor och gevär. Han har samlat kvistar åt djuren så att de skall ha något att gnaga på. De har, utan lycka, försökt använda färsk bark att blanda i de sista skraporna av mjölet de hade kvar.

Pengarna i fickan är inget värda när det inte finns något att köpa, marknaderna står tomma och alla sliter ont.

Magda hör hur Alfred pratar för sig själv men hon uppfattar inte vad han säger.

"Alfred?"

"Ja, vad gör du här Magda? Gå och lägg dig!", fräser han.

"Du väckte mig med dina smällar, vad gör du? Arbetar du?"

"Nej, jag råkade av misstag kasta ett par verktyg. Det är inget farligt. Gå och lägg dig, sade jag".

"Vad gör du, sade du?"

"Nej, det var inget, jag är så arg att jag behövde avreagera mig och kastade därför hyveln och hammaren i tunnan", fräser han.

"Det var då väldigt onödigt. Jag går och lägger mig om du kommer med, inte förr", fräser Magda minst lika irriterad.

Hon känner plötsligt en iskall hand på sin kind och hon rycker ofrivilligt till och drar sig undan.

"Hur länge har du varit ute?!"

"Länge, bara gå, kära Magda, här kan du inget göra. Här kan ingen göra något. Vi kan bara svälta, det finns inget annat kvar. Gräset som äntligen grönskade är fruset och odugligt. Jag har aldrig varit med om något liknande en vecka innan midsommar. Gå nu, jag vill vara ifred".

Magda tar tag i Alfreds kalla hand och drar. Efter flera sekunders tvekan följer han efter med tunga steg, tunga som urberget.

När de stiger in, slår Alfred sig ner vid köksbordet. Han tänder ljusstumpen som står på bordet. De sitter på varsin sida om den lilla ljuslågan och ser på varandra. Blickar som sett mer än de orkar och vill, men som är trygga i varandra.

"Jag har inget te längre, Alfred, men jag kan värma vatten åt oss", viskar Magda efter en stund.

Alfred stiger upp och går för att tända eld i spisen. Han kommer ändå inte att sova mer denna natt.

"Far?" Verner står i dörren och tittar på honom.

Det går inte att undanhålla den gossen någonting. Allt ser han, allt hör han och allt förstår han utan ord. Det är som om han såg rakt genom alla skyddsbarriärer som människan bygger upp för att gömma sin kärna. Pojken är nästan lite skrämmande med sitt rastlösa lynne och sina stora, bruna ögon, vilkas blick tränger genom människoväsendets alla lager, på lager.

"Jo, det har frusit på igen, Verner. Det finns inget vi kan göra. Bara gå tillbaka till sängen och håll dig varm", suckar Alfred.

"Ja, far", viskar gossen och går med tunga steg tillbaka till sängen. Inte heller Verner kommer att sova ytterligare en blund denna natt. Magen kurrar och hjärtat värker hos dem alla. Ingeborg rycker till i sömnen när täcket lyfts och den sköna värmen smiter ut, då pojken kliver in tillbaka i bädden.

Efter en stund är spisen så varm att det går att värma vatten. De tiger och väntar. Suckar med jämna mellanrum. Men så äntligen kokar vattnet.

När muggarna är urdruckna tar Magda Alfreds hand och drar honom tillbaka ner i bädden. Bägge behåller kläderna på, de kryper ihop tillsammans under det gemensamma bolstret och håller om varandra i ett försök att skapa ett skydd mot kölden, frosten, svälten och hopplösheten. Hoppet om att de ska klara sig lämnar dem aldrig. Det gör däremot sömnen. Den överger dem i nödens nätter och timmarna blir både långa och svåra.

Tjälen har äntligen gått ur jorden. Eftersom tjällossningen sker flera veckor senare än normalt, har de väntat länge på det ögonblicket. Allt är förberett och utsädet väntar under tjocka lager av filtar, mattor och säckar. Men så återvänder frosten.

Snön ligger fortfarande kvar på backen i skogsbrynet. Och man står snart i beråd att fira midsommar. De spirande, små björklöven som korna har tuggat på ett par veckor, frös i natt.

Ingen pratar om något annat än vädret denna vår. Alla försöker läsa och tyda bondepraktikan och förstå vad som händer. Men kyla, frost och snö fram till midsommar hittar de ingen förklaring till.

Alfred vilar i sin hustrus famn och försöker verka lugn. Men han våndas, han hungrar och han känner sig både värdelös och maktlös. Hur ska han bekämpa denna djävul? Denna iskalla djävul som slickar deras marker och stjäl deras levebröd. Om oron enbart gällde kölden och hungern, vore det inget problem. Han är övertygad om att de kommer att överleva. Alfreds största bekymmer är fruktan att han inte hinner så åkrarna i tid för att kunna skörda innan hösten och frosten återvänder. Om han inte får in en skörd innan hösten, då både djur och människor redan är så utsvultna, kan han inte se någon annan framtid än svältdöden för dem. Och den framtiden klarar han inte av. Alfred har både gamla och unga, tjänstefolk och djur på sitt ansvar, liv som hans gård ska utfodra. Det är inget litet ansvar. Hittills har han klarat sig bra allt sedan den mörka tiden efter branden och Elnas död. Men nu ser allt nattsvart ut.

* * *

Magda masar sig upp, senare än vanligt. Hon kan höra korna råma ute i fähuset, pigorna har påbörjat mjölkningen. De måste undra var hon håller hus. Normalt är hon ute i fähuset nästan samtidigt som pigorna. Hon brukar bara förbereda för gröten och morgonmaten innan hon går ut. Sedan kokar yngre dottern Ingeborg gröten när hon stiger upp. Om de har något att koka gröt av. Magda väcker henne alltid innan hon går ut till korna.

När Magda väl går iväg mot fähuset är det som om hela världen håller andan. Allt är tyst, vitt och stilla runt omkring henne. Även pigorna är tysta idag, de som normalt är ganska stojiga och glada. Men idag, när alla vet att sådden äntligen skall komma igång och de återigen vaknar till en dag klädd i vinterskrud, slår det bort det goda humöret.

De mjölkar klart. Mjölkningen går snabbt för korna är magra och svaga och ger mycket lite mjölk, vissa knappt någonting alls. Djuren har redan fått omåttligt små foderransoner en längre tid. Ett par kor är dräktiga, men Magda oroar sig för de ofödda kalvarna, om de ska växa till sig och födas friska, när kon svälter.

Som hon längtar efter frodigt, grönt gräs, ystra kalvar och sommarens färskpotatis!

Med en djup suck sätter hon sig sedan ner för att invänta drängarna. Numera är deras uppgift att samla ätbart till djuren. Kvistar, ris, torkat fjolårsgräs eller annat tänkbart. Inte kanske så gott och näringsrikt, men trots allt magfyllnad för överlevnad. Normalt skulle de ha släppt ut korna på bete vid det här laget, så att de skulle få fylla på med näring ur det spirande gräset. Men nu, med den otjänliga väderleken, har det inte blivit av.

Snart dyker drängarna upp. De stiger in i ladugården, båda tysta och ställer sig på golvet mellan båsen för att dela upp dagens fynd. Det är en sorgligt liten hög.

”Var det allt?”, frågar Magda trots att hon borde veta bättre.

”Ja, vi går allt längre bort för varje dag. Vi har snart kvistat alla unga träd och buskar så högt upp vi når inom en halv timmes promenad från gården. Det är svårt att hitta gräs och det här är snart en omöjlig uppgift. Och nu kom den jävla frosten tillbaka igen. Jag förstår mig inte på det här vädret", svarar den av dem som är mer talför.

"Ja, förlåt, jag vet väl att ni gör allt för att hitta foder till dem. Jag fick buffa och slita idag för att få Rosa på fötter. Hon är så svag numera att hon inte vill stiga upp. Jag har hört att det efter svåra svältvintrar hänt att de fått släpa ut korna på fältet och släpa in dem igen ganska fort så att de inte ska äta ihjäl sig direkt", suckar Magda till svar.

De delar ut den torftiga maten åt djuren. De böjar tugga, föga inspirerade av det som bjuds, men det är trots allt mat.

"Nåja, gå in och se till att få i er lite mat själva också, som vanligt finns det inte mycket att bjuda på, men vi måste se till att alla och envar får i sig några skedar gröt eller lite bröd. Seså, iväg med er!", uppmanar Magda.

Drängarna och pigorna slinker iväg. Den normalt uppsluppna atmosfären är borta. Igår var alla fortfarande uppåt och såg fram emot den här dagen som dels skulle innebära hårt arbete med sådden, men dels att de äntligen kom igång. Men nu förstår alla att det dessvärre inte blir någon sådd.

Magda dröjer sig kvar ytterligare ett ögonblick. Hon ser på djuren, stryker dem ömt och varsamt över de magra ryggarna.

"Mina stackars, fina vänner, så ni har fått hungra i vinter. Jag hoppas innerligt att vi ska kunna föda er rejält i sommar och få in stora mängder hö till nästa vinter", viskar hon till dem.

När Magda stiger ut på gården stannar hon upp. Egentligen är det magiskt vackert i naturen idag. Solen skiner på den gnistrande frosten som lagt sitt skyddande lager av is över de ljusgröna spirande löven och grässtråna.

Det känns som om de snubblar på tröskeln, nästan framme.

Hon vänder sitt glåmiga ansikte mot den livgivande solen. Magda försöker öppna ögonen för att kunna se moder sol i ögonen, men solen som är både kall och avvisande, är även starkare än alla andra och står därför som vinnare i kampen om vem som ser på vem.

"Fan ta dig, värm upp oss då, vad håller du riktigt på med?!", fräser hon högt. Men ångrar sig samtidigt.

"Förlåt solen, du är vackrare än någonsin, snälla, söta, vackra sol, var god mot oss. Jag lovar att hylla dig varje dag om du värmer upp vår jord nu. Tack moder sol", viskar hon sedan för att inte ytterligare dra solens ilska över dem. Det räcker alldeles utmärkt väl som det redan nu är.

Magda går i sakta mak mot dörren. Precis när hon ska öppna dörren, flyger den upp med en smäll och Verner störtar ut. Han stannar upp ett ögonblick på trappan, ser ut över ägorna och börjar gorma och svära som en hel karl. Verner håller på att växa upp och bli stor, han fyllde tio år för ett par månader sedan. Hans temperament är inte att leka med.

"Nåja, du kan sluta svära nu pojk, det kan du spara till de äldre männen. Men jag förstår gott att du svär. Även jag tog till en svordom för en stund sedan. Men det finns inget vi kan göra åt frosten. Vi går in och ser om vi hittar lite att äta till oss allihopa", säger Magda och tar honom lätt i armen.

Verner har växt upp och blivit en duktig, men ganska hetlevrad yngling. Han har vissa drag av Magda, men i övrigt är han som en oläst bok. Hon försöker undvika att tänka på att Alfred inte är far till tvillingarna, även om det märks. Ingen av dem har hans ljusa drag och stabila lynne. Ingeborg är mest intresserad av att göra te, men även av att sköta om och behandla sjuka med olika salvor och pulver. Hon är kanske mer lik Elna, sådan som hon var.

Magda själv ville läsa och utbilda sig. Men det blev det inget av efter den ödesdigra sommarnatten för tio år sedan när hon lät sig luras av våldtäktsmannen Sten Besk som överföll henne i parken i Klemetsö. Magda är dock oändligt tacksam över att Alfred aldrig har låtit barnen förstå att han inte är deras far. Han har heller aldrig slängt orden i hennes ansikte, oberoende av hur osams de någon gång varit. Tvillingarna är hans, lika mycket som Lisbet och Elmer är hennes – trots att Elna har fött dem. Magda tror att Alfred har tagit till sig tvillingarna utan förbehåll delvis för att hon själv har sett Lisbet och Elmer som sina, trots att de är hennes döda systers barn. Inget av de fyra barnen kunde ana att de har en aning brokig bakgrund. Tvillingarna känner inte till sin härkomst, medan Lisbet och Elmer naturligtvis vet allt som går att berätta om Elna, även om de inte har något minne av henne.

Något gemensamt barn har de inte fått, hon och Alfred.

* * *

De har många munnar att mätta. Det är bara Lisbet och Knut som inte sitter runt bordet längre. Mor Stina är senil och svår att ta med sig. Hon gör på sig i byxorna, pratar dumheter och kräver mycket tillsyn – ett arbete som ofta faller på Ingeborg.

Lisbet har flyttat in till Wasa – eller Nikolajstad som staden numera heter – för att hjälpa till i bageriet som Knut numera äger. Han har hunnit bli över tjugo år och har bott i staden ganska länge redan.

När bagaren Stam gick bort hade han testamenterat sitt bageri till unge Knut som då gick i tjänst i bageriet. Det blev ett våldsamt papperskrig innan alla formaliteter kring arvet var avklarade efter att gubben Stam skrev sitt bageri till Knut – en person som han inte ens var släkt med. Det finns mycket avundsjuka i vår värld. Sedan dess har Knut haft bråda dagar och mycket att lära sig.

Det är ovanligt att flickor och kvinnor arbetar i bagerier. Men Lisbet är en självskriven hjälpreda eftersom hon är flink och lär sig fort. Hon kan läsa recepten och ta en order utan att protestera. Hon är ofta den som står bakom disken och säljer varorna. Lisbet är både social och söt med ett brett leende som nästan når från öra till öra. Hennes glädje smittar av sig till kunderna.

Lisbet har vuxit upp och ser nästan ut som en vuxen kvinna idag, trots att hon bara är tretton år. Hon är lång, smal, blond och mycket lik sin mor. Flickan har fått vänja sig vid vuxet folks åsikter att hon påminner om Elna. Numera orkar Lisbet inte besvara kommentarerna med annat än en axelryckning och ett litet leende.

Hittills har det gått väl, men nu har Knut problem i sitt bageri. Det finns helt enkelt inte tillräckligt med råvaror. Han får inte tag på mjöl, socker, jäst och mjölk i den takt han behöver för att driva sin verksamhet. Vissa dagar bakar han ingenting. Inkomsten blir lidande när han inte har något att sälja och då blir det svårt att köpa ingredienserna till de höga priserna som råder på marknaden. Allt oftare sitter Knut och vrider sina händer i vånda och oro. Hur ska han få bageriet att gå runt? Var ska han få tag på råvaror och pengar? Det ena problemet ger det andra. Hos honom precis som hos alla andra.

Den här dagen ska både Knut och Lisbet åka och hjälpa till med vårsådden på Karlssons gård. De har inget att baka av så de kan lika väl göra något annat nyttigt.

Knut ser alltid fram emot att få arbeta sida vid sida med Alfred. De två har ett varmt förhållande. Knut hyser stor respekt för Alfreds effektivitet och hans stora hjärta fyllt av omsorg om alla i närheten.

Knut låter Lisbet sova lite längre eftersom de inte behöver inleda bakandet på morgonnatten. Själv vaknar han alltid samma tid. Klockan sju väcker han henne och när de bänkar sig vid bordet i den lilla bostaden ovanför bageriet, tystnar de båda två när de tittar ut över den breda esplanaden i Wasa. De ser samtidigt det vita glittret i träden, de som borde vara gröna och fina inför midsommarfirandet. Stillatigande blickar de ut en stund. Knut skakar på huvudet och Lisbet böjer nacken och begraver sitt ansikte i händerna.

”Det här kan inte vara sant”, mumlar Knut efter en stund.

”Hur går det nu, kan vi så?”, frågar Lisbet med liten röst.

”Nej, vet du det tror jag faktiskt inte att vi kan. Men jag är ingen bonde, så jag ska inte säga med full säkerhet hur det blir”, suckar han.

”Kanske det bara är på ytan, kanske det inte är så kallt i marken”.

”Nej, men tjälen har ju legat i marken så ofattbart länge och isarna har nyss gått ute på havet. Jag har aldrig förr varit med om tjäle och is ända fram till midsommaren. Det känns helt vansinnigt att det ens är möjligt", svarar Knut.

"Oj vad far ska vara arg och ledsen. Stackars, stackars alla gårdsägare. Och vi som behöver mjöl och alla människor behöver mat".

"Ja, det här kunde inte komma mera olämpligt. Eller nåja, det är väl aldrig lämpligt med frost på midsommar!", säger Knut och håller på att brusa upp.

"Äh, sluta Knut. Du behöver inte gorma på mig, jag kan inget göra åt frosten ändå. Men ska vi åka ut till Runsor eller vad gör vi nu?", undrar Lisbet.

"Ja, vi måste nog åka dit och se vad som sker. Om inte annat så för att visa vårt stöd. Finns det alls något i matväg här som vi kan ta med? Mjölet är väl helt slut?", frågar Knut, samtidigt som han reser sig från bordet och öppnar de få skåpluckorna, en efter en.

"Jag vet inte. Jag tror att vi har lite salt nere i bageriet, om du tror att du kan undvara det", säger Lisbet med en djup suck och blicken i bordet.

Knut står länge och tvekar. Kanske han kan ge dem lite salt. Men har de någon glädje av saltet? Han besluter sig efter en stund att ta med lite salt. Han snurrar en liten pappersstrut och fyller den med tre matskedar salt och sluter den med omsorg, så att inget av de värdefulla kornen ska gå till spillo. Så lägger han den lilla struten i innerfickan och konstaterar med ett hugg inombords att det inte blev mycket kvar i skäppan. Samtidigt kommer han på att han för en gångs skull har tid att gå ner till fiskstranden och se om det går att få tag på lite fisk. Om inte fiskarna redan har sålt slut på nattens fångst.

"Jag går och ser om jag får tag på lite fisk. Gör dig klar så länge, så åker vi när jag kommer tillbaka", ropar han upp till Lisbet. Sedan går han ut på trappan. Han noterar direkt att det är tyst i luften. Fåglarna som i flera veckor har sjungit in våren och sommaren är tysta. Kanske deras fågelungar frös ihjäl i natt.

Det är få människor som rör sig längs gatorna och de som är ute tiger med blicken i marken. Alla vet vad vädret betyder för bönderna.

Knut sätter sedan fart och går med raska steg ner mot stranden. Han ser att det står en stor klunga med människor framför båtarna som ligger inne. Det råder kaos i leden och han går ganska fräckt fram och köar inte länge innan han står framför en av fiskarna. Med sig har han en hink av metall som han räcker fram till fiskaren.

"Lägg i av både strömming och abborre. Hälften och hälften", uppmanar han.

"Det blir dyrt, är du säker? frågar fiskaren.

"Ja, jag är väl det", svarar Knut.

Pengarna hör egentligen till bageriet. Men han känner sig led på grund av vädret och upplever att han måste göra något för att hjälpa dem ute på gården i Runsor.

Knut får sina fiskar, betalar med tungt hjärta och tar sig hem igen. Lisbet får stora ögon när hon ser vad han hämtar hem. Men hon säger ingenting. Hon förstår rätt väl vad som har hänt.

Knut och Lisbet vandrar förbi den vackra, röda Trefaldighetskyrkan och tar morgonskjutsen från staden ut mot gamla Wasa. De har byltat på sig mycket kläder, men det känns ändå kyligt där de sitter stilla på kärran. De åker genom landskap som ser overkliga ut med gröna träd som gnistrar som silver när solens strålar leker i rimfrosten. Om det gick att avbilda den märkliga effekten skulle det bli en vacker tavla, även om få skulle tycka att den ser verklig ut.

Efterhand som solen stiger om morgonen blir det lite varmare och kristallerna smälter.

Kusken sitter och pratar om vädret och frosten. Han förfärar sig över att marken frös än en gång.

"Och har ni tänkt på att alla fågelungar troligen har dött. För att inte tala om fågelmaten, sådant som flugor, baggar och mygg. Allt har säkert dött i natt", pladdrar hästkusken.

"Mmm, det här är riktigt illa", svarar Knut hövligt.

"Ja och jag är utan hö åt hästen. Jag kan inte förstå hur den ska orka vandra av och an mellan den gamla och nya staden utan något att äta. Hästen har magrat så mycket under vintern och våren. Jag hade hoppats och trott att den kunde beta ute redan för länge sedan, men det här är ju helt hopplöst".

"Jo, jag har också problem, men det finns det ingen lösning på än, för jag behöver mjöl till mitt bageri. Det är slut överallt. Allt är slut eller allt för dyrt just nu. Jag får dessvärre snart stänga mitt bageri", berättar Knut. Lisbet bara nickar utan att delta i samtalet.

När de väl stiger av skjutsen på torget i gamla Wasa har de ännu en god bit att gå.

"Jag som hyste hopp om att någon skulle komma och hämta oss, men de tycks ha glömt bort att möta oss", säger Knut.

"De tror kanske att vi inte kommer, eftersom det inte är något väder för sådd", svarar Lisbet.

"Mm, en överenskommelse är en överenskommelse, anser jag", säger Knut samtidigt som han tar tag i fiskämbaret och vandrar iväg.

Den snabba promenaden gör dem varma innanför skjortan och de blir både andfådda och svettiga.

De går förbi sågen. Den står tyst och tom, som ett bortglömt skal utan inre liv. Sågen går numera enbart när någon gör en större beställning. Efter några haltande år beslöt Alfred att endast köra sågen på deltid. Den nya staden var så pass långt byggd att affärerna för sågen började gå bara sämre och sämre.

När de stegar in på gården i Runsor ser de inte en själ någonstans och det är alldeles tyst. De utbyter en snabb blick. Lisbet tar fiskarna och går upp mot huset medan Knut vandrar iväg mot stallet för att se om Alfreds häst Fjalar är inne.

Lisbet finner Magda i köket. Hon sitter där ensam vid köksbordet, alldeles stilla och utan någon syssla i händerna. Hon tittar förvånat upp när Lisbet stiger in.

"Lisbet, hur... jag menar vad gör du här?", säger Magda med trött röst. Lisbet kan se att axlarna slokar och att hon har mörka ringar under ögonen.

”Ja, vi hade ju bestämt att Knut och jag skulle komma hit idag. Så då gjorde vi det”, svarar hon.

”Naturligtvis, så var det. Men det var ju meningen att ni skulle hjälpa oss att så, men det lär ju inte bli av idag. Så det var ganska onödigt att ni gjorde er besvär med att komma hit till Runsor. Jag ber om ursäkt, vi borde ha tänkt på det.”

”Men det är väl klart att vi kom, trots allt”, svarar Lisbet.

”Jessus, jag antar att ingen mötte er vid skjutsen heller? Vi har alla varit så ur gängorna här... igen.”

”Nej, ingen mötte oss, men det gör inget. Det var bara uppfriskande med en promenad”.

Lisbet försöker le lite för att pigga upp Magda. Men det biter inte på henne.

Det blir tyst en liten stund, ingen av dem kommer på något att säga.

”Men du, Knut har köpt fisk och så har jag med lite salt från bageriet som han också tyckte att ni kunde få. Kom så lagar vi fisken. Vi kan steka abborre till middag och så ser vi sedan om vi lyckas lägga in lite saltströmming med den lilla saltmängden vi har. Eller kanske du har mera salt?” lockar Lisbet.

”Fisk, får jag se. Underbart!”, utropar Magda och far upp från stolen så fort att hon nästan ramlar på näsan.

Magda får stora ögon när hon ser mängden fisk som de har med sig.

”Det är ju helt otroligt, jag blir hungrig bara jag ser dessa råa fiskar som stinker surt. Det säger en hel del om hur hungrig jag är”, viskar Magda med tårar i ögonen.

Lisbet lägger en arm runt hennes axlar.

”Jag är så trött Lisbet. Jag är så trött. Hur ska vi klara oss utan mat?”

”Ja Magda, jag vet vad du menar. Vi har inget att göra heller, för vi kan inte baka utan mjöl. Utan bakning får vi inga pengar. Det hela är som ett hjul som snurrar runt, runt och allt elände hänger ihop. Det ena ger det andra som ger det tredje", suckar Lisbet.

" Nu får det vara färdigt snyftat, vi lagar fisken nu! Tur att inte Alfred är här och ser hur jag står och fånar mig som en unge. Det gäller att vara stark och att aldrig ge upp. Vi har många munnar att mätta på gården och då får man inte sitta vid bordet och gråta bort dagarna. Det duger inte", säger Magda och knycker på nacken samtidigt som hon drar ett djupt andetag. Alldeles som om hon försöker övertyga sig själv att tro att det säkert ordnar sig.

Knut dyker upp i dörren.

"Hej Magda, hur står det till", säger han med mössan i handen.

"Ja du Knut, vad ska jag säga. Det är likadant inombords som den kyliga frosten utomhus. Jag känner mig så kall och trött idag att jag inte vet hur jag ska komma igång. Trots de fina fiskarna. Tusen tack för dem, förresten!", säger hon.

Knut nickar till svar och undrar:

"Var är Alfred, jag vill höra vad han säger"

"Han är väl ute på åkrarna någonstans. Jag tror att drängarna och Verner gick med honom. Alldeles som om de drog ut i krig i samlad tropp", suckar Magda.

Knut tackar och går ut igen.

2
Sommar 1867

Alfred äter en liten kant hårt bröd som han sköljer ner med en skopa varmt vatten innan han går ut. Verner följer honom hack i häl och även drängarna slår följe. Alfred tar med sig en vässad stör. Sedan vandrar han ut på markerna som skulle sås idag, sent omsider. Normalt skulle han ha sått redan för några veckor sedan. Han har många gånger sått i mitten av maj, några gånger redan i början av maj. Men nu är midsommaren på intågande och markerna ligger osådda. Alfred har otaliga gånger räknat på fingrarna. Ska de hinna skörda innan frosten återkommer? Oron är enorm. Utan denna skörd är de förlorade.

Han stannar mellan två fält. Eftersom marken håller på att tina upp är det lerigt och vått.

”Vi ska se om det har frusit på djupet”, säger Alfred och kör ner stören i jorden. Han har, turligt nog, lyckats harva trots att snön och tjälen låg så länge. Stören går lätt genom jordskorpan trots frosten.

”Nåja, det ser bra ut. Det är bara frost på ytan. Vi ska tro och hoppas att det här enbart är en engångsföreteelse, inte något som fortsätter. Vi måste få en värmebölja nu. Och sedan hoppas jag på ett varmt sommarregn när vi väl har sått”, fortsätter han.

”Ja, det är ju midsommar, det måste ju bli varmare nu. Snart är det juli”, svarar Verner.

”Nå, det tycks inte vara normala regler som råder just nu, så det är omöjligt att sia om hur det blir”, suckar Alfred.

De vandrar vidare ut över markerna och efter en stund slår Alfred sig ner på ett stenröse. Han säger ingenting, sitter bara och blickar ut över fälten som alltjämt gnistrar och glimmar i solskenet. Han känner inte ens av att bakdelen blir kall när han sitter på den frostiga stenen. Ingen annan vågar heller säga något när Alfred tiger och ser så sammanbiten ut.

"Någon kommer", säger en av drängarna plötsligt. Alla riktar blickarna mot figuren som kommer vandrande mot dem.

"Det är säkert Knut", säger Verner efter en stund.

När Knut närmar sig går Verner honom till mötes med stora steg. Knut lägger broderligt armen kring Verners axlar.

"Det här var inget vidare", säger han lågt till Verner.

"Nej, far är arg, eller ledsen, eller något – jag vet inte vad", svarar han viskande.

"Alfred, gamle man! Det här är inte vad jag hade väntat att du skulle ha i beråd till mig", säger Knut med hög röst.

Alfred lyfter på huvudet och tittar på Knut.

"Ja, förlåt om jag gör dig besviken!", svarar Alfred. Han noterar uppenbarligen inte ironin i Knuts svar.

"Nej, det är klart. Det var inte så jag menade. Jag menade bara att det här är för jävligt. Många år har jag varit landkrabba, men frost mitt i juni har jag inget minne av att jag skulle ha stött på förut", säger Knut för att försöka lätta upp stämningen en aning.

"Vågar vi så imorgon tror du, eller är det fruset på djupet?", fortsätter han.

"Nej, det är kanske bara på ytan, men jag vet inte än hur vi ska göra". Han tystnar ett ögonblick.

"Vi går till grannen och funderar med honom, så vet vi hur han planerar och tänker", fortsätter Alfred. Han stiger upp från stenen och de går sedan i samlad tropp mot vägen som leder till det Karlssonska hemmanet.

Vid grannen står de länge och väl och funderar på väder, vind och sådd. Medan de står där, släntrar även ett par andra bönder in på gården, alla i samma ärende. Alla är lika uppgivna.

"Ja, jag skulle gärna bjuda er på något, nu när vi har samlats här hos oss, men jag har ingenting att ge er. Vi har inte ens mat till oss själva längre, så det är väldigt usligt här", säger värden.

Det hörs bara ett obestämbart mummel till svar. Det var väl knappast någon som hade väntat sig något ätbart heller – även om det skulle ha varit mer än välkommet. Knut tänker kort på fiskarna de har hemma hos Karlssons, men han säger inget, för de behöver dem så desperat själva.

"Så ska ni så imorgon, eller ej?", frågar Alfred igen i ett försök att få lite hjälp med hur han ska tänka.

"Nej, vet du vad. Inte kan man väl säga det nu. Vi måste väl se om det fryser igen eller om det kanske räcker med den här knäppen. Om det blir plusgrader i natt, tror jag att jag sår. Men inte kan jag säga med säkerhet", svarar en av bönderna.

Alfred nickar till svar.

Efter en stund lommar de iväg. Alfred är så nedstämd att hans yviga mustasch nästan släpar i marken där han hänger med huvudet. De vandrar under tystnad en stund.

"Far, vad ska vi göra om vi inte kan så? Hinner vi ens skörda i höst?", frågar Verner plötsligt.

"Ja, det vet jag faktiskt inte. Jag tvivlar allt en aning på att detta slutar väl. Det hänger väl i princip på hurudan sommar vi får. Om vi får mycket sol och regn i passande mängder, så kan det gå. Men om det blir en slarvsommar med regn, kyla och lite sol då och då, kan det förstås bli svårt", svarar han och suckar.

Efter faderns svar tiger Verner en stund. Alfred hoppas att följdfrågan inte ska komma. Det gör även Knut.

"Men vad gör vi om vi inte får någon skörd?", frågar Verner efter en stund. Alfred biter ihop tänderna. Det bubblar av irritation inom honom, inte mot Verner, utan för att han måste svara på en dylik fråga. Han svarar därför inte direkt utan låtsas vara upptagen med att skutta mellan ett par gyttjiga pölar.

"Nå, vet du pojk, jag vet inte. Det enda jag kan säga är att vi svälter.

Det är ju så att även om vi skulle ha pengar, så hjälper det inte eftersom det inte finns någonting att köpa. Det är det allra värsta. Att ingen har någonting. Jag kan inte ge dig något bättre svar än så", säger han med en röst som sjuder av återhållen vrede.

"Förlåt far, jag menade inte att förarga dig", säger Verner olyckligt och sackar efter med ett par steg.

"Du gjorde mig inte arg, jag är upprörd på hela den här situationen", svarar Alfred och försöker låta lite lugnare.

De vandrar sedan vidare under tystnad, var och en med sina egna, dystra, tankar.

Knut har glömt att tala om för de andra att han hade med sig fisk när han anlände till Runsor tidigare på dagen. Han känner doften av stekt fisk på långt håll, liksom de andra, men han säger ingenting.

"Men vad, jag förstår inte...", börjar Alfred, men tystnar sedan. Han blir osäker på om det är hungerns ormar som vrider sig i tarmarna och spelar honom ett spratt. Kanske det är hungern som lurar honom att tro att det doftar mat ute på gården. Den förut så självklara doften av kött och fisk har saknats de senaste månaderna när alla förråd har tömts.

"Ja, kanske du tänker på maten?", frågar Knut och smilar upp sig.

"Ja, men jag tänkte att jag kanske inbillar mig."

"Nej, visst inte. Jag köpte fisk nere vid fiskstranden nu på morgonen. Jag köpte massvis med fisk, mycket mer än jag har råd med egentligen. Jag använde av bageriets pengar, det finns ändå ingenting att köpa just nu till en deg", säger Knut och försöker låta munter. Men den uppgivna klangen i rösten går inte att dölja.

Männen har omedvetet raskat på stegen och de ramlar in i köket nästan samtidigt. De finner Magda, Lisbet och Ingeborg i färd med att steka och salta in fisken. Mor Stina sitter invid spisen. Hon har fått ett litet fat med en fisk på. Hon äter med en min som utstrålar genuint välbefinnande av det enkla faktumet att hon äntligen får i sig varm mat. Snart är hennes fisk slut och hon sticker sitt krokiga pekfinger hårt i sidan på Magda och pekar sedan mot fiskarna som fräser i pannan.

"Nej mor, du får vänta tills vi serverar maten. Det är Knut som bjuder oss på maten idag. Det tar inte länge till", svarar Magda på hennes tysta fråga.

Stina sticker fingret i henne igen och igen. Snart orkar inte Magda stå emot längre. Hon stryker Stina över det gråa, stripiga håret.

"Är du så hungrig farmor?", frågar hon med mjuk röst samtidigt som hon lägger ner ytterligare en fisk på fatet till henne.

Stina bara nickar och fortsätter att äta. Magda är alltid lika osäker på om Stina förstår vad hon säger eller ej. Hon lever i en helt egen värld numera. Men inte ens den världsfrånvända verkligheten hon befinner sig i, skyddar henne mot törst och hunger.

Männen bänkar sig runt bordet med buller och bång. Ingeborg lägger fram fat och vatten på bordet. De tar för sig av vattnet efter morgonens promenad. Diskussionen blir med ens lite muntrare och de undviker att prata om frosten och grubbla på sådden.

Efter otålig väntan ställer Magda ner fatet med stekt fisk på bordet. Samtidigt lyfter hon ett finger.

"Nu gör vi så, eftersom alla är utsvultna, att vi alla tar en fisk i taget. Sedan tar vi samtidigt ytterligare en fisk. Annars blir det lätt orättvist om någon snabb hinner äta många på en gång", meddelar hon med höjd röst.

Ingen protesterar mot regeln och de sträcker sig fram turvis och tar försiktigt varsin stekt strömming. Ingen vill att fisken ska falla i bitar, så de hanterar den varsamt som den dyraste värdesak. De sneglar lite runt sig, men snart tar hungern och snålheten över och de måste få hugga in på fisken. När den första fisken är uppäten på allas fat sträcker de sig efter ytterligare en fisk. Med ett knip i hjärttrakten ser de att högen har minskat rejält efter att alla fått två fiskar vardera. Det är fortfarande knäpptyst runt bordet. Det enda som hörs är när gaffeln tar i fatet och någon smaskar.

"Nu ska vi komma ihåg att vi kan hamna i trångmål med magen om vi äter för kraftigt nu efter en så lång tid utan mat", säger Alfred och bryter den andäktiga tystnaden.

"Mm, det stämmer. Nu ska vi räkna fiskarna innan vi tar någon fler, för om det inte räcker till alla, så måste vi dela fiskarna", säger Magda.

"Men farmor Stina åt ju redan två", protesterar Verner buttert.

"Ja, jag vet, men hon har inte förståndet kvar – i motsats till dig – så vi måste ha överseende med henne nu. Jag kan inte förklara för henne att hon inte får fisk nu då alla andra får. Det förstår du säkert?", snäser Magda till svar.

"Ja, lyssna på din mor och lyd", svarar Alfred och spänner blicken i honom.

"Ja, mor och far", muttrar Verner och blänger tillbaka på Alfred.

Det visar sig att det precis räcker ytterligare en fisk till dem allihopa. Nu äter de ändå långsammare, som om de önskar att den ynkliga lilla stekta krabaten aldrig ska ta slut. Ingen säger något på en stund, som om luften gick ur dem på en gång. Magen skulle vilja ha fler fiskar. Den vill ha gul och blank potatis till och en rejäl bit bröd med salt smör på. Men nu får de vara glada över de tre fiskarna de fick. Utan Knuts uppoffring hade de inte ätit något annat än en vattnig soppa kokad på de brännässlor som Magda hade plockat igår, innan frosten tog dem.

* * *

Knut och Lisbet sover över på gården i hopp om att det ska gå att så nästa dag istället.

Lisbet kämpar med att somna. Sommarnatten är ljus och lockande. Hon ligger och vrider sig i sängen som hon delar med Ingeborg. Vilken tur att hon inte väcker Ingeborg med sina oroliga rörelser. Ju mer Lisbet försöker sova, desto omöjligare känns det. Så hon bestämmer sig för att gå upp en stund. Då hon svänger benen över sängkanten slås hon direkt av hur kallt det känns i sommarnatten. Lisbet sveper en filt om sig och drar ytterligare på sig ett par sockor och så tassar hon tyst över golvet i köket. Hon tänker gå ut på gården. Hon och finner ett par stora läderstövlar i farstun som hon sticker ner fötterna i. De är alldeles för stora för henne, men det gör inget, hon ska bara gå en sväng över gården.

När hon stiger ut på trappan är hon spänd på vad hon ska möta. Hon ber en kort, snabb bön om att hon ska stiga ut i en ljum och trolsk sommarnatt. Men hon möts istället av en stickande kyla i en oändligt klar och vacker natt. Naturen omges av ett trolskt, romantiskt sken, precis som det är i Österbotten vid midsommar, då solen aldrig riktigt går ner.

Hon står och andas ut stötvis. Varje gång hon andas ut tittar hon neråt. Hon försöker se om hon ser ångan av sin egen andedräkt. Lisbet hoppas att hon inte ska se den, för det skulle betyda att det är köldgrader. Men hur hon än blåser och frustar ser hon ingen andedräkt bolma ut ur munnen. Hon piper till av lycka. Det är inte minusgrader. Gräset är inte heller vitt och fruset i natt. Klockan måste ju ändå vara minst ett på natten. Hon går sedan över gården, långsamt i de stora stövlarna som hasar längs marken som om hon åkte skidor. Steg för steg går hon med riktningen ställd mot den ljusaste delen av himlen. Sedan står hon och ser mot horisonten en stund. Hennes tankar rör sig kring Knut. Med en djup suck svänger hon sedan om, huttrar till så att hela kroppen skakar, och vänder sedan ryggen mot den uppgående solen. När hon vandrar över gårdstunet reflekteras solens första morgonstrålar i hennes guldgula hår som böljar ut över de smala axlarna. Lisbet märker inte att Magda står i ett fönster och ser på henne. När hon kommer in är hon så kall att hon skakar. Om hon inte hade varit så ofattbart hungrig igen skulle hon kanske inte frusit så svårt. Efter en stund kryper hon ner under fällen med Ingeborg. Lisbet känner hur den unga flickan rycker till i sömnen när hon känner den kyliga kroppen som rör vid henne, men hon vaknar inte.

Inne i sovkammaren ligger även Magda och Alfred sömnlösa. Ja, det ligger sömnlöst folk i hus och koja i hela nejden, i hela landet och i hela Norden denna sommar under Storsvagåret 1867, ett satans år. Sömnlösa av hunger, oro och vanmakt i väntan på att gräset och blåbärsriset ska grönska och ge djuren mat – de djur som inte redan är uppätna.

Nästa morgon är alla uppe tidigare än normalt. Solen står redan högt på himlen och alla flockas runt fönster och dörren för att se om det är fruset på marken. Det visar sig vara kallt, men inte köldgrader, så de ställer sig i ordning så fort det bara går.

Alfred har den lilla mängd utsäde de har kvar, i gott förvar under många fällar så att det inte ska frysa. Han tar fram tre sädesskäppor och smeker de svepta kanterna ömt, som om de vore ett barn. Sedan vänder han bestämt på klacken och går in och byter om till rena kläder eftersom det för tur med sig. Så lastar de kärran med utsädet under tystnad och kör iväg från gården: Alfred, Knut, Elmer, Verner och den äldste drängen. När de fyllt de tre skäpporna med utsäde och diskuterat hur de ska arbeta, höjer Alfred handen.

"Gode Gud, välsigna vårt utsäde, ge våra åkrar sol, värme och väta i rätta mängder och ge oss den goda skörd som vi så väl behöver. Gode Gud, hör vår bön. Vi tackar dig och ärar dig. Amen", ber han med blicken på utsädet.

Sedan skrider de till verket. Metodiskt går de upp och ner längs med åkrarna så långt som utsädet räcker, vilket är mindre än vanliga somrar. Fjolårets skörd blev liten. Vintern har varit längre än någonsin tidigare och de har ibland tagit av utsädet för att överleva.

Varje skäppa som Alfred har burit från utsädet har suttit som en tagg i hjärtat på honom. Deras levebröd för framtiden

Någon matsäck har de inte med sig denna dag, bara varsin flaska med vatten. När det är dags för matpaus sitter de tysta och sippar långsamt på det ljumma vattnet medan magarna protesterar mot den klena kosten. Med tunga suckar stiger de sedan upp och går tillbaka till arbetet.

Jorden är bördig och fin, doften som stiger upp ur den nästan svarta marken är mustig och tung. Den ger Alfred både kalla kårar och rysningar när han tänker på att de snart blir tvungna att gräva ner varandra i dylik jord, om de inte snart får något att äta. Så får de själva bli till mat åt maskar och skalbaggar när de inte längre klarar livhanken på vatten.

När utsädet är slut sätter de sig på kärran och kör hem. Hästen Fjalar har försökt hitta lite gräs att mumsa på längs med åkerkanterna under dagen men det märks på honom att han är hungrig och svag, liksom alla andra. De manar inte på honom heller, han får gå i den takt han vill. Fjalar är en häst i sina bästa år och efter alla goda år de har haft tillsammans älskar Alfred honom lika mycket som sina egna barn. Men han vet också att han blir tvungen att snart planera för ytterligare en starkare och piggare häst. Han önskar bara att han kunde ge sin gamle trotjänare ordentligt med mat.

Flickorna strömmar ut på trappan när männen kör in på gården. Magda kommer dem till mötes.

”Hej, hur har det gått? Såg åkrarna bra ut?”, frågar hon.

”Jo, det har gått bra, vi fick sått några tunnland mindre än vi brukar, eftersom vi hade så lite utsäde, men jorden är bördig och fin. Vi måste säkert sätta bark i brödet även nästa vinter med den lilla skörd vi har att vänta oss”, svarar Alfred.

”Ja, jag var rädd för det eftersom vi har ätit av utsädet. Men vi hade knappast någon annan möjlighet om vi skulle överleva”, säger Magda medan hon vrider sina händer och suckar tungt.

”Visst vet jag det, kära Magda och jag skyller förstås inte svälten på dig. Om vi har tur så kommer det säd från utlandet så kanske vi kan köpa lite säd. Vi har ju lite pengar, men då det inte finns något att köpa till överkomliga priser så hjälper det inte oss”.

”Nå, vi har åtminstone potatis och rovor i jorden redan och de klarar lite ytlig frost när de är nere i marken. Det hoppas jag, annars är den skörden också förlorad”, svarar hon.

”Nåväl, jag tror det är bra med dem. Har vi alls något att äta, vi är alla så hungriga att vi är svaga på benen efter ett helt dagsverke med bara vatten att dricka”.

”Ja, jag har kokat lite soppa på nässelblad och så kan vi äta av fiskarna igen, tänkte jag”, svarar Magda och ser ut som om hon tänker börja gråta.

Alfred lämnar över hästen och redskapen till drängen med en uppmaning om att försöka hitta något att äta till Fjalar. Han lägger armen kring axlarna på Magda. De går långsamt över gården mot farstutrappan, båda två med blicken riktad ner i marken.

"Jag vet inte hur vi ska klara av att mätta alla munnar. Jag tror att jag måste skicka iväg en av drängarna och en piga. Annars går det inte. Eller egentligen så går det ändå inte", säger Alfred med en avgrundslik röst.

"Ja, det är illa, jag vet det. Jag har använt alla husmorsknep jag kommer på för att hålla oss alla vid liv. Men det blir allt svårare, för precis allting är slut och enbart nässlorna växer. Mina knep är slut. Jag kan inte förstå varför det inte blir någon sommar i år. Tänk så försenat allting är. Jag undrar om vi får några äpplen alls i år förresten", svarar hon och tittar mot fruktträdgården.

* * *

Amalia och Edvin bor kvar i Stockholm. Hon tänker sällan på branden i Wasa längre och vardagen har sin gilla gång. Amalia arbetar alltjämt på missionen då och då och hon gläder sig över alla kvinnor som de har kunnat hjälpa genom åren.

Amalia lägger ner pappren hon läser när tolvåriga Edvin störtar in i rummet.

"Mor, det brinner nere i hamnen. Jag vill gå ut och titta!", säger han med hög röst och han ser ivrig ut.

"Men håller inte du på med ditt skolarbete unge man? Inte passar det sig att börja flänga nere i hamnen och vara i vägen för dem som arbetar med släckningen. Marsch tillbaka till dina böcker", svarar hon och riktar blicken tillbaka ner i sina papper.

Hon tänker inte mer på saken förrän hon hör dörren smälla igen. Då far hon upp av stolen och rusar iväg mot Edvins rum för att se om han är där – vilket han inte är. Hon kontrollerar även köket och salen, men han är inte inne. Med andra ord gick han, igen, ut utan lov. Den ungen ränner runt på gatorna ensam i tid och otid. Ingen tid och ro att studera och förkovra sig så att han kan ta över handelshuset. Det drivs av bankirer och advokater för deras räkning efter att hennes svärfar gick bort. Amalia är fullt upptagen med att försöka hinna följa med vad som händer och hur det går för dem, men hon är inte med och styr företaget. Det har hon inte kunskap till. Och knappast passar det sig heller att en kvinna styr och ställer i ett handelshus. Men de får ut pengar ur rörelsen så de klarar sig mycket väl i vardagen.

”Kan du gå ner till branden i hamnen och söka upp Edvin, han försvann ut för att se på den!”, uppmanar hon den yngre husan som arbetar hos dem.

Amalia hinner uppfatta den ogillande minen som flickan visar när hon får befallningen.

”Såja Marta, inget grin nu, bara gör som jag säger. Marta vet väl att han är alldeles för äventyrlig för sitt eget bästa och att han måste hämtas hem igen. Ta honom gärna hårt i örat när hon får tag på honom”, svarar Amalia med vass klang i rösten.

Husan bara niger till svar och hastar iväg efter sin sjal.

Husan sätter fart ner mot hamnen, det går inte att missa var det brinner, hon bara följer den enorma rökpelaren. Först nästan springer hon, men ju närmare elden hon kommer, desto långsammare tar hon sig fram. Dels för att hon nu kan se att det brinner i flera magasin längs stranden, dels för att det är ganska mycket folk som har flockats längs gatorna. Hon spanar efter Edvin där hon går, men hittills utan lycka. Hon försöker trycka sig vidare genom folkmassorna i de smala gränderna, men hon ger snart upp. Det är absolut inte första gången hon kammar Stockholms gator för att hitta den arma pojken, som inte kan sitta still, utan ständigt finner nya äventyr.

Under tiden står Edvin nästan längst fram i ledet och har fri uppsikt över elden och brandmännen som försöker pumpa vatten ur sjön upp mot elden. Det ser ut som små spottloskor mot ett skummande hav när de sprutar med sina ynkliga, små redskap. Han känner hur hettan nyper honom i kinderna och upphetsningen är enorm. Han klappar i händerna och studsar upp och ner av iver där han står på första parkett och följer det färggranna spektaklet. En äldre man smätter honom i bakhuvudet och fräser till honom att han är från vettet, men det bryr sig inte Edvin om.

Efter en stund börjar han hosta av all röken han har andats in djupt ner i lungorna när han stått och tjoat och klappat.

Medan Edvin står nerböjd och försöker få luft ner i lungorna igen hörs ett enormt brak när ett av magasinen rasar samman. Det regnar gnistor över folkmassorna som står alldeles för nära och följer med mitt i händelsernas centrum. Edvin känner hur det svider i kinderna när de små glödande flagorna regnar ner över honom. Instinktivt drar han händerna genom det mörka, tjocka håret ifall att det skulle ligga något och pyra där. Han noterar ganska fort att han måste flytta sig längre bort för elden har nu fått fatt i ett hus alldeles för nära honom. Han tränger sig genom ledet med folk. Liten och smidig som han är, slinker han ganska lätt mellan människorna. Ända tills någon blir rädd och börjar skrika och det uppstår panik i ledet.

Edvin känner hur han trycks ner mot marken och snart ligger han nere. Han försöker desperat ta sig upp, men hinner inte undan i tid utan blir trampad, först på handen och sedan på fotleden. Han snubblar när han försöker resa sig igen eftersom fotleden har fått sig en ordentlig törn. När han snubblar hinner han inte ta emot sig utan bara dra efter andan och notera att han nu faller. Han hinner inse att han kommer att slå sig just innan han handlöst faller och slår huvudet i gatan så det sjunger om det.

Han ligger nere bara några sekunder innan han känner en stark hand ta tag i axeln. Handen river hårt i honom och han kravlar sig upp på fötterna, men han märker direkt att den sjuka foten inte bär honom. Han ser upp i ansiktet på personen som river i honom. Det är en stor man, medelålders, välklädd, men med en vild blick.

"Upp med dig, här kan du inte ligga kvar, branden sprider sig. Iväg med dig!", ropar han för att överrösta larmet och ljudet från elden som rasar.

"Ja, jag föll, det var av misstag och nu är jag både sjuk i huvudet och i foten, så jag vet inte om jag gå hem", piper Edvin.

"Äh, arma unge! Jag hjälper dig en bit på vägen", svarar mannen och innan Edvin hinner protestera har mannen svept upp honom i famnen och börjat gå. Han tar stora kliv och snart har de lagt elden på betryggande avstånd bakom sig och han lägger ner Edvin på marken igen. Samtidigt som Edvin ska ställa sig på foten säckar han ihop. Foten är skadad.

Mannen ser på honom med en blick som inte visar tillstymmelse till medlidande.

"Jaha, du får hoppa hem på ett ben härifrån då", säger han kort.

"Ja herrn, tack herrn", piper Edvin, men mannen hör inte lägre hans svar för han har redan vänt om och är på väg tillbaka mot branden.

Utan att se sig om försöker Edvin ta sig upp och hoppa hemåt. Men snart faller han igen och nu kan han inte längre stoppa tårarna. Tårar av smärta, förödmjukelse och ilska.

"Jävlar", fräser Edvin tyst för sig själv.

"Får du säga så för mor?", hör han mannen fråga bakom honom.

"Vad, nej naturligtvis inte", svarar Edvin förvirrat.

"Jag lovar att inte skvallra om unge herrn säger mig var han bor så vi får hem dig i säkerhet", svarar mannen som nu låter lite vänligare.

Edvin förklarar att han bor nära slottet i ett av höghusen.

"Jaså minsann, unge herrn bor där. Vad gör sådana ungar som du ute och ränner längs med gatorna och ser på bränder. Ska inte unge herrn vara hemma och öva på latin, eller något?", frågar han med ens vänligare inställd.

"Jo, mor kommer att vara så rasande på mig och husan är säkert ute och letar efter mig, som vanligt", svarar Edvin skamset.

Mannen bär honom åter en bit, men sedan måste Edvin gå på egna ben, stödd på mannens arm, eftersom gossen är för tung att bära hela vägen.

Snart når de Edvins dörr och han bockar framför mannen.

"Tusen tack, min vänligaste herre, nu är jag hemma och kan ta mig in själv".

"Och vilken våning bor du på då?"

"Hrm, ja alltså jag bor där högst uppe", svarar Edvin med blicken på skospetsarna. Han vill inte att mannen ska komma upp och berätta för mor vad han ställt till med.

Mannen drar då resolut upp dörren och tar tag i Edvins armbåge, så går de in och vidare upp för trapporna. Om sanningen ska fram hade Edvin, utan någon hjälp, fått krypa upp för alla trapporna.

När de är uppe, ringer mannen på den enda dörren högst uppe i huset. Han ser på Edvin med en sned, svårtolkad blick innan han ringer. Edvin kryper ihop och gör sig beredd.

Amalia själv öppnar dörren eftersom hon desperat väntar hem pojken. När hon får syn på dem flämtar hon till och tar sig för hjärtat.

"Edvin, vad har du nu ställt till med!", utropar hon.

Han ska just försöka förklara något med mumlande röst när hon avbryter honom.

"Förlåt mig, stig in för all del, herr...?", hon tar ett par steg bakåt och gör rum för dem att komma in i bostaden.

Edvin tar tag i armen igen för att kunna linka in. Han hör hur modern andas tungt.

"Oskar Vikstam, till er tjänst, frun", säger mannen och nickar lätt med huvudet och skakar hand med Amalia.

"Mitt namn är fru Amalia Palmlöf. Herr Vikstam, jag tackar er varmt för att ni har tagit hand om min son, jag kan se att han har ställt till det igen", säger hon och försöker hålla rösten i normalläge och inte låta hysterisk.

"Nejdå, det var inte så farligt. Han tittade bara, men så föll han och någon steg på honom, därav skadan. Men det vore förstås tryggare för pojken att inte ränna omkring vid farosituationer så som branden", säger mannen och ger Edvin en snabb blick och blinkar till med ett öga mot honom.

"Men nu ska jag gå tillbaka. Det råkar sig så, att det var i mitt magasin som branden startade, så jag är tvungen att ta reda på vad som skett. Jag tackar för mig och önskar unge herrn lycka till med studierna", säger

Oskar, tar av sig hatten och bugar djupt framför Amalia.

"Oh, tacken bör komma från vår sida, herr Vikstam. Kan jag få bjuda herrn på middag någon kväll som tack för hjälpen", hasplar hon ur sig innan hon hunnit tänka på vad hon just föreslog. Omedelbart rodnar hon lätt efter att hon kläckt ur sig det förhastade förslaget.

"Middag, det går säkert bra. Är herrn i huset hemmavid då också kanske?", frågar han.

"Dessvärre så är lille Edvin här den enda herren i huset, så något vuxet, manligt sällskap kan vi inte bjuda på. Pojkens far var död redan innan gossen föddes", svarar hon blygt.

"Jag beklagar. Naturligtvis är Edvins sällskap – och fru Palmlöfs – alldeles tillräckligt."

"Men då säger vi så. På lördag, klockan sju?", undrar hon.

"På lördag klockan sju, det är avgjort!" Han bockar igen och går.

"Men varför gjorde mor så? Jag förstår inte vad den mannen ska göra hos oss, han var skrämmande", gnäller Edvin efter att dörren har stängts bakom Oskar.

"Han har räddat ditt liv, lilla odåga. Ta min arm nu, vi måste tvätta av dig först och sedan ska jag sända efter doktorn."

Det visar sig att foten bara är stukad och att han har en stor bula i huvudet som inte är farlig. Men Edvin kan inte stöda sig på foten, så åtminstone ett par veckor kommer gossen att snällt få hålla sig till sina skolböcker.

3
Sommar 1867

Nätterna efter sådden sover Alfred oroligt. Han går till och med ut en sväng alla nätter för att se om det är frost i gräset. Men tack och lov möts han bara av en kall och obehaglig dagg, som slaskar runt fotknölarna när han släpar de trötta fötterna genom gräset.

En natt när han står ute på gården och ser sig om i det trolska ljuset, kommer minnen till honom från tiden när han hade så mycket arbete med både sågen och gården, att han en kväll nästan inte kom sig upp ur ett dike efter att han hade säckat ihop. Det är tunga minnen som han även förknippar med förlusten av sin första hustru Elna. Det är redan många år sedan, men minnet lever fortfarande kvar som en varning och som en tidsdelare. De bråda dagarna och minnet av Elna. Magda, som är Elnas yngre syster, är mycket lik sin syster på många sätt, men ändå inte.

En kort stund vågar han också nudda vid tanken på Amalia. Kvinnan i hans drömmar. Henne som han har drömt om allt sedan hon bodde på hans gård efter Wasas brand år 1852. Han minns än hur hon smakade under det ljuva dygnet de spenderade tillsammans i Stockholm, den enda gången de älskade med varandra. Han orkar inte tänka på hur han sårade henne när han, trots sitt löfte till henne, valde att gifta sig med Magda för att hjälpa henne när hon väntande tvillingarna efter den hemska våldtäkten. Det är en sorg han bär på som han aldrig har delat med någon och som han planerar att ta med sig i graven. Men minnet är även ett glädjeämne, trots att det gör ont, för han vet att han har älskat en annan människa fullt ut som även delat hans längtan. Det är en annan känsla och en annan sorts lycka än den han har upplevt med systrarna

Grönberg. Även om han inte heller vill förminska de erfarenheter som han har delat med dem.

Men normalt, i vardagen, tänker han inte längre på dessa saker. Han tänker numera sällan på Amalia. Åren har gått och han har sitt liv på gården som är hans lott i livet. Han ämnar lämna gården med fötterna före, alltså först när han död bärs ut. Samtidigt hoppas han innerligt att det inte ska bli särskilt snart, med tanke på bristen på mat som nu råder.

Han ruskar av sig de dystra tankarna. Spanar än en gång ut över ägorna och hoppas att temperaturen ska stanna på plussidan hela natten – vilket den även ser ut att göra. När Alfred kryper ner tillbaka under fällen känner han Magdas hand som smeker honom över ryggen.

"Var allt väl?", viskar hon.

"Jo, jag ville bara se efter och det är fortfarande några plusgrader, trots att det är nära till frostgrader", viskar han tillbaka och klarar inte av att kväva en suck.

"Ojoj, och snart är det juli. Jag förstår inte. Men nu ska du sova vännen min, det är natt nu", svarar hon med låg röst.

"Javisst, sov gott", svarar han.

"Sov gott."

Eftersom det är värmegrader både dag och natt växer det äntligen i skog och mark. Många knoppar och blommor har dessvärre frusit, så gårdsfolket hyser inget stort hopp om äppel- eller bärskördar. Men Magda tar med sig Ingeborg varje dag för att leta grödor som går att äta eller torka. De har även med sig en säck i vilken de samlar mat åt djuren. Magda hoppas att de ska kunna släppa ut de få korna de har kvar på bete nästa vecka. Marken är ännu blöt och gräset växer sparsamt, men nu får korna ändå tillräckligt mycket foder för att orka stå upp.

Ingeborg är en nyfiken flicka och hon är duktig på att lära sig. Hon minns mycket väl de växter som de pratar om och hon har en liten bok som hon antecknar i när de stöter på nya växter. Ingeborg tecknar även bilder av växterna. Alla andra i familjen brukar beundra hennes bilder.

De är så verklighetstrogna och välgjorda att man kunde tro att de är tagna ur en bok. Flickan har flera gånger själv frågat och undrat hur hon kan vara så bra på att teckna när ingen annan i familjen har samma talang. Den diskussionen brukar Magda bara avfärda så fort hon kan. Magda förstår att färdigheten kommer från den okände mannen som är tvillingarnas far. Då barnen aldrig har fått höra historien om hur de kom till – och om Magda får bestämma kommer de aldrig att få höra den heller – så är detta inget de pratar om.

Sakta mak kommer sommaren igång och korna ger dem lite mjölk att dricka, samtidigt som husfolket äter olika, konstiga, gröna soppor gjorda av det som markerna erbjuder i väntan på höstens skördetid. Äntligen är livet möjligt att leva igen, när magen går att fylla och man kan tänka på annat än mat och hunger. Efter att familjen har ätit en grönaktig, slemmig soppa en eftermiddag, sitter Alfred och Magda och språkar om vardagliga ting vid matbordet.

"Jag har fått ett erbjudande om att köpa en kalv. Jag har räknat pengarna och de räcker till kalven, nu när vi fick så få egna kalvar den här våren", säger han.

"Inte en tjurkalv väl?"

"Nej, naturligtvis inte. Det är ju mjölken vi behöver. Vad tycker du, ska vi satsa våra sista pengar på kalven?", frågar han.

"Nåja, sällan brukar du väl rådfråga mig om dylika saker", säger Magda och försöker undvika ämnet.

"Jag vet, men eftersom du är den som tar hand om djuren i ladugården, så tänkte jag att du kanske vill vara med och diskutera saken".

"Det är sant och ja, vi behöver fler kor för att klara oss. Men sen vet du även att kor behöver foder och det har varit väldiga problem med den saken i vinter. Så jag är lite osäker", svarar hon.

"Men vi kan ju för helvete inte få ytterligare en likadan vinter. Det är ju helt omöjligt att det skulle följa två lika svåra vintrar efter varandra!", svarar Alfred och är märkbart upphetsad.

"Jaja, du behöver inte komma igång om den saken nu. Men jag säger, hur som helst, ja, vi köper kalven. Men jag vill följa med dig och undersöka den så att den säkert är frisk och kry. Många djur har fått för lite foder denna vinter och kossorna har inte haft mjölk att ge åt kalvarna så de kan ha fått en dålig start av det".

"Då är det avgjort, vi åker imorgon redan på morgonen. Kalven finns borta i Toby, så det är en bit att åka".

Nästa morgon bänkar de sig i kärran. Med sig har de ett bröd som är bakat på torkade och krossade blad av olika växter. Det smakar ganska märkligt, men det mättar magen mycket väl.

De når Toby rätt raskt och gården ser vid första anblicken välmående ut. Huset är stort, robust och verkar rätt nyligen vara struket med rödmylla. Däremot ses inget liv på gården, varken hönor eller drängar.

Alfred stiger upp på trappan och bultar på dörren. Det dröjer en stund innan gårdsägaren uppenbarar sig. Det är en man i Alfreds egen ålder, klädd i stadiga vadmalskläder, men mager som en skrake och gul i ögonen. Bakom honom skymtar en kvinna och ett par ungar som bara står stilla i dörren in till stugan. Inne i stugan sitter några äldre barn. Ingen av dem stiger ens fram och hälsar. För Magda känns det här väldigt märkligt.

"Jaha, välkomna, vi går ut till ladugården och ser på kalven", säger mannen och vandrar iväg.

När de stiger in genom ladugårdsdörren ser de att höskullen är lika tom som deras egen.

"Ja, jag kan lika bra säga som det är. Vi är utan mat, djuren har varit utan foder men nu har de fått lite färskt gräs. Och det har varit så illa att vi har ätit upp de flesta djuren vi har haft. Vi har till och med ätit deras hudar. Efter att vi kokade skinnet och avlägsnade pälsen stekte vi svålen i pannan", berättar han med släpig röst.

Magda ryser av obehag när hon lyssnar till hans berättelse.

"Ja, också vi har helt tomma förråd. Nu äter vi mestadels mat gjord på gräs av olika slag. Magda här är mycket bra på att hitta på olika rätter och bröd av gräs och blommor. Utan den kunskapen hade vi nog inte stått här just nu", svarar Alfred.

Magda räcker en grönaktig brödbit till mannen. Han tar emot den och tittar lite misstänksamt på brödet innan han tar en tugga. Han tuggar långsamt.

"Nååå, visst går det här bra att äta", konstaterar han och lägger i sig resten.

"Jag kan gå till din fru innan vi åker hem och lära henne hur hon kan göra brödet, om det passar herrn", säger hon.

"Inte behöver du "herra" mig, jag är nöjd med bara Kalle", svarar han.

"Och ja, du får väldigt gärna berätta för henne. Hon har säkert aldrig bakat av något annat än olika mjölsorter och bark förstås", fortsätter han.

De har stått stilla i dörröppningen till fähuset medan de pratar. De flesta båsen gapar tomma.

När de går mellan båsen ser de snart att det bara återstår fyra djur.

Kalle ser att de ger djuren långa blickar.

"Ja, vi har hästen, två kor och en kalv, det är allt. För ett par år sedan hade vi många kor, grisar, hönor och både hund och katt. Nu är alla djur borta. Både drängar och pigor har också fått gå från gården. De får svälta någon annanstans än här, så behöver inte jag ha så dåligt samvete", suckar han.

"Ni har det ändå värre än vad vi har det. Vi har några djur kvar och vi har bara sänt bort en dräng och en piga. Men visst har även vi länge varit hungriga och ibland även oätna. Men nu äter vi mest Magdas konstiga hopkok ur naturen i väntan på höstens skördar", svarar Alfred.

"Kanske din fru också kunde lära sig koka ett par soppor på sådant som går att plocka på ängarna. Jag kan stanna här en stund och lära henne, om du Alfred kan hitta på något att göra så länge", säger Magda plötsligt. Hon tycker så synd om människorna i gården.

"Ja, det skulle vara uppskattat. Men jag vet inte vad hon säger då, hon kanske känner sig underlägsen er när ni kan så mycket som hon inte lärt sig".

”Ja, man måste säga det på rätt sätt bara, inte peka finger”, svarar Magda tankfullt.

Samtidigt böjer hon sig ner och tittar på kalvens klövar. Det är en fin kalv, den ser ganska mager och undernärd ut, men den står upp och blicken är klar och fin.

”Ni kommer att behöva den här kon själva. Varför ska ni sälja den?” frågar Magda. Hon får en skarp blick från Alfred när hon ställer frågan.

Mannen tittar på kalven och tiger en stund.

”Nå, eftersom den inte ger något nu, enbart ska ha mat, så kunde jag kanske hitta mat eller utsäde att köpa för pengarna istället. Men jag vet inte. Det finns väl inte något inne i stan heller. Jag har inte varit in till staden på flera månader, den är så långt borta nu när den har flyttat. Hästen orkar inte dra så mycket när den har fått så lite foder. Jag har till och med tänkt på att sälja något av barnen”, berättar Kalle.

”Men nu finns det ju mat åt djuren, du kan säkert också börja släppa ut dem korta stunder varje dag så hämtar de sig säkert riktigt bra. Så får ni mera mjölk nästa vinter”, svarar Magda.

Hon skulle hjärtans gärna vilja ha kalven själv, men av någon konstig anledning – kanske det var de glåmiga barnen i dörren som fadern tänker på att sälja på auktion – känner hon starkt att familjen borde behålla kalven och få ytterligare en ko att mjölka så småningom.

”Ja, men vill ni inte ha kalven då? Jag har ju erbjudit den åt er och jag är en hedersman och står vid mitt ord. Sagt är sagt”, svarar han bestämt.

Alfred tänker precis ta till orda, han tycker det är en finfin kalv.

”Nej, vi tar inte kalven. Men jag går gärna in till din fru nu och så kan du och Alfred vandra runt ägorna en stund. Sedan kan ni komma in och äta lite soppa innan vi åker iväg”, avbryter Magda samtidigt som hon svänger på klacken och går iväg från dem.

”Men Magda, ska vi inte ha kalven?”, undrar Alfred med höjd röst bakom henne.

”NEJ!”, nästan skriker hon.

Magda knackar försiktigt på dörren till köket och öppnar den sedan själv. Frun i huset sitter apatisk och tittar ut genom fönstret med tre barn mellan fem och tio års åldern runt om sig. Barnen ser hängiga och gråa ut. De äldre barnen nickar, reser sig och går ut.

”Hej, jag heter Magda och bor i Runsor. Vi är här för att titta på er kalv, men vi köper den inte. Ni ska behålla den själva”, inleder hon. Frun i huset bara nickar.

”Kom med mig, allihopa, så går vi ut. Men först vill jag ha en stor korg, om ni har någon som vi kan lägga växter i”, kommenderar hon. Kvinnan tittar irriterat på henne.

”Jag heter Fina, men jag förstår inte vad ni menar med att komma in i mitt kök och försöka kommendera mig. Vi har nog med oss själva utan att ni står här och skriker”, fräser hon.

”Förlåt om jag lät ful i munnen, det var inte min mening. Jag ska börja från början. Jag vet hur man kokar och bakar med hjälp av växter som man hittar i skog och mark. Jag tänkte berätta lite hur jag gör, så att ni kommer igång, om ni vill försöka er på det. Det mättar magen väldigt väl”, svarar Magda med behållet lugn.

Kvinnan blänger på henne, men stiger upp och hämtar en korg. Magda spatserar iväg ut och alla följer efter henne, om än lite osäkert. Hon inleder med att plocka nässlor, hon väljer de sprödaste hon finner.

”Men det där är ju bara ogräs, vad ska du med dem till?”, säger kvinnan i retlig ton.

”Jag ska visa dig. Vi ska ha mera”

Magda plockar nässlor, kvickrot och maskros i mänger och kommenderar barnen att göra likadant. När de återvänder till gården sköljer hon först växterna. Hon visar Fina hur hon ska koka nässelsoppan. Fina är mycket skeptisk, men låter Magda ta en nypa salt att lägga i.

Sedan instruerar Magda dem hur de ska torka kvickroten och maskrosblommorna och mala dem till mjöl och sedan blanda med vatten. Så gör de små, hårda bullar som de kan platta ut och steka till bröd. Hon berättar också att de ska ta tillvara rallarrosen på hösten och göra mjöl av dess stam. Likaså om de har en nyponros, att de ska ta tillvara nyponen.

Vartefter hon berättar och visar mjuknar Fina och hon frågar allt mer vetgirigt.

När de är färdiga med sitt arbete är soppan klar, så de sänder en av ungarna att hämta männen.

Magda är otroligt hungrig, men hon ids inte äta många skedar av soppan utan låter i stället familjen äta upp den.

"Ät inte för mycket och för snabbt, magen är ovan och kan bli sjuk", förmanar hon dem.

De tar ett hjärtligt farväl efter flera timmar på gården, men i oförrättat ärende.

När de åker hemåt ser Magda att familjens kor och hästen står ute i hagen. Deras nosar är fästa vid marken där de letar efter de saftiga, ljusgröna grässtråna som de har längtat efter hela vintern. Hon förstår att det är Alfreds gärning. Inom sig ler hon, det känns bra att hjälpa andra, även om de inte har det så hävt själva. Nu får de bara lov att klara sig utan den lilla kalven.

***

Lördagen infinner sig alldeles för fort. Trots att det bara är en gäst i form av en obekant man som ska komma på middag lägger Amalia ner rejält med arbete på att planera middagen.

Hon sitter i en stol bredvid faster Francescas säng. Fastern är numera sängliggande största delen av tiden, men hennes tankar är knivskarpa. Hennes kapten Lasse gick bort för några år sedan och även Amalias och Carls föräldrar har nått den eviga vilan. Nu är bara fastern kvar i livet och Amalia besöker henne nästan dagligen.

Tack vare pengarna som Amalias far har förtjänat och med hjälp av Amalias bror Sture, som nu driver faderns handelshus vidare, har de kunnat behålla hemmet där Francesca bor. Hon har till och med ett par damer inneboende hos sig som hjälper till med det mesta.

Efter att Amalia har brutit den färska kanelbullen i bitar och matat fastern bit för bit, sitter de tysta en stund. Amalia har svårt att koncentrera sig.

"Jaha, vad är det du inte har berättar för mig, jag ser att dina tankar är långt borta idag?", frågar fastern plötsligt.

Amalia noterar först nu att fastern iakttar henne med de små, vassa ögonen.

"Nej inget speciellt. Edvin har ställt till med något igen och jag måste reda upp en sak. Jag ska tala med en herre om saken idag. Men du behöver inte bli orolig, det var inget farligt eller dyrt. Men Edvin har stukat foten och kan inte stöda på den. Mannen hjälpte honom hem", berättar hon.

När Amalia ser fasterns ögon förstoras och mörkna, ångrar hon med ens att hon berättade något. Hon borde ju ha lärt sig vid det här laget. Ju tjockare lager av stoppning som lindas runt fastern, desto lättare är det att leva med henne. Hon ska inte veta någonting om det som sker över huvud taget. Hon blir bara arg och lägger sig i saker hon inte har att göra med. Även ur bottnen av sin säng kan hon lyckas röra till saker så att det blir oroligt omkring henne. Amalia kommer aldrig att glömma – även om hon har förlåtit – den gången fastern formligen slängde ut Magda hur Amalias eget hem.

Amalia går omkring och tänder ljus i bostaden. För att snart gå ett nytt varv och släcka dem igen. Det är en ljum och ljus sommarkväll, som gjord för romantik. Därför släcker hon åter ljusen. Det började helt enkelt kännas för mycket som ett rendezvous. Nu när hon enbart har sonen till bordet som förkläde och har bjudit hem en främmande, tilldragande man, måste hon vara försiktig. Tilltaget är nästan skandalöst. Om hon hade varit yngre skulle hon inte ha gett sig in på detta vågade äventyr att bjuda hem den okände mannen. I och för sig rör det sig flera tjänare i huset också, men det är inte samma sak som en släkting när det gäller att försvara hedern.

När hon hör att det ringer på dörren kastar hon en sista blick i spegeln och rättar till knuten i det mörka, tunga håret som numera har stänk av silver. Sedan tar hon Edvin vid armen och går herr Vikstam till mötes.

Husan har släppt in honom och hängt upp hans överrock. Han går emot dem där de står och väntar på sin gäst. Amalia stöter till Edvin med armbågen. Han bugar sig en aning.

"Herr Vikstam, jag är tacksam att herrn ville ta emot vår enkla inbjudan att inta middag med oss som tack för att herrn hjälpte mig i min svåra situation", säger han inövat.

"Nöjet är mitt, unge man, jag hoppas att er fot har återhämtat sig", svarar han med ett bländande, stort leende.

Amalia hälsar och böjer lätt på huvudet för att visa sin tacksamhet.

"Även jag tackar er herr Vikstam. Snart ska vi gå in i salen och äta middag, men först vill jag överräcka en liten gåva för att visa vår tacksamhet", säger hon, samtidigt som hon visar honom att följa med in i salongen och pekar mot en stol.

Gästen slår sig ner och hon hämtar en låda med en utsökt, gammal konjak som hon räcker fram till honom. Han kommer sig hastigt upp på fötterna och tar emot den med en bugning.

"En liten gåva som tack", mumlar hon.

Han studerar flaskan och mumlar uppskattande.

"Frun har utmärkt smak ser jag. Det ska bli ett sant nöje att ta sig ett litet glas då och då av denna utsökta dryck. Tusen tack!", säger han.

Sedan inleder han ett samtal med Edvin om skola, vänner och vidarestudier. Det märks att Edvin inte är van bli uppmärksammad av män som är i samma ålder som hans far hade varit i. Amalia har ett litet umgänge och få män har därför haft någon framträdande roll i pojkens liv. Därav också en viss brist på förståelse för hur han förväntas uppträda och uppföra sig.

Amalia lyssnar till dem utan att avbryta. Hon slappnar nästan av en aning. Efter en stund stiger husan in och meddelar att middagen är serverad.

Som vanligt har kokerskan lyckats med maten och Amalia ser att deras gäst äter med stort nöje och god aptit.

"Fru Palmlöf, jag må säga att detta minsann är det godaste jag har ätit på väldigt, väldigt länge. Jag bor ensam och äter oftast en gång per dag på någon närbelägen krog i staden. Så det är ett sant nöje att få äta mat som denna", säger han och ser på henne med en blick som känns mycket berörande.

"Det är ett sant nöje att få bjuda herrn på mat, i synnerhet om den är så uppskattad som ni säger. Vi visste inte vad herrn uppskattar, så vi valde rätter som de flesta anser smakar väl", svarar hon och känner hur hon rodnar under hans blick.

"Ni har sannerligen lyckats. På landet, därifrån jag kommer, brukar vi säga att vägen till mannens hjärta går genom magen", säger han och skrattar åt sitt försök att vara rolig.

Amalia ler också, även om hon känner sig lite träffad och förvirrad. Är det så lätt att se att hon tycker att han är attraktiv, undrar hon förtvivlat för sig själv.

De gör rättvisa åt alla tre rätterna i ganska snabb takt. Deras samtal går rätt knaggligt och Amalia ångrar snart sitt tilltag att bjuda in honom. Då de ätit efterrätten tar de vuxna kaffe och konjak inne i salongen. Den guldgula drycken hjälper snart Amalia att slappna av en aning och lugna ner sig.

"Så, jag minns att herr Vikstam nämnde att det var ert magasin som brann. Berätta gärna mera. Vad är det herrn gör med magasin nere i hamnen?", frågar hon.

"Snälla fru Palmlöf, kalla mig bara Oskar i dessa privata sammanhang", säger han.

"Tack herr Oskar! Oskar kan kalla mig fru Amalia", ler hon till svar.

"Jo, jag har magasin nere i hamnen för jag säljer olika matvaror som jag köper upp på landsbygden och säljer till handelshusen runt om i staden. Men just nu går det inte så bra. Alla lager sinar, matförråden är skrämmande tomma och allt är väldigt dyrt. Det har kanske även fru Amalia noterat?", undrar han.

"Jodå, vi har noterat saken och jag har även läst att befolkningen på landsbygden och de fattiga i städerna har det svårt, svälter och far illa. Jag har även noterat att det finns fler tiggare än förut längs gatorna i staden. Om de är barn brukar jag ge dem en slant ibland."

"Nöden är ganska stor uppe i norr, det har varit en lång och kall vinter och isen låg kvar in i juni", svarar han.

"Så är det ett stort handelshus som herr Oskar har?"

"Nej vars, inte så stort. Det startade med att jag ärvde fars lanthandel ute på landet, norr om Stockholm. Sedan fick jag via goda bekanta ärva ytterligare en handel i en grannby när ägaren dog utan arvingar. Sedan har jag byggt på med en del och idag är jag handelsman med varor, men jag har inga egna handelsaffärer längre. Det har faktiskt gått förvånansvärt bra. Jag är trots allt född som en enkel lanthandlares son och inte född med silversked i mun", säger han och skrattar till.

Amalia känner att hon rodnar när han pratar om silverskeden. Hon vet mycket väl att hon har haft det lätt i livet när det ankommer pengar och ägodelar, eftersom hon aldrig har behövt oroa sig över sådana världsligheter.

"Ja, också min far hade ett handelshus, min bror drivet det nu. Mannen jag gifte mig med hade även han ett handelshus att ärva, men han försvann till havs några månader efter att vi hade gift oss. Så handlare är jag minsann van vid. Det är intressant att följa med på marknaden vad som är i ropet", svarar hon.

"Är också fru Amalia involverad i handeln?"

"Nej, faktiskt inte. Jag har investerat pengar i missionsarbete, alltså av arvet efter min man, och jag arbetar allt jämt där någon dag i veckan. Jag gjorde investeringen mot att de gick med på att även ta emot de fallna kvinnorna som väntar barn och hjälpa dem med graviditet och födsel, samt erbjuda mammorna att hjälpa till med adoption. Det var det bästa beslutet jag har gjort i hela mitt liv", berättar hon.

"Oj, du var mig en driftig kvinna, fru Amalia. Det är sällan man hör om kvinnor som gör något annat än dricker kaffe och skvallrar. Om fru Amalia ursäktar mig", ler han.

Hans leende visar en perfekt jämn och fin tandrad och Amalia finner honom allt mer tilldragande ju längre de sitter tillsammans och dricker ur sina konjaksglas. Han släpper inte hennes blick när han fångat den och hon börjar snart vänja sig vid hans intensivt granskande ögon.

"Så nu vet herr Oskar vart min man tog vägen. Ändå, hur är det med herr Oskars kvinna?", frågar hon modigt med klappande hjärta.

"Henne har jag inte funnit än. Mest beror det väl på att jag helt enkelt inte har haft tid att leta efter henne. Jag har letat efter mjölsäckar och sockertoppar medan andra har letat kvinnor", skrattar han.

"Men det betyder ju naturligtvis inte att jag skulle ha något emot att mötas av en varm famn när jag väl kommer hem", tillägger han. Han sneglar så menande på henne när han säger det att hon måste vända bort blicken från hans.

Snart är glasen tömda, liksom kaffekopparna och samtalet avtar igen. Då reser han sig och bugar mot henne.

"Jag vill tacka varmt för den delikata middagen, det utsökta sällskapet och den underbara drycken jag få ta med mig hem. Jag hoppas att unge herr Edvin återhämtar sig snart", säger han.

Amalia far upp på fötterna och känner att hon är en aning berusad. Därav det personliga samtalet med denna främmande man, som ändå känns märkligt nära bekant efter en så kort stund.

"Tacksamheten är helt och hållet på min sida", svarar hon och ropar till sig Edvin som kommer haltande mot dem.

"Tacka nu herr Vikstam för att han kom".

"Ja mor, tack herr Vikstam", säger han och sträcker fram sin hand. Oskar ignorerar handen och lägger en arm kring pojkens axlar.

"Du, vi inleder byggnationen av nya magasinet nere i hamnen nästa vecka. Kanske du kommer och tar dig en titt sedan när du är på fötterna igen", säger han till pojken.

"Ja, absolut, det gör jag mer än gärna", säger han och ger sin mor en osäker blick.

"Ja, det är klart du ska gå och se på bygget", ler hon till svar.

När de står invid dörren och Oskar är på väg att gå, blir bägge två lite osäkra.

"Kan vi kanske ses igen", frågar han slutligen. Hon ser att han rodnar.

"Ja, det ska säkert ordna sig. Jag kan sända ett kort till dig med något förslag på lämplig aktivitet för oss. Om herr Oskar ger mig sin adress", säger hon. Hon räcker honom en penna och en liten skrivbok.

Han antecknar sin adress.

När hon sträcker honom handen för att ta farväl böjer han sig ner och nuddar med sina läppar vid hennes hand. Hon kan inte minnas när någon senast gjort så och hon flämtar till.

"God natt min sköna!", säger han och hon kan se på hans blick att han njuter av att göra henne osäker. Han tycks veta exakt vilken påverkan han har på henne.

"God natt, herr Oskar", svarar hon bara och ler mot honom medan hon skakar på huvudet.

När han stängt dörren står hon kvar en stund och funderar på frågan hur många etikettsregler de har lyckats bryta på en och samma kväll. För att i nästa sekund besluta sig för att hon inte tänker ägna saken ytterligare en tanke. Hon är stor nog att bestämma över sig själv.

4
Sommaren 1867

Magda kan inte släppa tanken att husbonden på gården i Toby överväger att sälja sina barn. Hon sitter och ser på sin egen barnaskara, brokig som den är. Barnen ser inte heller så friska och välnärda ut, även om hon har matat i dem litervis med soppa på brännässlor. Det är, tack och lov, ett ogräs som trotsar det mesta och örten går utmärkt att äta när den är liten och spröd. Men nu behöver alla i stugan kött och potatis, något som de inte har. Magda har aldrig låtit sig lockas till någon auktion där de bjuder ut fattiga, gamla, sinnessvaga och barn. Nu kan hon inte släppa tanken. Hon känner till flera gårdar som har ropat in barn som hjälp i arbetet och sedan drivit dem som slavar. Men själv har hon alltid tagit avstånd från dylikt tänkande, eftersom de har haft möjlighet att hålla sig med tjänstefolk.

Magda sitter försjunken i sina tankar när Alfred stövlar in med tunga steg.

”Vad sitter du här och grubblar på när du ser så sammanbiten ut?”, frågar han.

”Jag tänker på det han sade, fadern i Toby, om att sälja sina barn. Jag vet ju att många tar till fattighjälpen och ger bort dem, men det känns ändå väldigt obehagligt. Tänk om vi skulle bli tvungna att lämna bort Verner och Ingeborg. Mitt hjärta skulle brista”, suckar hon.

”Men varför tänker du på något sådant, vi har väl inga tankar på att ta fattighjälp?”, undrar han och hon ser rynkan mellan ögonbrynen.

”Nej, nej, det vet jag väl. Men jag tänker på alla andra och på familjen vi besökte i Toby som tänkt tanken. Det känns bara så illa”, säger hon och försöker tona ner sina tankar.

"Tokiga kärring, släpp det där nu. Både våra barn och deras barn är kvar hemma, så det så", snäser han.

Hon undrar vad som får honom på så dåligt humör.

"Inte har väl du tänkt på samma sak? Eller varför blir du så arg?", säger Magda och reser sig upp för att få lite vikt bakom sina ord.

"Du har nu helt tappat vettet, vi klarar väl av att ta hand om våra barn", säger han med höjd röst.

Återigen dyker den upp, den där onda taggen, som får henne att undra ibland om han ändå på något sätt, inte riktigt innerst inne känner att Verner och Ingeborg är hans barn. Inte hans på riktigt, så som Lisbet och Elmer är hans, tillsammans med Magdas döda syster Elna. Hon försöker skaka bort den gnagande känslan. En känsla som hon aldrig vågat föra på tal. Hon skyddar ömt det hårda skalet som har växt sig tjockt runt taggen som sitter i hennes hjärta. Många gånger genom åren har hon sett på sina barn och tillika undrat om hon älskar dem mindre för att de är resultatet av en brutal våldtäkt. Men det tror hon inte att hon gör. Eftersom hon inte har några andra barn än de som blev till genom den grymma händelsen, har hon inget att jämföra med. De andra barnen i huset är avlade av hennes egen syster tillsammans med hennes man, så känslorna är annorlunda för dem. Fast i slutänden är de alla hennes barn och hon har alltid försökt att behandla dem jämlikt.

Magda väcks ur sina tankar när Alfred lämnar rummet och smäller igen dörren bakom sig. Hon skakar på huvudet för sig själv.

"Karlar", muttrar hon.

Sedan tar hon sin stora korg och ger sig ut i markerna för att återigen samla brännässlor. Hon börjar bli outhärdligt trött på att äta den gröna gröten, men nöden har ingen lag. Hon är även gruvligt trött på sina brännande fingertoppar som ständigt ömmar av brännässlornas svidande behandling.

De få hönsen de har kvar har tack och lov börjat värpa ägg så hon har hopp om att de ska få tillökning i buren snart.

Alfred går, som vanligt, med stora, bestämda steg mot åkrarna. Hans rutt varierar alla dagar. Normala somrar brukar han se över grödorna en gång i veckan. Nu vandrar han varje dag oroligt mellan tegarna, som en besatt. Han är livrädd för att den sena sådden ska misslyckas. Han går långsamt längs åkerkanten och ser på den spröda brodden som skulle frysa på ett ögonblick om det kom frost. Nu är marken torr och det behövs ett ljummet sommarregn för att brodden ska växa snabbt och bli kraftig. Inget regn faller och för varje dag blir marken allt torrare. Han känner på den ljusgråa jorden som nu ser mager och självisk ut. Han känner på de ljusgröna stråna och försöker förstå om de är starka och livskraftiga eller om de slokar.

Alfred pratar med Gud och med de gamla vädergudarna och han pratar med alla han råkar på. Alla är lika bekymrade och hålögda. Må det komma regn, sedan värme i mängder så att skörden nu får växa snabbare än normalt. Eftersom sådden inföll nästan en månad senare än vanligt, betyder det att de borde låta den växa till in i september. I och för sig ska det väl inte bli frost redan i september. Men det kan förstås komma rikligt med höstregn då, så det blir blött och problem med att få in skörden.

Alfred suckar, tungt och ledset. Han har så många munnar att mätta på gården och han vet inte längre vad de ska äta. Han har inte tänkt sälja barnen, vad Magda än tror om honom. Men han är inte dummare än att han förstår att folk blir tvungna att ta till fattighjälpen. Även om det skulle vara ovanligt att en så stor gård som deras skulle behöva ta till fattighjälp. Det är oftast gårdar som hans som tar emot de små trasiga liven. Men just nu har han inga planer på att ta in några fler munnar att mätta.

Så vandrar Alfred av och an hela sommaren. Han väntar än på regn och än på sol. Han känner på stråna och senare på axen. Han jämför med grannens skörd och han försöker räkna ut tidpunkten när de ska kunna ta in skörden. Hela tiden skjuter han fram bärgningen i hopp om att skörden ska mogna lite till, den känns inte helt redo. Det är en plågsam väntan på att få skörda detta år. Aldrig förr har han låtit skörden stå kvar på åkern ännu i september. Endera dagen är det dags att gräva upp potatisen och rovorna. Knölarna skall bli ett välkommet inslag i den dagliga kosten. Det är länge sedan han har ätit potatis. Han kan känna den mjälla smaken i munnen när han fantiserar om potatisarna.

I sin otålighet har Alfred redan förberett för skörden. Han har vässat liarna och allt är framställt så att de bara kan sätta igång när skörden känns redo. Han sover nu lika illa som han gjorde i våras efter att de hade sått. Av exakt samma orsak, nämligen risken att skörden ska frysa. Han skulle hellre ta in skörden utan att den har mognat, än att den fryser bort. Ångesten för tidpunkten när det ska bli dags är enorm. Varje dag tänker han "imorgon", som åter blir "imorgon" när morgonen är här. Men han vet inte hur länge han ska våga skjuta fram skördandet till imorgon.

För att dryga ut maten har Verner jagat och fiskat alla dagar under sommaren. Fångsten har varit ett välkommet tillskott till deras matförråd, även om det är svårt med tillgången till salt. En hel del av köttet har Magda torkat, istället för salta eller röka.

Knut och Lisbet sitter vid det lilla bordet i köket ovanför bageriet. De har varsin kopp med hett vatten framför sig. De har varken kaffe eller te att brygga. De har inget ätbart på bordet och deras magar är så hungriga att de inte längre kurrar. Knut suckar tungt.

"Det är dags för dig att flytta hem till mor och far nu Lisbet. Jag kan inte ha dig här längre. Läget är ohållbart när vi inte har något att äta. Ute på gården i Runsor kan du i alla fall få i dig lite av Magdas konstiga, gröna soppor", säger han.

"Ja, jag håller med. Jag är till en börda för dig nu när vi ändå inte kan baka", svarar hon med grötig röst.

Hon vill inte tillbaka till landet, slitet med gården och föräldrarnas gnäll. Hon vill bo i staden och ha ett riktigt arbete, liksom nu när hon har hjälpt till på bageriet.

"Det är förstås inte för att jag anser att du är en börda som jag sade att du ska flytta. Orsaken är helt enkelt att du riskerar att svälta ihjäl här hos mig när jag inte kan försörja dig längre, inte betala någon lön och vi har heller inget att göra. Jag räknar ju med att vi snart ska kunna baka igen. Snart kommer det större laster med mjöl, när de börjar skörda på sydligare breddgrader och sedan kommer vår höstskörd, så då arbetar vi på som vanligt. Men nu kommer det att vara så här stilla ännu ett par, tre veckor, eller något sådant. Vi måste bara vänta och se", säger han medan han oavbrutet ser på henne.

Knut vill att hon ska förstå att det bara är för hennes eget bästa. Han vill inget hellre än att ha henne hos sig. Det känns mer som ett hem då hon är där. Och så är hon en flink och lättlärd fröken, oumbärlig för att han ska klara arbetet i bageriet.

"Men du då Knut? Om inte jag har något att äta så har väl heller inte du något att äta. Hur tänkte du? Kommer inte du med ut till gården?"

"Nej, jag stannar här. Jag vill inte belasta dem med ytterligare en mun att mätta. Jag är ju en vuxen man nu redan och det är ju inte mitt hem på samma sätt", svarar han, utan att lyckas dölja en gnutta bitterhet bakom orden.

"Så dumt du pratar, Knut. Det är visst ditt hem och jag vet att Alfred och Magda inte vill att du ska svälta här och dra på dig tyfus."

"Jag klarar mig. Jag kan till exempel gå och fiska nere vid stranden alla dagar. Jag har ju ändå inget bättre att göra och jag är uppvuxen vid havet. Där kan jag sitta hela dagarna om jag vill. Säkert får jag fisk alla dagar så klarar jag mig på fångsten som jag får. Det ordnar sig, ska du se", svarar han och försöker låta käck.

"Nåja, jag kan förstås inte tvinga dig att följa med. Men jag tänker berätta för far hur du resonerar", säger hon och knycker på nacken.

"Det är väl onödigt att försöka ge honom skuldkänslor för min skull. Jag tror inte att du förstår Lisbet hur mycket hans hjälp har betytt för mig genom åren. Jag skulle säkert ha dött på den där gudsförgätna kobben om inte han hade tagit mig med sig från Åland. Du måste förstå att det betyder oerhört mycket för mig. För mig är inte Alfred en far som man kan prata om som det behagar. För mig är han allt, han har gjort något sådant för mig som få gör för andra människor någonsin under hela sin livstid. Han gav mig mitt liv. Förstår du?", säger han och låter med ens mycket äldre än han är.

Lisbet lyssnar och fingrar på sin kopp.

"Jag har inte tänkt så mycket på den där saken, faktiskt. Men jag förstår dig mycket väl när du säger det på det där viset. Han gjorde ju en verkligt stor gärning. Men å andra sidan hade han övergett två barn där hemma istället och jag kanske tänker mera på den saken. Hur han bara drog", svarar hon.

"Det gjorde han, det ångrade han gruvligt och det har han försökt kompensera hela sitt liv. Jag tror i ärlighetens namn att Alfred inte har tänkt på sig själv särskilt många gånger under sitt vuxna liv. Han sätter alltid någon annan framom sig själv. Det är så han fungerar. Han har större hjärta än han mår bra av."

Lisbet bara nickar. Hon har inte tänkt så mycket på hurdan hennes far är. Han är ju liksom bara far. Men hon känner att Knut har rätt.

"Jag tycker att du ska packa din väska redan nu och ta eftermiddagens skjuts ut till gamla Wasa", fortsätter han.

"Nu redan?"

"Ja, nu redan. Du får packa och åka så kan jag gå och fiska dagens fisk", svarar han

"Men om vi är två som fiskar får vi säkert två fiskar så klarar även jag mig", försöker hon slingra sig.

"Nej, jag säger att du ska åka hem nu. Du får komma tillbaka senare när vi har mjöl och kan baka igen. Jag kommer ut och hälsar på till Runsor med jämna mellanrum, så du får veta om det sker några ändringar på den fronten", säger han och reser sig för att visa sitt allvar. Knut lämnar det minimala köket där de normalt har ganska trevligt tillsammans, även om arbetsdagarna i ett bageri betyder tidig väckning och långa och tunga dagar.

Lisbet sitter och tittar ut en stund. Hon ser att det är grönt och lummigt ute efter all köld som de kämpade mot i början av sommaren.

Hon ser dock ingen skönhet i det gröna just nu, hon ser bara grått. Först försöker hon hålla gråten borta, men efter en stund svämmar ögonen över och tårarna rullar långsamt ner över hennes bleka, infallna kinder. Hon stryker hastigt bort dem och ser sig om så att Knut inte ska se att hon sitter och gråter. Hon vill ju vara stark för hans skull. Men det kniper så det gör ont inombords. Hon längtar efter doften av bröd i huset, Knuts visslande medan han bakar och kundernas glada pladder. Lisbet längtar också efter att få sätta tänderna i ett varmt, nygräddat rågbröd med smör som smälter och rinner ner över fingrarna. Ju mer hon tänker på allt hon längtar efter, desto svårare blir det att inte grina högt. Trots att hon med alla medel försöker hålla tillbaka, snyftar hon allt högre, alldeles för högt för att inte Knut ska höra det i den tysta, lilla bostaden. Det tar inte många sekunder förrän han är tillbaka i köket.

Han tar henne i handen och drar upp henne av stolen och sluter henne i sina armar.

"Lilla vännen, gråt inte nu, vi klarar nog detta. Det är bara några veckor, sen är det över och vi har mat igen", viskar han med läpparna intill hennes öra.

"Knut, jag vill vara hos dig", viskar hon tillbaka.

"Jag vet, och jag vill ha dig här, men jag vill ändå mer att du inte ska behöva svälta. Vi har inte ätit ordentligt nu på många dagar, lilla vän."

Lisbet, som snart blir tonåring, känner en ny, obekant men behaglig känsla i kroppen när Knut håller om henne som han gör. Hon känner att hon har en man intill sig. Det både lockar och skrämmer, så hon lösgör sig ur hans grepp. Knut är idag en fräknig, gänglig yngling med rena drag och hår som skiftar i rött när solens strålar dansar över det. Han är ingen charmör av rang, men han har ett snällt och pojkaktigt utseende och en mild, ljusblå blick.

"Det är bra Knut, tack ska du ha. Jag är säkert bara så hungrig. Jag ska nu packa ner lite saker och bege mig iväg", viskar hon. Lisbet känner plötsligt hur hon rodnar. Hon har egentligen aldrig tänkt på att hon och Knut skulle göra något annat än baka tillsammans. Men nu, efter att hon känt hans seniga kropp mot sin är det som om den tanken skulle ändrat sig. Och hon har ingen aning om hur hon ska hantera den känslan. I synnerhet inte när han nästan är som hennes egen bror – om än inte.

Lisbet går med släpande steg – både av ovilja och hunger – längs vägen från den ödsliga, gamla staden mot Runsor. Vägen ligger dammig och torr och hon fryser en aning. Trots att sommaren är här, är det ingen sommarvärme i luften att tala om. Väskan känns tung att bära och hon byter hand gång på gång. När Lisbet närmar sig gården ser hon sin far. Han går med långsamma, tunga steg längs en åkerkant. Fadern ser inte henne för han tittar så koncentrerat ner i marken. Hon undrar vad han ser på. Det finns väl inget att se där.

När hon kommer in på gården ser hon att mor och Ingeborg sitter på bänken framför huset och skär brännässlor i små bitar. Ingen av dem noterar henne när hon går över gården. Hon hör inte vad de talar om, men det ser riktigt gemytligt ut. Kanske det inte ska bli så illa heller, att vara hemma i mors vård en tid.

”Mor, Ingeborg! Hej!”, säger Lisbet med höjd röst när hon närmar sig eftersom ingen av dem ännu noterat henne.

”Lisbet! Vad gör du här”, svarar Magda och ser kanske inte helt odelat lycklig ut när hon får syn på dottern. Eller egentligen systerdottern, men de har levt som mor och dotter all den tid som flickan minns.

Lisbet hajar till när hon ser att modern inte skiner upp av glädje när hon får syn på henne. Magda lägger märke till att flickan blir osäker och rättar hastigt till sina anletsdrag och stiger upp och går henne ett par steg till mötes. Hon håller ut armarna mot flickan och sluter henne mot bröstet när hon kommer fram till henne.

”Lilla vännen, vad gör du här. Ska inte du vara hos Knut? Inte har du väl skött dig illa?”, frågar hon och för flickan en armslängd ifrån sig för att se vad hon har att säga och samtidigt kunna tolka hennes anletsdrag och avgöra om hon talar sanning eller ej.

”Jag är här för att Knut sände mig. Jag försökte verkligen vägra på alla möjliga sätt, men det gick inte att övertala honom", svarar hon nedslaget.

"Varför sände han bort dig, nu förstår jag inte. Har du misskött ditt arbete? Jag sade ju till dig att du måste arbeta hårt alla dagar...", svarar Magda, men Lisbet avbryter henne.

"Nej, mor. Du har missförstått det hela. Han sände bort mig för att han bryr sig. Vi har inte ätit på flera dagar. Allt är slut i bageriet och vi kan inte baka längre för vi har inget mjöl, ingen jäst, ja, allt är slut. Då sade han att jag måste gå hem och han hoppades att ni skulle ha lite mat som jag kan få ta av", svarar Lisbet och ser stadigt på modern.

"Nej, men vad säger du. Går det inte att köpa importerat mjöl till bageriet?"

"Nej, det finns inget att köpa. Allt står helt stilla nu tills det börjar strömma in nya råvaror till hösten. Men jag vet inte hur länge jag stannar här, vi får se. Om det passar sig alltså, eller tycker mor att jag måste ge mig av?", frågar hon och pulsen tickar lite snabbare än vanligt. Plötsligt är Lisbet rädd att modern ska sända bort henne, trots att hon länge kämpade emot och inte ville gå hem.

"Det är väl klart att du ska stanna hos oss. Men du måste förstå att även vår mat är slut. Allt är slut och vi har inte ens ätit barkbröd på länge och nu har Ingeborg och jag kokat soppa på växter nästan hela sommaren. Vi är så trötta på det, men soppan är riktigt näringsrik och nässlan växer väl oberoende av sommarvädret", svarar Magda och pekar mot högen med nässlor som de har framför sig.

Lisbet slår sig ner och arbetar med nässlorna likt modern och Ingeborg. Efter ett par minuters småprat vänder sig plötsligt Magda mot Lisbet med ett häftigt ryck.

"Men Knut då? Varför kom inte han med dig, han har väl inte heller något att äta?", frågar hon med lätt höjd röst och ögonbrynen upphissade.

"Jo.... eller nej. Alltså, jag uppmanade honom att komma med. Men han har beslutat att han ska stanna kvar i stan och gå och fiska alla dagar och leva på fångsten har får. Knut påminde om att han är uppvuxen vid havet och därför mer eller mindre född fiskare. Han ska vänta in lasterna med mjöl och så fort han kan börja baka igen åker jag tillbaka till stan", svarar hon nedslaget.

"Men vilket dumt prat, det är väl klart att Knut ska vara hos oss. Fast han förstod säkert att inte vi heller har mat. Ingen har mat just nu så det är väl lätt att räkna ut förstås. Men jag tycker fortfarande att han borde ha kommit hem till Runsor", svarar Magda och slutet låter mest som ett muttrande.

På kvällen sitter Magda och Lisbet och samtalar om livet på gården. De pratar om framtidsplaner och om de svåra tiderna som råder.

"Mor, jag undrar ibland vart morfar tog vägen, har du någon aning?", frågar Lisbet plötsligt.

Magda suckar, det låter som om ljudet stiger upp ur den mörkaste avgrund. Hon vrider sina händer och tittar ner i famnen några sekunder innan hon svarar.

"Nej, jag vet faktiskt ingenting om morfar. Först hade jag svårt att förlåta honom, när han försvann och var så orättvis och gemen mot mig. Men efterhand som åren har gått har jag glömt det onda och minns bara de goda sidorna hos honom. Och som jag har saknat honom ibland! Men allra mest har jag nog oroat mig för vad det blev av honom. Om han klarat sig. Om han är begravd någonstans som okänd utan någon som lägger blommor på hans grav. Han borde ju ha fått vila bredvid mor, Elna och Anna. Nu är han bara borta", svarar hon med djup röst, de sista orden hörs bara som en viskning.

"Men borde man inte få ett brev från myndigheterna när någon dör?", frågar Magda.

"Ja, jag är lite osäker på hur det går till när någon dör, om man inte exakt vet vem som är de anhöriga. De kan ju inte meddela oss om de inte vet vem han är, eller vilka vi är."

"Nej, det är klart. Men kanske han inte ens är död. Kanske han är en urgammal gubbe idag som knotar på", säger Lisbet och försöker låta lite uppmuntrande.

"Du kan förstås ha rätt. Men vänta nu, hur gammal skulle han vara idag. Han skulle väl vara runt sextio år. Det är väldigt gammalt det. Jag har svårt att tro på den möjligheten."

"Sant, men den finns. Sade du inte att han hade övergått från suput till nykter och religiös?"

"Så var det när jag såg honom sista gången jo. Innan tvillingarna föddes."

"Men varför blev han så arg?"

Magda skruvar plötsligt på sig. Hon har undvikit att tala om den saken under alla dessa år. Hennes egna barn vet inte om vad hon gått igenom och hur de kom till. Inte heller Lisbet och Elmer. Och så måste det förbli.

"Vet du, jag förstod aldrig riktigt varför han blev arg. Det hade säkert något att göra med att han tyckte att jag inte var tillräckligt gudfruktig", ljuger hon.

"Men vad konstigt. Inte kan man väl bli så arg att man lämnar sin familj för att någon tror mindre på Gud?" Lisbet låter konfunderad.

Magda reser sig. Hon känner att det är dags att de avbryter denna farliga diskussion. Den kommer allt för nära det som hon allra minst vill påminnas om och prata om i sitt liv. Långa perioder av sitt liv har hon inte ens tänkt på att tvillingarna är ett resultat av att hon blev tagen med våld och att Alfred egentligen inte är far till dem. Hon vill inte att skitbyket ska dras upp i ljuset, inte nu och aldrig någonsin.

* * *

Så fort Edvin är på fötter igen pilar han ner till hamnen för att leta reda på farbror Oskar. De första gångerna han vandrar omkring mellan lagerbyggnaderna lyckas han inte få syn på honom. Men han återvänder fler gånger ner till stranden för att slutligen finna honom.

Bygget av ett nytt magasin pågår som bäst. Det hamras, sågas och svärs i alla hörn. Edvin iakttar bygget en stund på behörigt avstånd – till och med Edvin förstår att han inte ska sätta sin fot där utan lov – när han hör en bekant röst. Han hajar till.

"Din usliga jävla karl som inte kan sköta ditt arbete! Du är helt värdelös, försvinn härifrån och sätt inte din fot här igen!", hör han en röst vråla. I samma ögonblick hör att ett klatschande ljud. Det låter som ett bälte som viner genom luften och träffar någonting.

"Snälla herrn, det var ett misstag. Jag lovar att göra bättre ifrån mig. Jag behöver mitt arbete och min lön...", hör han en ynklig röst vädja.

"Ni kan gå via kontoret och kvittera ut sista löningen. Jag behöver inte folk som dig i arbete för mig. Försvinn härifrån, jag vill inte se dig igen!", vrålar den bekanta rösten.

Edvin står som fastfrusen i marken.

"Snälla herr Vikstam, jag ska bättra mig", försöker han igen.

Då hör Edvin hur det klatschar igen och nu tystnar rösten.

"Försvinn!"

Snart ser Edvin en pojke, inte mycket äldre än honom själv, som kommer haltande ut från bygget. Han gnider sig över armen och tårarna rinner över de smutsiga kinderna. Edvin stirrar oavbrutet på pojken när han närmar sig.

"Vad hände?", frågar han nervöst när pojken är nästan i jämbredd med honom.

"Jag får inte arbeta kvar, hur ska vi nu klara oss...", säger pojken med en röst som inte håller.

Edvin känner en otäck, krypande känsla åla genom kroppen.

"Men varför? Slog han dig?", frågar han.

"Jag är ny som byggare och jag gjorde flera misstag. Inga stora och farliga och inget har hänt. Jag tappade spik i sågspånet, fällde en stock på en annan mans fot och sådana saker", svarar han. Pojken fortsätter att gå så Edvin slår följe med honom.

"Men slog han verkligen dig?", upprepar Edvin.

"Ja, han slår alltid. Inte bara mig utan flera av oss. I synnerhet oss som är lite yngre och svagare. Han vågar väl inte slå de vuxna männen. Och inte deras söner heller för den delen", svarar pojken.

”Men får man slå?”, undrar Edvin och känner sig barnslig.

”Tja, det får man väl, men det är inte så många som slår sina arbetare längre så vitt jag vet”, svarar han och snabbar på stegen som för att göra sig av med Edvin.

Edvin stannar upp och står stilla en liten stund. Snart svänger han om igen och går tillbaka mot bygget. Nu med betydligt mindre sving i stegen. Han hade sett framemot att träffa farbror Oskar igen och att bekanta sig med ett bygge. Han är mycket intresserad av byggnadsteknik och byggnader. Edvin är däremot inte det minsta intresserad av att köpa och sälja saker som hans släktingar har gjort under långa tider.

Under de följande dagarna går han flera gånger ner till bygget. Gossen ger sig aldrig till känna, utan står dold och gömmer sig. Han hör hur Oskars röst skallrar mellan husen. Och han tror sig även höra bältet vina en av gångerna när han står och iakttar vad som pågår.

Ett par veckor senare sitter Amalia framför sin spegel medan husan lägger upp hennes hår. Hennes kinder glöder och hon har valt en utsökt klänning som är lite vågad, men ändå inte för mycket. Edvin är van vid att hon är ute i sällskapslivet så han frågar inte ens vart hon ska. Prick klockan sex hämtar en droska henne. I den sitter redan hennes sällskap för kvällen. När hon närmar sig droskan stiger Oskar ut och öppnar dörren för henne så att hon kan stiga in. De styr sedan kosan mot middagen och invigningen av Djurgårdsteatern.

Amalia njuter av Oskars sällskap. Han är vältalig, artig och kan även konsten att lyssna, vilket många av de män hon stött på genom åren – vanligtvis födda inom de högre stånden – verkligen inte kan skryta med. De vill bara prata om sig själva, sin utomordentligt framstående släkt och sina pengar. Hon tittar sig runt i den ljuvliga svenska sommaren. Det är den tjugonde juni och den fagraste midsommartiden. Fåglarna sjunger i alla tänkbara toner som de kan uppbringa ur sina späda strupar. Människorna är rusiga av sommarkänslor efter den långa, hårda vintern och allt känns underbart. Om det inte vore för de fattiga stackare de körde förbi på vägen mot Djurgården. De står och tigger som värsta patrasket. Men Amalia erinrar sig att det är ont om mat i stora delar av landet och att dessa stackare säkert inte har lyckats få tag på något att äta. De kör bara förbi tiggarna och Amalia väljer att titta ut genom fönstret på andra sidan.

Kvällen flyter på och Amalia njuter av den goda maten, pjäsen, den vackra naturen ute på Djurgården samt av Oskars sällskap. Han gör inga otillbörliga närmanden, men hans blick berättar att han inte skulle ha något emot det heller. Precis så som hon vill ha det. Hon har inte haft något allvarligt sällskap sedan hon blev så gruvligt sviken av Alfred. Hon har gjort allt i sin makt för att inte åter förlora förståndet så totalt på grund av en man, som hon gjorde med honom. Amalia hade en outsäglig tur den gången att hon inte blev havande med en oäkting. Och Alfred har aldrig ens skrivit och frågat hur det gick med den saken. Hon skakar på sig, oförmögen att förstå varför hon alltid skall hänfalla till tankar på vad Alfred gjorde eller inte gjorde.

När de tar farväl kysser Oskar hennes hand.

”Jag hoppas att vi kan ses snart igen, min sköna, jag har haft en underbar kväll”, säger han.

”Ja, tusen tack för en utmärkt underhållande afton. Jag tycker mycket om den nya Djurgårdsteatern”, svarar hon. Hon undviker med avsikt att säga något om fortsättningen.

”Men då så, jag önskar god natt!” Han bugar sig och stiger tillbaka in i droskan. Men han drar inte igen dörren.

”Jag hör av mig”, säger han och blinkar snabbt med ett öga.

Hon hinner inte svara innan de ger sig av. Amalia känner sig trött och går upp för trappan med långsamma, tunga steg som ekar ihåligt och ensamt genom natten. I hennes huvud snurrar mångahanda tankar. Hon längtar efter en man i sitt liv, men bara ibland. Andra dagar är hon gudomligt glad att hon inte behöver dras med någon man. Men det må vara hur det vill med det, nu har hon bestämt sig. Denna kväll – ackompanjerad av måsarnas skri över Brunnsviken – besluter hon att ge

Oskar en chans. Helt enkelt för att han är charmig, snäll och verkligen bryr sig om henne. Och han är lika ensam som hon själv är. Han har inte ens barn, så kanske Edvin kunde fylla en plats i hans liv.

Hon känner ett pirr i kroppen, det startar från hjärtat och fortplantar sig ner mot insidan av låren när hon tänker på en eventuell framtid med en man i huset. Hon ler för sig själv där hon står och blickar ut genom fönstret med Saltsjöns glittrande vågor framför sig.

5
Höst 1867

Dagarna har blivit kortare och solen värmer inte längre som den gör när sommarens solstrålar smeker jorden. Markerna antar långsamt en mustigare och gulare färgton. Doften är inte längre den varma sommarens torra och vibrerande ton, utan den har övergått till jordigare skalor som berättar att sommarens grödor börjar murkna. Träden klär sig i en ny skrud som skiftar i allt mellan gult och rött. Sommaren som gick var, efter en trög start, både varm och torr och sådde hopp i bönderna att de skulle hinna bärga en riklig skörd innan värmen tog slut.

Från tidig morgon till sen kväll har Magda samlat allehanda växter. Ätbara grödor som passar människor och djur. Hon anar oråd och förbereder sig på det värsta. Säden står fortfarande kvar ute på åkrarna och de väntar på att rågen ska bli redo för skörd. Magda känner kalla kårar krypa längs ryggraden när hon tänker på vad som kan ske. Vilken natt som helst kan den förrädiskt vackra, glittrande frosten bestämma sig för första visiten till deras del av världen. Ingen varning sänder Fru frost, hon bara stiger på utan att knacka.

Åtminstone djuren är välgödda efter sommarbetet. Husfolket har slagit hö till dem och det ligger mängder med torkade kvistar i alla lediga hörn av ladorna.

Potatisen, rovorna och löken är skördad. Magda är relativt nöjd med skörden, även om den förstås kunde ha varit större. Den kan säkert alltid bli rikligare, men de får vara nöjda med det de har. Stugfolket har åtminstone orkat spara på sättpotatisen och ätit nässelsoppa vecka ut och vecka in istället. Magda har nu även samlat på sig mängder av ätliga rötter och blad. Ingeborg och Lisbet har plockat alla blåbär som växte i den närmaste omgivningen och nu väntar de på att lingonen ska mogna. Så Magda känner sig beredd. Beredd på vintern och magra förråd. Men hon behöver mjöl. Både kornet och rågen står där ute i mörkret och vajar i vinden. Det är snart så torrt att man kan höra rasslet.

"Ska vi inte ta in skörden nu, det känns som om det är dags", säger hon till Alfred en kväll.

"Ja, jag vet, den borde snart tas in. Men den känns inte helt mogen än", svarar han med en djup suck.

"Men det finns ju ingen värme kvar i luften och solens strålar ger inte längre grödorna liv. Jag tror att det inte blir bättre än så här", försöker hon.

"Men vi sådde så sent som till midsommar, stråna borde få stå någon vecka till. Du vet att vi inte kan äta omogen råg", säger han och rösten avslöjar hans irritation.

Efter tio år tillsammans vet Magda när hon ska ge sig. Alfred brusar upp när hon envisas och han är så långsint att det kan ta flera dagar innan han ids tala med henne igen. Om det är något som hon avskyr, så är det just tystnaden.

Istället sträcker hon ut sin hand och för in den under hans nattsärk. Han försöker fösa bort hennes hand och stanna kvar i irritationen, men hon smeker vidare. Hon letar sig in bland hans mest känsliga skrymslen och vrår, precis på det sätt som hon lärt sig att han inte kan motstå i längden. Efter en stund letar hans händer sig över hennes höfter och de förenas i den ömsinta rytm som är deras. Sedan somnar de bägge två, trötta och tillfreds.

De blir väckta i den skumma morgontimmen av Elmer som rusar in i deras sovkammare. Han hade vaknat och stigit ut för att lätta sig, när han noterade ett sällsamt ljus utomhus. Det gick några sekunder innan han förstod orsaken till det ovanligt mjuka ljuset. Elmer vände tvärt på klacken och sprang in för att väcka far, även om hans far inte kunde avhjälpa skadan som redan var skedd.

"Far, far, vakna. Den är här!" får han stötvis ur sig.

Magda lyfter på huvudet och ser på honom. Alfred rör inte en fena.

”Elmer?”, mumlar hon.

”Det är frosten!” säger han med gäll röst, när han har fått luft i lungorna.

Då rycker även Alfred till. Han sätter sig upp som om han vore utslungad i luften.

”Frost?”, skriker han nästan. Samtidigt formligen ramlar han ur sängen, stiger i kläderna med ett par hastiga ryck. Inom fem sekunder är han ute ur rummet.

Elmer tumlar efter honom ut ur kammaren och tillsammans rusar de mot trappan. Alla i huset börjar röra på sig när de för ett sådant oväsen. Alla mumlar samma ord: frost, frost, frost.

Alfred stiger ut på trappan. Sedan blir han stående. Alldeles villrådig. Ska han gå in tillbaka och försöka äta lite morgonmat, eller ska han springa som vanvettig över gården och försöka få in skörden? Oförmögen att kunna bestämma sig blir han stående kvar på trappan. Elmer troppar iväg in tillbaka eftersom han enbart är iklädd en tunn nattdräkt. Men Alfred har frusit fast. Han ser på den vita, vackra marken. Han vet exakt hur solens strålar speglar sig i isen och hur det glittrar så vackert att människan bländas av prakten.

Han kan bara inte förstå att den är här nu. Redan! Det är ju bara den andra dagen i septembers månad. Han har aldrig upplevt att frosten svept in så tjock och kompakt som där den ligger som ett täcke över hela det sagolikt vackra landskapet. I den stora gårdslönnen hänger de färgglada löven fortfarande kvar, nu täckta med ett lager glittrande is. Synen är en sann fröjd för ögat. Ett efter ett singlar bladen oändligt långsamt ner ur trädet. Alfred iakttar löven en stund, fortfarande oförmögen att gå in igen. Han måste nästan koncentrera sig på att andras, så att rytmen inte upphör och han dör där han står.

Både kornet och rågen står kvar ute på fälten. Han har inte skördat någonting. Stora delar av åkrarna är skymda där han står på trappan, så han vet inte än om alla tegar glittrar, eller om någon står skyddat och går att skörda.

Snart stiger Magda ut på trappan. Hon har med avsikt dröjt bakom honom, vis i sin förståelse för att han behöver få ta in det som har hänt, utan att behöva visa den ena eller den andra typen av reaktion. Även om hon vill vara hans stöd i allt, förstår hon att hon inte kan hjälpa i situationer som denna. Hon står tyst invid hans sida. Axel mot axel. Hon säger inget, men tar hans hand. Den är iskall och hon känner att han ryser till när hon rör vid honom.

"Gode Gud, Magda. Hur ska vi nu klara oss?", viskar han efter stund. Hans röst är bruten och hon hör att han har nära till gråten.

"Det måste gå, Alfred. Det måste bara gå. Vi måste försöka hinna samla mer att äta bara", svarar hon, men känner hur dumt det låter.

"Men för fan kärring, det har frusit, allt har ju frusit nu! Det finns inget att samla längre", fräser han och rycker åt sig handen.

"Lingonen brukar klara sig ändå...", försöker hon, men det låter bara tomt.

Alfred svänger på klacken och lämnar henne på trappan. Hon går långsamt ner för trappan och vandrar mot avträdet. Istället för att gå in på avträdet som hon har planerat, slinker hon in bakom lillstugan, där hon har bott med sin far när hon var yngre. Magda lutar sig mot de rödmyllade stockarna. Hon har stått bakom den här samma husknuten förr och bitit sig i näven när motgångarna har varit svåra. Sedan den tunga tiden innan barnen kom, har hon inte stått här många gånger. De senaste åren har det mest handlat om en anhopning av många småsaker som fått sinnet att rinna över. Men nu känner hon att hon kommer att explodera.

Magda viker sig nästan dubbel av smärtan som hotar att spränga henne inifrån. Ångesten gräver stora hål och hennes gråt låter mera som kräkreflexer. Det står alldeles klart för henne att de kommer att svälta, i värsta fall svälta ihjäl. När hon inte orkar stå dubbelvikt längre, säckar hon ihop och sitter och lutar huvudet mellan knäna för att orka hålla det på plats. Hela kroppen har fyllts med sten och hon är fullkomligt oförmögen att röra på sig. Hon hör att någon går i gräset i närheten av henne, men hon ser inte upp. Snart känner hon att Alfred stryker in sina armar under henne. Magda behöver inte öppna ögonen för att veta att det är han. Hon känner hans doft och konturerna av hans kropp så väl, att hon skulle känna honom även om hon var död. Han bär henne över gården och in genom dörren. Hon hör att han andas tungt under vikten, men hon gör inget för att hjälpa honom. Alfred går raka vägen in i deras sovkammare, sparkar igen dörren bakom dem och lägger henne på sängen. Han drar bolstret över henne och kryper in vid hennes sida. Hon känner att han smeker henne över håret, stryker som om hon vore en häst. Gång på gång. Det känns skönt och avslappnande och värmen sprider sig snart i kroppen. Han väntar på henne.

Efter en stund slår hon upp ögonen. Deras blickar möts under flera sekunder, bägge två plågsamt medvetna om vad dagens faktum betyder för deras gård – och för alla andra gårdar som har drabbats.

"Nu äter vi lite, sen klär vi oss varmt när det har blivit ljust, så går vi i samlad tropp och inspekterar ägorna. Alla vill veta hur det gått. Och om det finns någon del som fortfarande har klarat sig måste vi försöka skörda idag. Om vi hinner. Det är klart väder och troligen fortsätter det kalla vädret", viskar han mot hennes öra.

"Ja, jag vill gärna komma med. Jag måste sluta göra mig till nu, jag får inte verka svag och se ut som om jag hade tappat hoppet. Jag är husmor på gården och det är en viktig roll i kampen mot svälten", svarar hon och försöker låta morskare än hon känner sig. Helst av allt skulle Amalia stanna kvar i sängen. Lemmarna känns tunga och ovilliga att röra sig ur fläcken. Värmen under fällen lockar mer än frostnupna fält med den ståtliga rågen och kornet som glittrar som tusen stjärnhimlar längs markerna. Hon känner sig plötsligt som ett med den frusna skörden, lika mycket på väg in i en förruttnelseprocess.

"Stig upp nu Magda!" kommenderar Alfred plötsligt ganska fast. Han har rest sig ur sängen och tittar uppfodrande på henne.

"Upp, barnen kan inte se dig så här. De får inte tappa tron på att vi klarar detta. Du kan vara svag när ingen ser dig, men nu måste du orka samla dig och bete dig vuxet. Seså!" kommenderar han.

Med en djup suck samlar hon ihop sin särk som trasslat sig runt benen och svänger fötterna över kanten. Med ytterligare en suck reser hon sig upp. För ett kort ögonblick tror hon att hon ska falla omkull, och tar tag i sängstolpen när hon vacklar. Alfred är direkt framme hos henne och fattar tag om armbågen.

"Magda, skärp dig nu. Vi vet inte än hur illa det är", säger han lågt. Det låter nästan som om han morrar. Hon inser att hon är en oerhörd börda för honom just nu. Han har nog att oroa sig över utan hennes beteende. Hon samlar ihop sig, slätar ut kläderna och sträcker på ryggen, stiger ut ur kammaren och låtsas som om ingenting hade hänt.

Efter en stund är de alla redo att gå ut och inspektera skadorna. Det är en samlad, tyst tropp som vandrar iväg över gårdstunet. Det är Alfred som går först och leder deras väg. Efter honom följer bröderna, sedan Magda, Lisbet och Ingeborg och sist en dräng.

Det knastrar lätt under fötterna när de trampar i det frusna gräset. Magda orkar inte se ut över markerna utan koncentrerar sig på att se på skornas färd över den glänsande marken.

Det är en strålande klar dag. Solen håller på och stiger och sänder sina bleka och trötta strålar över det frusna landskapet. Strålarna leker lätt över de vackra iskristallerna. När solen har fått lite tid att visa sitt ansikte mot gläntorna förvandlas snart frosten till vatten som droppar från trädens vissnande lövkronor och gröna barr.

Magda går rakt in i Elmer när de andra har stannat utan att hon har uppmärksammat det. Båda hålls på fötterna, men Magda måste lyfta på blicken. Hon väljer att se på Alfred istället för på fältet till höger om henne. Hon ser att han pekar och hon följer automatiskt hans finger med blicken.

"Se där, det där är slutet", säger han. Han skakar frenetiskt på huvudet.

Magda ser också att det är slutet. Hela kornfältet framför dem verkar som en isbelagd sjö med kornet fruset och vitt av iskristaller.

"Men far, kan man skörda sedan när isen har tinat upp?", frågar Ingeborg ovetande.

"Nej, eller jo. En skörd klarar normalt inte frost. Innandömet i kornet har frusit och ruttnar sedan. Men de här stråna står ju så raka och fina att det är en bedömningsfråga. Det är mycket onödigt arbete om man torkar skörd som frusit. Så är det vanligtvis", suckar han.

"Har frosten tagit all skörd?!" frågar Ingeborg med gäll röst.

"Vad ska vi äta i så fall far?" fortsätter hon direkt.

"Det är just det vi är på väg för att ta reda på. Om all skörd har frusit eller om vi har någon del som klarat sig. Vi har några ganska skyddade gläntor, där det säkert har varit varmare än här ute på det öppna fältet", svarar han och börjar gå igen.

Ingeborg får inget svar på den andra frågan.

Alla bara traskar på, sammanbitna och med klappande hjärta och alla märker att Alfred undviker att svara på frågan. Ingen propsar heller på svaret, det är enbart tungt att höra.

De vandrar en stund, var och en försjunken i sina egna tankar. Alfred stannar intill flera åkerplättar längs vägen, ett par små fält med råg och några med korn. Alla ser lika ut.

"Nå, nu är det bara ett fält kvar, ett litet kornfält. Men det är också det jag hoppas mest på. Då hade vi åtminstone lite utsäde till nästa vår. Men vi får väl se hur det är med den saken om några minuter. Jag sådde fältet ett par dagar efter de övriga, för jag fann en skäppa med korn som hade hamnat under en säck", säger han sammanbitet.

De hoppar över ett par diken längs vägen och den sista biten går de genom en söt liten dunge med lövträd där asp och björk växer. En lummig och fin plats om somrarna med smultron mellan stenarna. När de dyker upp i skogskanten blir de näst intill andäktiga när de möter en åker där kornet fortfarande lyser gult, utan frost i stråna.

"Det står kvar! Vi måste prova skörda det och få det torkat, så får vi korsa oss i hopp om att det klarar sig och inte ruttnar. Nu har vi en ofattbar tur i oturen då vi får ihop till lite utsäde", säger Alfred med hög röst så att alla ska höra.

"Men visst måste vi väl äta upp den lilla mängd mjöl vi får", invänder Magda.

"Nej, om vi inte har någon utsådd kommer vi ju att svälta i fler år", svarar han.

"Men inte klarar vi väl oss på enbart utsädet från detta lilla fält?"

Alfred svarar inte längre. Han har redan vänt om och är nu på väg tillbaka till gården. Det brådskar. Han måste få in skörden idag, oberoende av om han anser den vara helt mogen eller ej.

Solen strålar nu får en alldeles klarblå himmel, luften står stilla och han vet att frosten kommer på besök även följande natt. Stråna klarar inte av samma behandling ytterligare en natt.

De återvänder till gården och spänner för hästen. Alla redskap sätts på kärran och så tar de sig tillbaka till gläntan. Gruppen arbetar frenetiskt några timmar med den våta jorden fastklumpad under kängorna. Aldrig förr har Alfred slagit så taktfast med lien som han gör denna dag. Magarna knorrar och protesterar, struparna är torra och händerna röda av köld, men de får arbetet utfört.

När kärvarna är klara börjar arbetet i torkrian. Alfred gör upp eld i den stora eldstaden. Han bär in ved för att de utan uppehåll ska kunna hålla rian varm. De andra arbetar med att placera ut kärvarna på sparrarna så att de ska torka så fort som möjligt. Aldrig förut har kärvar på tork fått sådan omsorg som dessa.

Den frusna skörden blir kvar på åkrarna och plöjs snart ner i jorden.

Kärvarna i torkrian övervakas, vänds och tummas i det oändliga. Alfred är livrädd för att kornet ska ha tagit skada av den dödliga frosten. Men så vitt han kan se, verkar kornet torka upp riktigt fint. Han är inte heller helt säker på att kornet hade mognat klart, men det får vara som det är med den saken.

Magda kommer ut till honom en kväll när han sitter och fyller stora klabbar i eldstaden.

"Är inte kornet torrt snart?", frågar hon.

"Ja, jag tycker det verkar ta sig bra. Och, som jag sade tidigare, ser det också ut som om det har klarat sig bra. Jag har varit så rädd för att det skulle visa sig att det är ruttet eller omoget, eller något liknande, men jag kan inte alls se några skador på det", svarar han.

"Men så väl då, vilken osannolik tur vi har", suckar hon lättad.

"Nåjo, men dessvärre är det en väldigt liten mängd vi har. Vi kommer inte att kunna mala något till mjöl om vi anser att vi behöver utsäde till nästa vår", säger han.

"Jag har förstått det. Men å andra sidan behöver vi inget utsäde om vi redan är döda", snäser hon och vänder trumpet på klacken och går sin väg. Magda ser till att smälla igen dörren bakom sig så att det brakar rejält. Hon hoppas att någon kärv föll ner, så att han säkert ska förstå att hon inte är nöjd med hans beslut.

Hon, som är van husmor, vet utmärkt väl att de inte kommer att ha mat på bordet varje dag den kommande vintern. Inte ens tack vare naturens alla gåvor som hon har samlat på sig och försökt torka. Som nästa steg ska hon ta med sig Ingeborg ut i skogen, så ska de plocka alla lingon de någonsin kommer över.

En dag dyker Knut upp på gården. Han bär på ett litet knyte med saker i. Lisbet slänger sig om halsen på honom när hon möter honom inne i storstugan.

"Knut, du är här! Vad underbart att få se dig igen!", utropar hon.

Lisbet har nämligen inte åkt tillbaka till bageriet till hösten, som det hade varit tal om.

"Är det fortfarande lika illa eller kan jag komma hem och baka nu?", frågar hon uppspelt.

Knut hinner notera att hon kallar hans lilla bagerivind "hemma". Det gör honom glad, men även konfunderad. Enligt honom är gården i Runsor så otroligt mycket mer hemma än hans eget krypin.

"Det är värre. Det tycks vara så att myndigheterna och finansminister J.V. Snellman inte över huvud taget har sett till att importera spannmål från sydligare länder. Det har inte alls anlänt några fartyg lastade med spannmål. Jag kan inte förstå detta, trots att jag läste att det handlar om pengar. Det verkar som om herrarna tycker att folket inte är värda att satsa på, inte ens så att vi skulle ha att äta. Inte tror jag att Snellman själv behöver svälta", förklarar han med stora armgester.

"Så vad gör du nu?", frågar hon.

"Jag vet inte. Jag har bommat igen bageriet. Förstås hoppas jag att jag kan återgå dit än, kanske nästa år. Jag har ätit småfisk alla dagar hela sommaren och det går inte längre när isen lagt sig. Jag måste helt enkelt ge mig av, men jag ville komma via er och meddela det", berättar han.

Men när Alfred får höra hans historia blir det inte lägre tal om att Knut ska ge sig av. Även om Alfred väl förstår att ytterligare en vuxen man att mätta inte är ett välkommet tillskott just nu, inte ens på deras stora gård.

För att göra sig själv nyttig tar Knut med sig Elmer till skogs alla dagar för att jaga småvilt. De använder mest snaror och olika fällor. De har god tur med sig. Efter den varma sommaren finns det gott om hare, fasan och andra smådjur och fåglar.

Lisbet har börjat ta tillvara pälsarna efter djuren och hon syr upp hattar, handskar och benkläder av dem.

* * *

Edvin är som besatt av att hålla koll på Oskar. Han rör sig ofta i hamnen för att hålla utkik efter fler våldsamheter. Edvin, som i princip vuxit upp utan vuxna män i sitt liv, är mycket ovan att se någon dela ut hugg, slagg och okvädingsord till höger och vänster. Och det tycks vara något som Oskar är expert på. Men de få gånger som Edvin ger sig till känna, visar Oskar genast upp en helt annan sida. Han slätar honom över håret, bjuder på fruktkarameller och pratar med len och snäll röst. Varje gång följer han Edvin hem, ända upp till dörren där han oftast pratar med hög röst så att Amalia skall höra honom och komma trippande med snabba steg. Edvin slinker in i lägenheten och mor och Oskar står kvar och pratar.

Amalia träffar Oskar många gånger under sommaren och hösten. Hon blir allt mer fäst vid honom för varje gång. Han har sådan otroligt god hand med pojken, så hon kan riktigt se framför sig hur Edvin äntligen kunde få en pålitlig, manlig ledstjärna i sitt liv. Någon som han kan se upp till och ty sig till. Någon som kan uppfostra honom till en hårt arbetande och samvetsgrann man. Så som hennes älskade Carl hade gjort om han hade fått leva. Hon är säker på att Carl skulle godkänna att hon gifter om sig efter så många, ensamma år. Hon har så många gånger bett Gud om ett tecken. Och hon känner allt starkare att det är ett beslut som är välsignat.

Så kommer dagen när han äntligen friar. Och hon äntligen får säga ja. Det enda smolket i bägaren, som hon inte ser som ett problem, är att hon inte berättat något för Edvin än. Men det ska de göra nu, tillsammans.

Amalia bjuder hem Oskar på middag. Hon anstränger sig till det yttersta för att få sitt hem så vackert och stämningsfullt som möjligt med blommor, rena dukar och golv torkade med såpa så att det doftar friskt och rent. Hon planerar menyn i minsta lilla detalj och jagar husan nästan till vansinne när hon ändrar sig gång på gång. Det känns bara så viktigt att få imponera på Oskar, så att han inte ska gå och ändra sig i sista sekund. Nu när hon äntligen vågat bestämma sig för att gå vidare.

Amalia är klar, maten är snart klar och hennes hem – liksom hennes hjärta – formligen gnistrar av välkomnande. Hon står framför det stora fönstret och blickar återigen ut över Saltsjön. Inombords känner hon hur hjärtat fladdrar. Hon har knappt ätit en smula på hela dagen och ändå känner hon sig mätt. Hon vrider händerna, tar tag om det vänstra ringfingret och för tummen upp och ner längs fingret. Hon använde Carls ring ända fram till för några månader sedan. När hon plötsligt beslöt att hon är redo att gå vidare, lade hon bort den vackra ringen. Nu känner hon inte längre av någon grop där ringen låg under så många år. Och snart placerar Oskar en ny ring på hennes finger.

En ny ring, en ny man och en ny start. Plötsligt är hon inte längre så säker på att det är vad hon vill, att hon orkar börja om. Hon är ju ändå snart trettiofem år, så hon är långtifrån någon ungdom längre. Det är bara att se sig i spegeln så står det klart att hon åldrats. Gråa strimmor i håret, rynkor runt ögonen och den en gång så mjuka munnen ser numera butter ut, även när hon inte är arg. Hon ser reflektionen av sitt ansikte i fönstret, hon stryker sig själv över kinden och försöker säga några uppmuntrande ord till sig själv.

När dörrklappen ljuder, drar hon några riktigt djupa andetag innan hon vänder sig bort från fönstret. Nu startar mitt nya liv, tänker hon medan hon långsamt vandrar över salsgolvet.

Stämningen runt middagsbordet är en aning krystad. Edvin verkar butter och han säger inte många ord. Han beter sig inte alls som förr. Då var han alltid glad när han träffade Oskar.

Amalia känner hur hon blir allt mer irriterad över sonens uppträdande, men hon vill inte heller kommentera honom framför Oskar, ifall han skulle få för sig att hon inte har kontroll över sonen.

När Edvin några gånger muttrat sura svar på moderns försök till konversation hoppar plötsligt både Amalia och Edvin högt i sina stolar när Oskar smäller handen i bordet så att besticken invid skramlar.

”Nu får det vara nog, uppför dig när du pratar med din mor! Man svarar artigt och sanningsenligt på frågor och man konverserar med fler ord än ’ja’ och ’nej mor’. Är det förstått unge man?”, säger han med skarp röst till Edvin. Edvin ser upp på Oskar. Nu känner han igen de där tagen som han brukar visa upp i hamnen. Edvin studerar Oskar ingående under ett par tysta sekunder. Han känner hur svetten bryter ut i handflatorna, men han tänker inte visa med en min att han blir nervös.

”Ja, herr Oskar, jag ska prata med min mor, sedan när ni har lämnat oss”, säger han med låg röst och bankande hjärta.

Oskar bara stirrar tillbaka. Det blir en kamp om vem som blickar bort först. Ingen av dem skulle ha gett sig om inte Amalia hade avbrutit.

”Nu är det dags för desserten mina vänner. Och så har vi en liten, trevlig nyhet att berätta också, när vi väl har fått in jordgubbskakan", babblar hon på nervöst för att avbryta blickstriden mellan hennes son och den blivande mannen. Hon ringer i en spröd klocka som tecken på att de kan komma och duka in desserten.

Amalia ber husan skära upp passande bitar av kakan, servera kaffe och brandy till Oskar och själv ber hon om ett glas sherry. Hon vet inte exakt hur Oskar har tänkt bära sig åt med nyheten de har att berätta, så hon måste bara sitta och vänta och pinas. Hon vill bara ha det ur världen och uppträdandet nyligen gjorde inte hennes pina ett dugg lättare att bära.

"Ja, varsågoda då mina herrar, hoppas tårtan ska smaka", säger hon och inväntar att hennes gäst ska äta först. Men han sitter bara tyst och stilla, så hon väntar. Sedan stiger han upp, plockar fram en vacker, blå sammetsask ur sin ficka och Amalia förstår nu hur han tänker göra. Hon känner med ens hur hon blir fuktig över hela kroppen.

Oskar kommer runt bordet och fram till henne. Hon för stolen lite bakåt för att kunna se honom väl. Amalia har för fullt upp med att se vad Oskar har för sig, för att se skräcken som plötsligt lyser ur sonens ögon. Hon ser inte hur han så omärkbart som möjligt försöker skaka på huvudet och viska ett "nej mor", till henne. Han har förstås sett den lilla ringasken och förstått vad som är i görningen.

Oskar går ner på ett knä, han ser fortfarande ner på den lilla asken som vilar i hans hand. Amalia tycker att det känns som om tiden står stilla och det dröjer en oändlig stund innan han lyfter blicken och ser på henne.

"Älskade Amalia, vill du gifta dig med mig", säger han sedan med släpig röst, samtidigt som han fångar hennes blick och håller den kvar.

Hon reser sig ur stolen, sträcker ut sin hand mot honom och drar upp honom. Hon sluter honom i en försiktig kram.

"Ja, Oskar, ja, jag vill gärna gifta mig med dig", svarar hon och har svårt att få fram orden eftersom hon är rörd till tårar.

Hon ser fortfarande inte på sonen. Hon lägger inte märke till att han ser ut som om någon hade slagit honom. Amalia ser inte att han är verkligt chockad, inte enbart en uppretad unge som vill ha mamma för sig själv.

Och även om hon skulle se, så skulle hon inte känna igen hans känsla, eftersom hon omöjligt kan föreställa sig vad som rör sig i hans huvud.

Snart släpper de vuxna äntligen varandra. Oskar trär då en vacker ring på hennes finger, helt olik den hon fick av Carl. Det här är en ring i vitt guld med en stor, oval safir som är omgiven av mängder av briljantslipade diamanter. Den är andlöst vacker och Amalia kan knappt ta blicken från den.

Oskar går tillbaka till sin stol. Amalia lyfter ögonen från ringen och söker sin sons, glada och medgivande ansikte. Men hon finner hans älskade lilla ansikte alldeles vitt, ögonen svämmar över av ilska och bitterhet och han skakar på huvudet. Amalia drar hastigt efter andan, helt oförberedd på hans reaktion.

"Nej mor, jag tillåter det inte. Som man i det här hushållet måste du ha min tillåtelse. Det är mitt arv och min fars tillgångar och företag. Han ska inte ha tillgång till detta", häver han ur sig med ilskan sprutande ur ögonen.

Amalia känner gallan stiga upp i halsen. Att han plötsligt visar sig vara så sorgligt missunnsam och bara tänker på pengar.

"Detta handlar inte om pengarna och ditt arv. Det har jag redan gjort klart med advokaterna. Allt är skrivet på dig, jag får enbart ut en månadspeng att leva på. Det blir Oskar som försörjer mig", fräser hon vasst till sonen.

Edvin inser att han har spelat fel kort. Det var inte alls pengarna han hade tänkt på, även om han är mycket tacksam över att det är ordnat, utan på hur farlig man Oskar är. Men det vågar han inte säga rakt ut till modern när Oskar hör på. Edvin måste ta det när han har gått.

Oskar sitter och iakttar det som sker framför honom och undrar vad den lilla snorungen har hittat på, då han vågar bete sig som han gör. Så hör Oskar Amalia berätta att hon har skrivit bort hela arvet. Det börjar sjuda i hans blod. Han har inte råd att upprätthålla hennes levnadsstandard utan hennes pengar. Det är ju i princip hela idén med att gifta sig med henne. Ringen är köpt för lånade pengar och nu vet han inte hur han ska kunna betala tillbaka. Hans handelshus gick bra medan det fanns varor att handla med, främst spannmål och kött, men nu är det illa ställt.

"Men mor, jag tillåter det inte. Du får inte gifta dig med denna man", skriker Edvin, störtar upp från bordet och springer in i sin kammare och slänger igen dörren bakom sig.

Amalia tittar ner på den oätna kakbiten. Det här blev inte alls så som hon hade tänkt sig. Hon vet inte vad hon ska säga till Oskar nu, hon skäms så innerligt djupt.

"Amalia, det är inte ditt fel. Han måste säkert bara vänja sig lite", säger Oskar. Han reser sig.

"Jag går in till honom en sväng", säger han och går iväg innan hon hinner protestera.

Edvin tror att det är modern som kommer in i hans rum. Han ligger med ansiktet nerborrat i sin kudde och lyfter inte på det när han hör stegen över golvet och känner tyngden av att någon slår sig ner på sängkanten. Han gråter inte, men tårarna är inte långt borta. Det ska bli skönt att få krama mor.

6

Höst 1867

Att hushålla med maten är inget nytt för Magda. Men den extrema situation som de nu befinner sig är inte normal hushållning och sparsamhet. Det är att tvinga sig själv och sin familj att leva på randen av svält medan det fortfarande finns mat i bodarna. Djuren går fortfarande ute på bete, trots att de normalt skulle ha tagits in redan. Men de måste gå ute så länge det finns grönt på marken som de kan snappa i sig, istället för att äta av höet som skall räcka hela vintern.

Magda saknar de dagar hon stod på torget och sålde varor. Nu har de ingenting att sälja och folk har heller inga pengar för den delen. Hon träffar så lite folk numera när torgresorna saknas. Den enda platsen där de träffar sina gamla vänner nu är kyrkan.

En söndag sent i oktober sitter Magda i den obekväma kyrkbänken och pinar sig genom den långa litanian av förmaningar och piskor som prästen levererar. Hon reser sig, sjunker ner på bänken igen och ber av gammal vana. Alldeles utan att för en enda sekund reflektera över vad hon hör och upplever. Hon bara väntar på att få resa sig ur bänken och gå ut i snålblåsten för att där få stå en stund och språka med sina gamla vänner. Få höra lite skvaller och nyheter och höra hur det har gått med skördarna. Om allt har frusit bort eller om något har klarat sig.

Magda hör plötsligt att även prästen pratar om frosten så det osar om det. Hon måste lyssna nu när han förklarar att det är det folket som har dragit ner Guds vrede över dem.

”Det är Guds straff för människans lättja, vårdslöshet och oduglighet. Människorna har brutit mot Guds vilja genom att vara lata, odugliga och syndiga, så därför lägger Han sitt straff över dem alla. Alla måste söka bättring och förlåtelse så följer bättre år framöver", dundrar prästen med den kraftigaste stämma han kan uppbringa ur sitt insjunkna, magra fågelbröst. Han avslutar med en svår hostattack och klättrar sedan ner ut predikstolen.

Magda tänker att även prästen själv verkar svälta, så troligen är han lika syndig som alla andra då – och det är mer oförlåtligt än om vanligt folk syndar. Han gör en sak och säger en annan, en kappvändare och domedagsprost som inte inger respekt eller får henne att be till en god Gud.

När hon äntligen får stiga ut ur kyrkan går hon ner mot klungan av kvinnor som hon brukar tala med. Männen och ungdomarna samlas i egna grupper där helt andra ämnen avhandlas. Magda tyr sig alltid till Maria. Nu får hon inte syn på Maria någonstans. Hon tittar även ut mot de andra klungorna, men ingenstans ser hon hennes profil med den stora, vassa näsan.

"Är det någon som vet var Maria är idag?", frågar hon när hon sett sig om ett ögonblick.

"Har du inte hört?", frågar en av de andra.

"Hört vad?", undrar hon irriterat.

"Maria ligger sjuk, hemma i feber. Det började väl med att hennes svärmor blev dålig, sedan det yngsta barnet och nu ligger också Maria själv", svarar kvinnan.

"Men överlevde svärmor och barnet?", frågar Magda orolig.

"Svärmor dog, barnet ligger väl sjukt än. I varje fall senast jag hörde något nytt om saken och det var väl för ett par dagar sedan."

"Har ni varit över och hjälpt dem då?", fräser Magda.

"Nej, vem skulle sätta foten frivilligt bland folk som har tyfusen?!" får hon till svar.

Magda står inte ut med likgiltigheten som lyser i de andra kvinnornas blick. Hon känner inte igen den heller, så brukar inte folk tänka och agera. Hon svänger på klacken och går därifrån. Magda är konfunderad och vet inte riktigt vad hon ska ta sig till, så hon rör sig oändligt långsamt, går som om hon satt fast i sirap. Samtidigt grubblar hon över frågan varför ingen har hjälpt Maria. Själv bor hon avsides och visste inte ens om att hon var sjuk.

Magda får syn på prästen. Han samtalar med ett par av männen. Hon bestämmer sig i all hast att gå fram till honom. Hon har inte hunnit tänka ut vad hon ska säga och efter den svada som han just öste över församlingen tvekar hon allt en aning. Men nu är det för sent, han har redan sett att hon är på väg fram till honom. När hon ställer sig intill de två männen som samtalar med prästen får hon en blick som uttrycker både förvåning och irritation.

"Ursäkta frun, ser ni inte att männen har ett samtal här. Var god och vänta på er tur utom hörhåll", säger en av dem med nasal röst.

Den andra mannen klappar honom på axeln.

"Nejdå, frun, vi är klara här. Jag är säker på att pastor Björk har uppfattat budskapet, inte sant?", säger han och stirrar på prästen, som bara nickar till svar.

Magda vet inte vad de pratar om, och hon har inget intresse av att ta reda på det heller.

"Jaha, kära barn, vad kan jag hjälpa er med?", frågar prästen efter att han återhämtat sig några sekunder. Han verkar oroad, men hon tänker inte fråga honom hur det står till.

"Jo, bästa pastor Björk, jag är orolig. Det verkar troligt att tyfusen nu härjar i bygden. Borde vi göra något? Kan vi göra något? Folket i de små torpen svälter redan och då blir de så svaga att sjukdomen lätt tar dem. Det blir en lång vinter", hasplar hon ur sig. Hon inser att hon har en dålig plan.

"Ja, jag har hört att soten härjar i bygderna. Den verkar finnas överallt. Jag vet inte vad kyrkoherden eller jag kan göra annat än be – och det gör jag många gånger per dag", säger han långsamt medan han ser henne i ansiktet, men utan att hålla hennes blick. Det känns som om han undviker hennes ögon, för att hon inte ska kunna läsa vad han tänker.

"Men kan inte kyrkan hjälpa till med att skaffa fram mat?", försöker hon då med.

"Jag vet inte. Jag kan skriva och korrespondera med stiftet för att se vilka råd de ger oss. Något annat kan jag inte göra", säger han på ett sätt som gör klart att han nu vill att hon ska lämna honom.

"Men Marias familj är sjuk nu. Ingen har heller vågat hjälpa dem. Folket måste tvunget få veta att de ska hjälpa de sjuka!", säger hon och märker inte att hon har höjt rösten. Människorna i klungorna står nu och iakttar dem.

"Ursäkta mig fru Karlsson. Jag ska göra vad jag kan", säger han och fångar blicken hos en av storbönderna i Höstves och söker sig mot honom istället.

Magda kan se att Alfred hunnit uppfatta vad som händer och att han så diskret som möjligt söker sig mot henne utan att väcka allt för mycket uppmärksamhet.

"Vad ställer du till med", viskar han sammanbitet, när han står invid hennes sida.

"Inget, jag ville bara tala med pastorn om de sjuka och svältande", viskar hon tillbaka, samtidigt som hon kämpar för att hålla rösten låg.

"Vi åker hem nu", svarar han och går sin väg. Han samlar upp familjen och de sätter sig i kärran. De är de första som lämnar kyrkan den dagen, det har aldrig hänt förr.

Magda sitter invirad i sin tjocka filt. Ingen pratar och hon vet att hon har en utskällning, eller åtminstone en hård diskussion, att vänta. Man ställer inte till en scen framför kyrkan inför ögonen på alla som skvallrar och framförallt inte inför alla som bestämmer – antingen med makt eller pengar.

När de sitter mittemot varandra vid det grova köksbordet blir det tyst. Alfred iakttar Magda en stund.

Hon ser ner på sina händer. De är mörka efter sommarens idoga arbete utomhus, grova efter åren som gått. Men de är hennes. Det är få ting i världen som är bara hennes.

Magda försöker tänka ut något att säga Alfred. Men allt hon klarar av att tänka på är vännen Maria som ligger i feber mellan filtarna, kanske även i sin egen avföring omringad av hungriga, gråtande barn. Och här ska hon nu tvingas försvara sig för att hon försökte be prästen om hjälp. Men hon orkar inte bli arg heller.

De börjar plötsligt tala ungefär samtidigt. Båda tystnar. Hon tittar inte på Alfred, utan hon bara väntar. Ser åter på sina händer. Så länge sedan någon hållit henne i handen. Ingen behöver längre hålla hennes hand. Inte barnen. Inte Alfred. Hon älskar att smeka de snälla korna med sina händer, känna ett liv som behöver hennes omvårdnad. Som tacksamt tar emot all den kärlek hon fortfarande har inom sig, men som är så överflödig i detta liv. Hon öppnar handen och ser på handflatan.

”Jag måste hålla Marias hand. Hon är sjuk”, säger hon långsamt, fortfarande med blicken i handen. Hon sluter sin näve och reser sig från bordet utan att se på Alfred.

”Maria?”, frågar han bakom hennes rygg. Men inte i en sådan ton att hon vill svara honom.

Hon lämnar honom, hämtar en korg. I den plockar hon in lite smått och gott som kan hjälpa vid omvårdnaden av de sjuka.

Alfred märker att hon undviker honom och att hon planerar något som hon inte avslöjar, så han kommer fram till henne. Han hejdar hennes steg och tar henne om axlarna.

”Vad gör du Magda?”, frågar han.

”Maria är sjuk och jag måste hjälpa henne, för ingen annan gör något”, svarar hon trött. Hon skulle vilja luta sig mot honom och få lite styrka, få känna sig liten. Men tiden för det är över.

”Maria, menar du i Västertorpet?”, frågar han förvånat.

”Ja, du vet väl vem hon är”, fräser Magda.

”Men...”, han hinner inte längre.

”Säg inte att hon bara är en torpare för då...”, sedan avbryter hon sig, för hon vet inte exakt vad hon ska hota med.

”Men du vet att jag aldrig skulle säga så, jag bryr väl mig väl inte om folk är si eller så. Jag är bara orolig för smittan, jag vill förstås inte att du ska smittas och på så vis att vi andra här smittas", fortsätter han. Magda ser att han kniper ihop ögonbrynen. Fåran ovanför näsan har blivit allt djupare med åren. Han gör alltid så när han känner sig otillräcklig eller hotad.

"Jag kör dig", säger han, tar den tunga rocken och lurviga mössan på sig och går ut innan hon hinner säga något.

Magda plockar genom sina mixturer. Några har hon gjort själv och ett par har hon köpt medan det ännu var goda tider. Hon tvekar lite. Tänk om de behöver dem själva, ifall någon blir sjuk. Men efter en stunds tvekande plockar hon ner de små, bruna flaskorna i sin korg. Hon vet egentligen inte vad som hjälper mot nervfebern. Hon lägger även ner en värdefull bit såpa och en burk med torkad nässla. Sedan sveper hon sin tjocka yllesjal runt sig, ropar till barnen att de åker bort en sväng och så går hon ut. Hon finner att Alfred sitter på kuskbocken och väntar på henne, så hon klättrar upp i kärran. Utan att säga ett ord.

"Vet du vad som behövs då, om de har tyfusen i huset?", frågar han efter en stund.

"Nej, inte egentligen. Jag har hört att man ska tvätta dem och tvätta huset och kläderna. De ska dricka mycket och hållas svala om de har hög feber. Jag vet att doktorerna brukar ge dem arnika och valeriana samt koppa dem, men jag har ju ingen sådan kunskap, eller material till det för den delen.

När de anländer till torpet är det alldeles stilla ute på gårdstunet. De ser inte ens till några höns. Magda sväljer ett par gånger. Hon är livrädd inför det som hon ska möta inne i stugan.

Alfred bultar på dörren, Magda står bakom honom. Efter en stund hör de steg som närmar sig dörren. Normalt hade de bara stigit på, men nu vet de plötsligt inte riktigt hur de ska hantera situationen.

En blek, ung flicka öppnar dörren.

"Regina, hej på dig. Hur är det med mor?", frågar Magda och tränger sig förbi flickan. Hon svarar inte utan stiger bara åt sidan.

Magda slås först av hur påträngande illa det luktar i det lilla torpet. Hon noterar även att det inte finns någon vuxen som är på fötterna i huset.

"Var är er far?", frågar Alfred. Det sitter ett par lite äldre barn invid härden. Det är kallt i huset, men ändå har de inte tänt någon brasa.

"Vi vet inte, han kom inte hem igår", svarar den äldre av dem.

Magda har satt sig ner på sängkanten bredvid Maria. Hon känner på hennes panna, den är kokhet.

Alfred tar genast med sig ungarna ut ur huset. Han ger dem order att ta med sig vedkorgen.

Magda anar vad som kommer att möta henne när hon lyfter undan filten, därför gör hon inte det genast. Hon tar istället med sig vattenhinkarna och går ut för att veva upp vatten ur gårdsbrunnen.

"Alfred, se till att få eld i spisen nu, jag måste få varmt vatten", ropar hon över gården till Alfred.

Hon ser att han instruerar barnen och kommer med långa steg mot henne. De går in tillsammans. Han börjar genast tända eld i den öppna spisen.

"Jag förstår inte varför de inte hållit elden vid liv, här är ju kallt så in i helvete", fräser han, där han sitter och blåser för att få fart på brasan.

"Nej, jag förstår inte heller vad som har hänt här. Men tydligen är gubben i huset ute på egna äventyr och barnen är så från sig att de inte gör någonting. De är ju bara barn", försvarar hon dem.

"Nåväl, men de är tillräckligt stora för att hålla fyr i spisen och koka upp vatten", säger han och reser sig.

"Jag ska gå ut och se till att de hugger upp tillräckligt med ved för en tid och också bär in den. Sen måste jag se om det finns några djur kvar i fähuset. De har väl haft åtminstone en ko och höns? Eller minns jag fel?", frågar han.

"Ja. Jag tänkte faktiskt på det när vi kom, att hönsen inte var ute.

Magda rengör grytan först, så gott det går. Den luktar surt och insidan är täckt med en vit hinna. Sedan fyller hon grytan med nytt vatten och för den över elden.

Hon går ut och fram till den lilla skaran som arbetar med veden.

"Har er mor ett tvättkar och ett tvättbräde någonstans?", frågar hon.

"Hon har ett tvättkar, men inget tvättbräde", svarar flickan och går mot uthuset. Där står ett kar som är övertäckt med ett smutsigt tyg.

Magda ber om hjälp och de bär ut karet på gården, sköljer ur det bredvid brunnen och placerar det sedan i utkanten av gårdsplanen.

"Men där brukar inte mor tvätta...", invänder flickan.

"Nej, men nu vill jag kunna hälla ut det smutsiga tvättvattnet i diket här som leder bort från gården. Så att vi får bort smutsen från ert hus", svarar Magda sammanbitet. Svetten bryter fram när hon kånkar karet och vattenhinkarna av och an.

Alfred dyker upp.

"Kon är mjölkad idag, men jag tror inte hon ger många droppar längre och det finns ett par hönor som lever fritt i fähuset. Jag vet inte om de ger några ägg. Jag har mockat, det var inte gjort på flera dagar. Sedan sände jag ut gossarna för att hämta hem kvistar att ge åt kon", säger han med låg röst.

"Hjälp mig nu, bär vatten i baljan. Fyll den till lite över hälften", ber hon och går in. Vattnet kokar nu, så hon häller det i en hink, sätter på nytt och går ut med varmvattnet. Det kommer att ta länge innan tvättvattnet blir ljummet. Magda instruerar barnen och sätter dem i arbete med tvättvattnet.

"Har mor några extra kläder?", frågar hon flickan.

"Ja, hon har en särk, men ingen klänning", svarar flickan och lyfter upp locket på en kista.

Magda plockar genom innehållet i kistan. Två slarviga, gula lakan, en gammal särk och en gammal, stickad filt. Hon för ut filten på vädring och kommenderar Alfred att åka hem efter en särk och ett par lakan. Han börjar först invända, men hon svänger ryggen till så att hon inte länge uppfattar vad han säger.

"Ja, och ta med dig ett tvättbräde, en filt och några gamla tidningar samtidigt!" hojtar hon till honom innan han åker av gårdsplanen.

Sedan blir det bråttom. Hon måste få ner de smutsiga lakanen i vattnet medan det är ljummet, hon måste tvätta Maria och bäddat rent. Och så måste hon få soppan kokad på de torkade nässlorna som hon har med sig.

Magda arbetar med en sådan frenesi att hon inte ens hinner oroa sig för att själv bli smittad. Hon vet trots allt mycket väl att nervfebern är smittsam.

Maria är kokhet, mager som en sticka och hon mumlar bara lite osammanhängande meningar då och då. Eftersom värmen nu sprider sig en aning i stugan, vågar hon ha henne liggande utan filt en stund, medan hon springer ut och slänger de nersolkade tygen i tvättkaret. Magda försöker fort lösa upp lite såpa i vattnet medan det fortfarande är lite värme i vattnet.

Sedan hastar hon in med såpvatten i handfatet och börjar rengöra Maria. Avföringen har smetat sig fast i huden och Magdas kräkreflexer säger henne gång på gång att lämna den ynkliga, stinkande människan och rädda från sjukdomshärden. Men hon arbetar ihärdigt vidare. Det gulnade lakanet använder hon till att torka Marias illröda hud torr och hon hoppas innerligt att Alfred inte ska dröja många minuter till.

Magda brer det fuktiga lakanet över Maria, lägger på mera ved och går sedan ut för att ta itu med tvätten.

Tur nog dyker Alfred upp i samma veva, så hon får sitt tvättbräde. Det går mycket fortare att tvätta och det blir mycket renare resultat med hjälp av den moderna tingesten. Men nu, då hon fått lakanen och särken, måste hon åter lämna tvätten åt sitt öde och skyndar tillbaka för att klä och bädda in Maria.

Alfred står tafatt innanför dörren och ser på. Ett naket kvinnfolk på det där viset känns obekvämt så han vänder bort blicken.

"Men kom och hjälp mig då, jag orkar inte själv", säger hon efter en stund.

Han går osäkert fram mot bädden.

”Det borde ju vara hennes egen gubbe...”, mumlar han.

”Ja, men som vi märkt har han något bättre för sig just nu”, svarar hon bitskt.

”Så vad ska jag göra?”, frågar han.

”Du ska lyfta upp henne i din famn medan jag bäddar rent nu till att börja med”, instruerar hon.

Alfred gör som hon säger, om än tveksamt. Han hajar till när han känner hur varm och lätt hon känns. Han försöker låta bli att se på henne, men han noterar hur innehållslösa de små skinnlapparna till bröst hänger och hur tydligt revbenen avtecknar sig under dem. Så långt ifrån den sinnebild kvinnan är i en mans fantasier.

”Stackars kvinna”, viskar han plötsligt.

Magda hejdar sig i en snabb rörelse. Hon ser på honom med en lång blick. Förvånad över att han visar medkänsla med Maria. Hon nickar bara ett par gånger till svar.

”Lägg ner henne här, vi måste få linnet på henne nu”.

De arbetar med att försiktigt klä på henne linnet och sockorna. Slutligen hämtar Magda ett par tidningar som Alfred hämtat med sig. Tidningarna brer hon ut under Maria. Alfred ser lite frågade på henne.

”Det är för att stoppa om hon gör på sig igen, eller snarare när hon gör på sig igen”, berättar hon.

”Bra tänkt”, mumlar Alfred.

När de har arbetat klart med Maria är det dags för tvätten och soppan. Magda ber Alfred koka upp vatten, lägga i nässlorna och röra om då och då, medan hon tar hand om tvätten.

Väl ute ser hon att barnen sitter på gårdstunet och ser strykrädda ut. Hon hade glömt bort dem medan hon var så uppslukad av omvårdnaden av sin vän.

”Seså, in med er, ni drar ner döden i bröstet om ni sitter kvar här ute och fryser. Det är varmt i stugan nu”, ropar hon och klappar i händerna.

Vattnet är nästan kallt nu, men det kan inte hjälpas. Hon gnider och gnider, händerna blir först ömma och efter en stund är de helt bortdomnade av köld. Magda tvättar först och är sedan noga med att hälla ut det mörka smutsvattnet i diket. Sedan sköljer hon i det kalla brunnsvattnet innan hon hänger upp tvätten. Den kommer inte att torka idag, det är minusgrader och ingen vind. Men tvätten slutar i iallafall att droppa så hon kan ta in den imorgon.

När barnen ätit lite soppa och Magda och Alfred har fått Maria att svälja både lite soppa och vatten, sitter de en stund invid härden och pustar ut. De har arbetat i flera timmar.

"Så var är er far riktigt?", frågar Alfred efter en stund.

"Han gick iväg för att se om han kunde hitta någon hjälp. Farmor dog på samma sätt för en tid sedan, så han blev rädd att även mor skulle dö", svarar ett av barnen.

"Men varför kom han månntro inte hem?", funderar Alfred högt.

"Far brukar tycka som att sitta med sina vänner och dricka brännvin. Då brukar han ibland inte komma hem på flera dagar", viskar den äldsta.

"Brännvin. Jävla brännvin!", morrar Alfred.

Magda reser sig upp.

"Nu ser ni till att hålla härden varm. Kon skall mjölkas och matas och försök få mor att dricka med jämna mellanrum. Det finns en liten skål soppa kvar här som ni kan ge henne ett par skedar av till natten", förklarar hon.

Barnen nickar.

"Klarar ni det här nu?", frågar Alfred.

Barnen nickar igen.

"Vi kommer tillbaka imorgon, ungefär vid samma tid. Då hoppas jag att vi finner det här stället så som vi nyss instruerade.

"Instruerade?", frågar den äldsta.

"Ja, alltså så som vi nyss sade att ni ska göra. Inte kallt, inte utan vatten och sådant", förklarar han.

"Ja herr Alfred, det lovar jag", piper barnet.

Magda går fram till Maria och tar hennes hand. Hon håller den ömt i sin och stryker den sträva huden på handens ovansida med sin rödfnasiga näve. En hand som behöver hennes. En hand som behöver hennes så till den milda grad att det kan vara för sent. Hon ser ömt ner på sin vän.

"Krya på dig kära Maria, vi behöver dig hos oss. Barnen behöver dig", viskar hon så tyst att ingen annan hör vad hon säger.

De styr hästen hemåt. Först sitter de två bara och tänker på det som de nyss varit med om.

"Det är minsann en hemsk sjukdom det där", säger Alfred efter en stund.

"Ja, minsann!".

"Jag hoppas vi inte har smittan med oss. Vi måste tvätta oss innan vi går in", fortsätter hon.

Det är en tryckande stämning hos Karlsson den kvällen. Magda känner stor värk i mellangärdet när hon tänker på sin vän som ligger nerbäddad i den lilla stugan. Men hon kan inte heller låta bli att tänka på den svåra smitta som tyfusen trots allt är.

Nästa dag och följande och därpå följande dag sköter de om Maria. Hennes make syns inte till. Däremot håller barnen igång hushållet nu och det är inte längre lika hemskt att stiga in i stugan.

* * *

Knut försöker få dagarna att gå, men hösten är ingen bråd tid på en bondgård lik den i Runsor. Han försöker även att äta så lite som möjligt, så att han inte ska vara till så svår belastning för familjen. Vartefter dagarna går blir han allt mer rastlös. Han lusläser tidningarna som Alfred tar hem då och då. Ofta är de flera veckor gamla när han får dem.

En dag finner han något i Wasatidningen som intresserar honom. Han läser texten om och om igen. Han går sedan i många dagar och tänker på det han läste och sakta men säkert mognar ett beslut fram.

En kväll för han saken på tal med Alfred när de sitter på tumanhand vid bordet och tillverkar räfs-tinnar av rönn.

"Har du hört om Riihimäki-banan Alfred", frågar han.

”Riihi-vadå?”, mumlar han till svar, med blicken stint på det han har för händerna.

”En tågbana som ska gå ända till Ryssland”, svarar Knut. Han ser ivrig ut.

”Jag har läst om den. Det verkar vara ett helt enormt projekt och de anställer i princip alla som vill arbeta. Och man får mat”, förklarar han vidare.

Alfred har nu lagt ner arbetet och tittar på honom.

”Inte tänker du väl lämna oss och åka till Ryssland?” frågar han med höjda ögonbryn.

”Nja, inte är de väl i Ryssland än. De inledde bygget av banan förra vintern. De startade på en ort som heter Riihimäki, i södra delen av Finland och banan ska dras ända till Sankt Petersburg. Det är lång väg dit må du tro. Jag såg hur de har ritat upp det på en bild”, svarar han. Knut reser sig för att hämta tidningen så att han skall kunna visa Alfred.

”Men du är ju inte riktigt klok, varför skulle du vilja åka dit?!”, säger Alfred och låter förargad.

”Det är en del av nödhjälpen. Då skulle jag göra nytta för mig, få mat och ni kunde ha en mun mindre att mätta.”

”Det är ju vansinne, jag tillåter inte det”, svarar Alfred och tar åter tag i tinnen som han arbetar med, som för att markera att diskussionen är över och att han har sista ordet.

Men eftersom Knut är en vuxen man idag, så kan inte Alfred besluta allt för honom längre.

”Men jag skulle komma tillbaka, kanske efter nästa sommar, när vi åter har fått nya skördar och jag kunde börja baka igen. Jag tror att det kunde bli en riktigt bra lösning för oss alla”, insisterar Knut.

”Jag sade nej”, svarar Alfred nu med höjd röst och för att understryka det han säger, smäller han händerna i köksbordet så att tinnarna rullar iväg och faller ner på golvet.

Knut svarar inte, han bara böjer sig ner och plockar upp det som föll. Sedan fortsätter han med arbetet som är på hälft, utan att se på Alfred. Alfred å sin sida kan inte koncentrera sig längre. Hjärtat fladdrar i bröstet och han känner redan nu att han inte orkar skiljas från Knut, som är som hans egen son, bror eller kanske främst en mycket kär vän. Han klarar inte av tanken att Knut skulle överge honom för Ryssland.

Men Knut ger sig inte. Han vill ta sig till bygget. Ju mer han tänker på saken, desto mer övertygad blir han om chansen att göra något bra där. Att han kunde hjälpa landet vidare i den hårda kampen mot vädret, fattigdomen och svälten. Han ser sig själv komma hem som en hjälte och att alla, för alltid, kommer ihåg det han gjorde. De kommer att viska bakom hans rygg: Se där är den där Knut som byggde järnvägen. Han myser vid tanken, han vill väldigt gärna både hjälpa och vara en hjälte. Och han vill även mycket gärna äta sig mätt, som han förstod att byggarna får göra, eftersom den finska staten består dem på mat för den goda insatsen de gör för landet.

Knut åker in till staden några dagar senare. Han tänker ta reda på mer och går in på stadskansliet för att fråga runt. Men han blir sänd vidare varje gång han frågar upp saken. Efter att ha förklarat sitt ärende flera gånger får han slutligen napp. En äldre man som arbetar med fattigvården i staden lyser upp när Knut för sitt ärende på tal.

”Utmärkt unge man! Vi uppmuntrar verkligen till egna initiativ och att få inkomst i detta skede. Vi kan inte försörja alla trashankar här i staden, utan var och en måste söka sig bort och se till att hitta arbete på annan ort. Och detta är ett ypperligt sätt att både få arbete och mat”, säger han i en lång svada, medan hans enorma dubbelhaka guppar upp och ner medan han nickar på huvudet. Knut känner sig förlägen när han stirrar på den dallriga hakan.

Knut blir informerad om att det är bäst att resa till en stad som heter Lahtis. Där kan han få närmare information om platsen, där själva bygget pågår just nu.

”Inte råkar du ha en häst att ta med dig?” frågar mannen.

Knut skakar nekande på huvudet. Han kan inte stjäla Alfreds älskade Fjalar.

Knut får upplysningar om hur han bäst kan tar sig ner till Lahtis och att han inte behöver höra av sig på förhand. Det är bara att dyka upp på ort och ställe och anmäla sig som villig att arbeta för den finska staten.

Mannen nickar bara kort för att visa Knut att det är dags att avlägsna sig ur hans rum, så att han får återgå till viktigare saker än Knuts simpla ärende.

När Knut sitter i skjutsen tillbaka till gamla Wasa är han djupt försjunken i grubblerier. Hur ska han riktigt sköta denna svåra fråga med Alfred? Han vill inte smyga iväg som en tjuv om natten, han vill inte heller ta öppen strid om saken – vilket det med all sannolikhet kommer att bli om han berättar om sitt beslut för Alfred. Snart kommer Knut fram till lösningen: Att han berättar för Magda och att hon i sin tur får ta diskussionen med Alfred efter att Knut har gett sig iväg.

Han söker upp henne i ladugården när han vet att hon är ensam. Magda gråter, vaggar från sida till sida och håller om honom både hårt och länge, när han väl vågar berätta.

"Kära, kära Knut, hur ska jag någonsin kunna berätta detta för Alfred? Det kommer att krossa honom. Jag förstår dig så väl, men tillika är jag väldigt rädd för att tanken inte är så bra som den låter. Har du inte än lärt dig att den aldrig är det. Om något du läser låter väldigt bra, då ska du alltid ta bort hälften så kommer du kanske nära sanningen", viskar hon och avslutar med att dra in snoret som hänger.

"Magda, kära vän, jag är säker på att staten tar hand om mig. Jag tvivlar inte en sekund på att vårt fosterland, vårt Finland, tar han om oss. Landet skulle aldrig svika oss män som satsar tid och kraft på att bygga något så viktigt som en järnväg i landets tjänst", säger han och ögonen lyser av stolthet. Han ska bli Finlands man.

Magda ser efter honom när han vandrar iväg. Han har bara en ynklig säck med sig, där han har lite kläder, en filt, mat, pengar och en katekes. Hon torkar tårarna gång på gång och undrar om hon någonsin ska se siluetten av den kära mannen åter.

Senare på kvällen berättar hon vad som hänt för Alfred. Han rasar, anklagar henne, han springer ut och slutligen gråter han tysta tårar i deras säng innan han somnar. Han vänder henne ryggen och hon får skulden för att Knut valde att slinka iväg och inte vågade tala med honom öga mot öga. Efter den kvällen nämner han inte Knut med ett enda ord under en lång tid.

7

Höst 1867

Auktion på människor. Magda smakar på ordet och försöker förstå hur det alls kan få finnas. Hon har många gånger varit på auktion. Förr när det fortfarande fanns glädje i livet gick hon faktiskt gärna på auktion. Hon har till och med ropat in någon gryta och några lakan.

Alfred förklarar om och om igen hur det går till, men det är alldeles som om hennes hjärna inte vill begripa.

" Eftersom riksdagen har skrivit en lag på att folk som inte klarar sig måste tas omhand, är det pengar som staden betalar ut. Man kunde ju tro att städerna fick några pengar av staten för detta ändamål. Men nej, de har bara ålagts att ta hand om folk. Därav har vi sådant som fattighus, barnhus, fattigkassor och förstås även auktionerna. De är ju inte några nya påfund, har du verkligen aldrig varit på en dylik?", frågar han.

"Nej, verkligen inte. Jag förstår inte hur man kan auktionera ut en människa", säger hon och stryker sig gång efter annan över håret, som för att övertala sitt huvud att begripa det han förklarar.

"Men det är ju inte riktigt på samma sätt som när du ropat in en gjutjärnsgryta, så du kan ju inte jämföra", fortsätter han.

"Hurdå?"

"Det är kommittén för fattigvårdsförsörjningen som organiserar fattigvården. De mönstrar de fattiga, samlar ihop pengarna och ordnar de så kallade auktionerna. Det är även denna kommitté som driver in den hemska fattigavgiften som läggs i fattigkassan, varifrån pengarna tas för att försörja dem som utackorderats", förklarar han.

"Men vem får pengarna då? Är det inte de fattiga som ska få dem?", frågar hon, fortfarande förvirrad.

"Nej, det går till så att kommittén, efter att ha gjort granskningen av hjonen, dömer huruvida personerna klarar sig själva eller inte. Kommittén ordnar då en så kallad auktion där invånarna sedan får bjuda en summa för att inackordera hjonen. Den som bjuder den lägsta summan får sedan ta emot hjonet".

"Men varför den lägsta?"

Alfred suckar tungt.

"Jo, för att den som ropar in hjonet får pengarna sedan, alltså den summa som han bjöd för hjonet, för att hålla fattighjonet vid liv med mat och tak över huvudet. Om det är fråga om barn borde de få gå i skola. Men oftast arbetar de väl så hårt att de arbetar ihjäl sig på den ynkliga matranson som de får. Pengarna betalas oftast ut kvartalsvis till den som vinner budet", berättar han vidare.

Nu säger Magda inget, hon bara tittar på honom. Ögonen är alldeles svarta i det skumma ljuset framför den öppna spisen.

"Sedan mönstras de fattiga varje år. Om de fortfarande inte klarar sig själva så åker de på ny auktion och det kan ju då hända att de blir sålda till ett nytt hem. Eller också inte".

"Men om kommittén alltid antar det lägsta budet, betyder det inte att summan är alltför knapp för att skaffa de fattiga kläder, skor, mat och skolgång? Allting är ju så dyrt idag", viskar Magda.

"Du har rätt, det är det sämsta med systemet. Det bästa är förstås att barnen, eller människorna överlag, tas om hand, medan det sämsta är den ytterst lilla slanten däremot inte räcker någon vart. Gamlingar har rymt, barn har flyttats bort och hjon arbetat ihjäl sig när moralen hos värdfolket var för låg. Men varför tänker du nu, återigen, på detta? Vi har ju pratat om det förr", undrar Alfred.

"De har ju utlyst nästa auktion i kyrkan två söndagar i rad, så det betyder att auktionen ordnas inkommande lördag."

"Ja, jag hoppas att de denna gång inte har så många som behöver nytt hem. Jag har själv sällan deltagit i dessa auktioner och aldrig har jag ropat in någon. Jag anser att jag inte behöver köpa hjälpande händer. Jag hittar mina drängar själv när jag behöver dem", svarar han.

"Men jag tycker att vi ändå ska gå dit, nu, den här gången. Bara för att få se vad som händer", säger hon.

"Nej, det tycker jag inte. Vad har vi där att göra, bete oss som nyfikna skvallerbyttor som gottar sig i eländet", suckar han.

"Men tänk om där är någon vi känner...", viskar hon.

"Än sen då. Tänkte du ropa in alla som du kanske känner och rädda dem ifrån ondo, när vi knappt klarar oss själva", muttrar han. Alfred har redan på känn att han håller på att förlora kampen om deltagandet eller ej.

"Men du vet hur Maria har det sedan även hennes gubbe dog i nervfebern. Hon kommer säkert inte att få stanna i torpet med ungarna. Själv klarade hon sig, men hon har det nästan ändå värre nu. Han var en odugling minsann, han kom inte ens hem för att dö. Men Maria och barnen överlevde honom. Vi måste hjälpa henne, Alfred", vädjar hon med huvudet på sned.

"Nåväl, jag har ju ett torp som står tomt. Men vi måste få något för att de bor där, annars kommer de andra torparna att göra uppror. De gör ju dagsverken och betalar arrende. Marias barn är ju så unga och du såg ju hur tafatta de var", suckar han.

"Men Maria kan göra dagsverken. Jag har ju knappt några pigor på gården längre, så hon kan ju hjälpa till med djuren. Och så kan hon säkert vara med vid både sådd och skörd, så som gubben skulle ha gjort. Och barnen kan lära sig, du kan lära dem då deras egen far var så oduglig", rabblar Magda upp.

"Jaja, jag ska fundera på saken. Låt frågan vara ifred nu tills jag har fått tänka på saken", snäser han. Det är ju hans sak att sköta om gården, inget han tycker att Magda ska lägga sig i allt för mycket.

Sagt och gjort. När lördagen infinner sig kör de till prästgården där auktionen hålls sedan de flesta hus i gamla Wasa brann ner.

Magda och Alfred klämmer sig ner på en bänk så långt bak som möjligt. Magda hade gärna suttit längre fram så att hon hade haft god uppsikt över händelserna, medan Alfred helst hade velat gömma sig.

Alfred följer bara med ett halvt öga det som sker. Han gör allt för att se så ointresserad ut som möjligt och för att inte påverkas av de ynkliga stackarna som radas upp framför hans ögon. Han nuddar i tankarna vid dagen då han fann Knut, den smutsiga lilla trashanken han då var. Ensammast i hela världen. Och nu valde Knut bort honom.

Magda å sin sida följer med varje ord som sägs och de hungriga ögonen som ser så hjälplösa ut, etsar sig fast i hennes innersta. Hon vill helst rädda dem allihopa och starta en egen skola med inackordering för de yngre barnen. Hon vill se till att de får skolgång, mat, kläder och värme – och kanske lite ömhet ibland. Men hon vet även att det här bara är en omöjlig dröm.

När alla hjon är ut auktionerade troppar folket långsamt av. Det verkar som om ingen riktigt vill lämna salen, som om det fortfarande finns något ogjort trots att allt är avklubbat och klart.

När de sitter i kärran på väg hemåt är det tyst tills Alfred tar till orda. Han harklar sig, det låter nästan som om han vore nervös.

"Jag tänkte att det säkert är bäst att vi inte går på dylika auktioner igen, för inte är det något nöje, inte det minsta heller", säger han myndigt.

"Nej, det var nog inget nöjde, det har du alldeles rätt i, kära Alfred. Men jag tycker att du inte har rätt i att vi ska undvika att gå på auktionerna. Tvärtom borde fler människor gå på dem för att se hur lite värda vi är, sedan när vi står ensamma och svaga i världen. Det gäller ju i högsta grad även dig och mig. Inte heller vi är osårbara, bara för att vi just nu råkar bo på en stor gård", svarar hon vasst.

"Nå, nu har du fått se en auktion och så är det bra med det", försvarar han sig.

"Men vi åker igen nästa gång, och nästa och nästa. Vi går på dessa auktioner tills de upphör med det där hemska sättet. Och vi måste prata om det med folk vi känner, så att de förstår att man inte kan dela ut folk till höger och vänster som det passar en. Det orsakar ju ett hemskt lidande."

"Nej, nu får du väl ändå ge dig. Vi kan inte börja härja på med något dylikt. Det passar sig inte!", snäser han.

"Jag bryr mig inte om vad som passar sig, och det brukar väl inte du heller göra för den delen? När har du ändrat på det? Kanske då det gäller de fattigaste och mest försvarslösa människorna?" Nu är hon arg.

Alfred tiger och tuggar med käkarna hårt sammanbitna. Han klatschar med tömmarna ovanligt omilt och Fjalar som inte är van vid sådan hårdhänt behandling rycker till med huvudet och sträcker förvånat på stegen en aning.

Efter auktionen är stämningen i många dagar isig mellan paret. Men ingen av dem har för avsikt att ge med sig. Lika bestämd som Magda är att de ska gå på auktionerna, lika övertygad är Alfred att de ska låta bli dem.

* * *

Edvin kvider högt. Han väntade sig att mor skulle smeka honom över ryggen eller håret, men det som hände var att någon – Oskar – tog ett hårt grepp om hans nacke. Ingen har någonsin gripit om hans nacke på det här sättet förr och det känns fruktansvärt. Gossen kan inte röra sig när han blir som förlamad av smärtan som strålar ut genom hela kroppen.

"Släpp mig", får han slutligen fram mellan sammanbitna tänder.

"Du ska hålla käften, ditt lilla kryp. Jag och din mor kommer att gifta oss och jag ska ha del i företaget. Är det förstått?", väser Oskar i hans öra.

Edvin känner att Oskars andedräkt luktar illa. Det är en sur och frän stank av gammalt brännvin blandat med ren och skär ondska.

"Ja, jag ska hålla käften, bara släpp mig", kvider han.

Plötsligt hörs steg över golvet mot hans kammare. När Amalia stiger in i rummet lossar Oskar diskret på sitt grepp och låtsas smeka Edvin över håret.

"Såja, såja unge man. Allt blir säkert riktigt bra när jag tar hand om er ska du se, precis som jag nyss berättade för dig. Du måste bara lita på mig och tala med mig, lilla gubben", säger han med en röst som dryper av konstlad vänlighet. Lika konstlad som resten av mannen.

"Men ligger du här och grinar Edvin! Stora pojken, upp ur sängen och uppför dig som en man", fräser Amalia. Hon skäms över pojkens uppförande. Men större än skammen är hennes förundran över hans beteende. Hon som har lagt så stor vikt vid att uppfostra honom till att hålla masken och uppföra sig väl i alla lägen. Vad man sedan gör bakom sin egen dörr, mellan fyra väggar efter att gästerna har gått hem, är vars och ens ensak.

Edvin tar sig för nacken. Han är säker på att han har stora, röda fläckar på huden efter gubbtjyvens hårdhänta grepp. Edvin sätter sig upp och fångar Oskars blick. Han håller kvar blicken utan att vika undan. Han tänker minsann visa karln att de kommer att bli två i diskussionen om vem som ska bestämma hemma hos Palmlöfs. Och det ska inte bli Oskar, det ska nog Edvin se till.

Efter en stund skakar Oskar på huvudet och hånler åt den unga pojken.

"Du får bara acceptera läget, unge man, du har inte en chans", viskar han med låg röst till Edvin.

Återstoden av kvällen sitter Edvin och tiger. Han ser varken på modern eller på gubben hon har dragit på sig. Hans hjärna arbetar på högtryck med att komma på hur han ska spela detta spel. Han noterade mycket tydligt att gubben inte blev nöjd när han hörde att han ska försörja modern. Edvin borde tala med deras advokat, utan att modern är med. Som man, arvtagare och ensambarn har han säkert möjligheter att vidta åtgärder.

När han tillräckligt länge har lyssnat till deras obetydliga, dumma diskussioner om oviktiga saker, ursäktar han sig, mumlar han något ohörbart, reser sig och går med tysta steg till sitt rum där han stänger dörren. Han står lutad mot dörren en stund. Inom honom rasar tusen eldar, demoner och allra mest kämpar han mot en våldsam gråt som hotar att få övertaget över honom. Han, Edvin Palmlöf, kommer aldrig att acceptera ett sadistiskt svin som Oskar Vikstam i sitt hem. Och tänk om han dessutom skulle besluta att Edvin måste byta bort namnet Palmlöf! Det krävs all kraft Edvin äger i sin späda kropp och i sitt ynglingasinne för att hindra händerna från att plocka upp allt som kommer i hans väg och slänga det i väggar och fönster och fullständigt löpa amok.

Amalia suckar tungt av lättnad när Oskar stängt dörren bakom sig. Än en gång undrar hon om hon har tagit rätt beslut. Det känns som om hon inte kan vara sig själv med honom. Men å andra sidan, hur skulle det ens vara möjligt efter att de träffas så lite som de har gjort?

Medan hon tar de få stegen mot sin sovkammare funderar på Edvin och den scen som han ställde till med ikväll och hur olikt honom det var. Hon bestämmer sig för att tala med honom genast imorgon och ta itu med hans oacceptabla beteende. Föga anar hon att gossen har samma planer som hon själv – nämligen att ta tag i ett oacceptabelt beteende.

* * *

Efter en lång och mödosam resa når Knut sitt mål. Han behöver inte leta länge för att komma underfund med vart han ska söka sig i staden Lahtis. Det verkar nämligen som om de flesta som rör sig i staden har samma ärende som Knut. De är ute efter att få delta i finska statens nödhjälpsarbete med att bygga tågbanan till Sankt Petersburg.

Knut känner sig oändligt vilsen och bortkommen. Dessutom kan han inte ett enda ord finska – vilket i princip alla andra pratar.

Men han är inte desto dummare än att han kan se var alla andra står och köar, så han ställer sig i samma rad. Det går oändligt långsamt, det är kallt och hungern gräver i hans tarmar så till den grad att han ibland undrar om tarmarna har fått liv och beter sig som ormar istället. Men han står tålmodigt kvar och tar de små, små stegen framåt då och då. När det blir kväll, ser han plötsligt att dörren till den lilla mottagningen smälls igen. Det hörs en enorm, kollektiv suck genom den långa, slingriga kön.

Knut vet inte ut och in på sig själv. Måste han nu försöka finna någonstans att bo över natten och återkomma imorgon? Villrådigt står han och väntar på att de andra ska gå iväg först, men ingen verkar vara på väg bort. Tvärtom slår de sig ner på bara marken. Det är sen höst och både marken och vinden är så kall, att han inte kan begripa hur han ska kunna överleva om han måste tillbringa natten i denna kö.

Snart ser han att de som stod sist i kön beger sig iväg, medan de som kommit sig framåt verkligen stannar kvar. Många av dem plockar fram lite mat. Knut har en filt i sin säck, ett par extra sockor och vantar. Han klär sig så gott det går, sätter sig på säcken och äter den lilla biten bröd han har kvar.

Han försöker låta bli att börja gråta. Han skulle ju tas emot som en hjälte när han kom för att hjälpa till med att rädda Finland. Och här sitter han som ett hjon och har tur om han överlever natten. Som han önskar att han kunde tala med de andra som sitter där. Även om de är ganska tystlåtna överlag. De som sitter närmast honom utbyter bara några få ord då och då. Knut är konfunderad över det finska språket – eller vad han tror är finska språket – då det låter så kort och argt. Han som ursprungligen är hemma i Åland tycker om språk som är melodiösa och mjuka. Så som mor och far pratade. Han ryser till, hela kroppen rister, när tankarna på mor och far, de röda klipporna i skärgården och det åländska havet drabbar honom. Han sluter ögonen, och kan nästan höra vågornas brus och måsarnas skri. Där han sitter och fryser väljer hans omtöcknade hjärna att inte påminna honom om de isande vindarna, om drunkningarna och ensamheten. Allt som kommer till honom är varmt, ljust och vackert och väcker en sådan hemlängtan i honom att den nästan övermannar honom totalt. Aldrig tidigare, sedan den dagen han tog Alfred i handen, har han längtat hem till kobben som han gör just nu. Troligen för att han själv nyligen valde att släppa Alfreds framsträckta hand.

Knut måste ha slumrat till där han sitter, för när han vaknar lutar han sig mot grannen, en man i hans egen ålder. Mannen har ovårdat skägg och dåliga kläder och Knut kan känna att han fryser så han skakar. Knut makar sig närmare honom och försöker rätta till sin filt så att den även täcker mannens kropp en aning. Efter en stund känner Knut att mannens skakningar har minskat lite.

När gryningen visar sitt bleka ansikte vaknar mannen långsamt till liv. Han rycker till när han märker att han sitter lutad mot Knut. Men Knut ger bara honom en vänlig blick och en liten nick, så han ser genast lite lugnare ut.

Knut fortsätter att nicka lite lätt mot mannen. Han pekar på sig själv.

"Knut", säger han.

Mannen ser först lite frågande på honom.

"Knut", säger han igen. Den här gången pekar han sedan mot mannen och försöker se så frågade ut som han bara kan.

Mannen lyser snart upp.

"Eino", säger mannen och pekar på sig själv likadant som Knut nyss gjorde.

Knut nickar och ler.

Han pekar på sig själv och upprepar sitt namn och pekar sedan på mannen och säger Eino, på samma sätt som han uttalade sitt namn. Knut tror just då att mannens namn ska stavas med ett -å i slutet eftersom det sägs så på finska.

Båda två hade gärna fortsatt att tala med varandra. De gör även några tappra försök, men språkets mur är hög när man inte har några gemensamma ord.

Däremot makar sig Knut åter intill mannen, så att de ska kunna hålla varandra varma. Där sitter de sedan och tiger tillsammans.

När dörrarna åter slås upp till kontoret är Knut nästan redo att resa sig och åka hem till Runsor igen. Han hatar redan arbetet i nödhjälpsprojektet – innan han ens har inlett sin tjänstgöring.

Knut och Eino är bland de sista för dagen som får stiga in på mottagningen.

Knut hör att Eino får svara på flera frågor av männen bakom bordet och han är så nervös att han måste knyta händerna för att de inte skall skaka. Knut förstår inte ett ord av vad de säger och han är säker på att han blir tvungen att återvända hem. När det så blir hans tur ställer han sig framför bordet, med mössan i handen, och börjar stamma.

"Jag heter Knut, jag vill arbeta", säger han knackigt och nervöst.

Han märker att Eino ställt sig snett bakom honom, som för att stöda honom.

Till Knuts förvåning reser sig en av männen och går in till ett annat rum, utan att yttra så mycket som ett ord. Med sig har han sedan en äldre man med grått, välansat skägg och dyra kläder.

"Unge man, är ni här för arbete inom projektet?", frågar mannen med en så annorlunda och korrekt svenska att Knut aldrig har hört dess like.

"Ja, herr...", inleder han, bockar hastigt, men tystnar eftersom mannen inte presenterade sig.

"Direktör Cronström. Jag är direktör för satsningen", fyller mannen i.

Instinktivt bugar sig Knut djupt inför mannen som visar sig vara en så stor och viktig person.

"Direktör Cronström, hjärtligt tack! Ja direktörn, jag vill arbeta", stammar han osäker inför direktören.

"Utmärkt", svarar mannen och utbyter sedan några ord på finska med männen bakom bordet.

"Vad heter ni?", frågar han först.

"Knut Eriksson", svarar han och tittar på männen som borde skriva. Men de ser ut inte ut att begripa vad han säger.

"Kan ni skriva?", frågar direktören då.

"Ja, herr direktör."

"Nåväl, ni får skriva, herr Eriksson. Jag säger vad ni ska skriva, kom med här", säger direktören och pekar mot en dörr.

De går in i direktörens rum, han pekar ut en stol till Knut.

"På första raden, fyll i ert namn. Fyll sedan i varifrån ni kommer, så fullständig adress som ni kan och fyll sist i vilket år ni är född och på vilken ort", instruerar mannen och pekar på raderna.

Knut skriver så vackert han bara kan, med stora snirkliga bokstäver.

Direktören nickar, hans stora mustasch vippar upp och ner på ett fascinerande sätt.

När blanketten är klar reser sig Knut och bockar djupt.

"Tack herr direktören Cronström", säger han.

"Jaja, utmärkt väl, jag hoppas herr Eriksson ska klara av det hårda arbetet. Ni förefaller mig inte som någon som är van vid att arbeta på byggen", svarar han.

"Nej direktörn, jag driver mitt eget bageri, men allt mjöl är slut där jag bor, så därför kom jag hit för att hjälpa landet istället", svarar Knut och försöker efterlikna mannens fina svenska.

"Och så skriver ni mycket väl", kommenterar han.

"Ja direktörn, mannen som tog hand om mig var noggrann med skolgången."

"Tog hand om...?"

"Ja herrn, jag var ensam kvar på en liten ö i Ålands skärgård, eftersom hela familjen dog. Där fann Alfred mig efter kriget och tog mig med sig hem", svarar Knut.

"Ni var mig en märklig en", säger mannen och Knut ser att han ler stort mot honom, så han vågar sig på ett litet leende tillbaka.

"Ni kan gå, lämna pappret hos männen och följ strömmen mot transporten med häst ut till bygget. Kanske vi råkas igen någon dag, herr Eriksson", säger direktören och viftar med handen mot dörren, så att Knut ska inse att tiden är ute.

Han går ut ur rummet på skakiga ben, lämnar pappret hos männen. Han blir alldeles varm av glädje när han ser att Eino står tryckt mot väggen bredvid dörren och väntar på honom. De ler stor mot varandra när Knut närmar sig honom.

"Knut", säger Eino och visar honom tummen upp.

Knut visar tummen upp tillbaka så vandrar de mot hästskjutsen tillsammans.

De får vänta en god stund innan de får plats i en hästskjuts. Knut är vid

8
Vinter 1867 - 1868

Snön ligger djup. Det är sällan som Alfred och Magda har ärende utanför Runsor, men nu tänker de åka ut till marknaden. De försöker ta sig dit ungefär en gång per månad för att se om de hittar något att köpa.

Vägen är inte plogad sedan senaste snön föll, men snödjupet är inte större än att de kan köra släden med medar under, eftersom vägen är plogad tidigare samma vecka.

Det är en vacker dag. Solen står lågt på himlen, strålarna smeker de kritvita snödrivorna och silar ömt genom tallarnas trädkronor, så att ljuset blinkar i ögonen när de med fart åker genom en skogsdunge.

Magda sitter försjunken i sina egna tankar. Hon brukar försöka skjuta allt elände åt sidan och inte hänge sig åt grubbel och ältande, men det är svårt. Hon ransonerar familjens mat så hårt, att hon nu ser hur svaga alla har blivit. Det gör ont i henne.

All mat är nu inlåst och endast Magda och Alfred får ha hand om nyckeln, hon litar inte ens på de större barnen, inte ens på Lisbet. Inte nog med att de måste spara på maten nu när de har så lång tid framför sig innan grödorna gror igen. Det är även rent farligt att proppa i sig mat när magen är van vid att endast få lite vattnig soppa om dagarna. De äter bara så att de nätt och jämt hålls på benen, inget mer.

Men sen, som om de inte skulle ha nog med sig själva, krafsar någon på dörren i princip alla kvällar. Dessa fattiga stackars jävlar, de mest utsatta tiggarna som stryker längs vägarna. Ibland dyker de upp ensamma, ibland är de flera, ofta med barn i släptåg. Ofta mödrar med ett par, tre små.

De är så kalla, uthungrade och totalt beroende av gårdsägarnas välvilja, att det ofta är på liv och död om de blir insläppta eller ej. Problemet som människohandeln och fattighusen skulle ta hand om, mäktar inte heller de med längre. Bristen på mat omkring staden är så oerhörd och total, och de har förstått att det ser likadant ut i hela landet.

Alfred har tagit beslutet, att när ensamma män kommer och tigger stänger de dörren för dem. Men kvinnor med barn hjälper de, så gott det går när man inget extra har. Därför har Magda alltid en gryta med vattnig soppa på spishällen. I soppan lägger hon lite örter, nässlor, korn, rova eller liknande. Om någon potatis eller annat känns mjukt och dåligt, åker det ner i soppan. Alla dagar vänder och vrider hon på det torftiga innehållet i matförrådet för att alltid välja råvaror från den sämsta ändan. Hon bakar även bröd av en deg utblandad med bark och torkade växter. Magda börjar använda barken genast på hösten trots att det finns lite mjöl kvar, som de dels lyckas köpa och dels få av nödhjälpen. Men det är lätt att räkna ut, att mjölet inte kommer att räcka till under hela vintern. Barkbrödet smakar rent av vedervärdigt och det är hårt och svårt att äta, så det är bäst att blöta upp det i den tunna soppan.

Familjen har en utdragssoffa med en tjock fäll och ett par filtar där tiggarna får lägga sig ner. Magda för ut fällen och filtarna i snödrivan efter varje natt, eftersom hjonen både luktar illa och för med sig mängder av löss.

De håller stugan varm, för någon brist på ved har de turligt nog inte på Karlssons gård. Åtminstone inte just nu. Men på basen av den lilla matranson som männen nu får, blir det troligen inte mycket skogsarbete gjort denna vinter. Dessutom har Alfred sänt iväg alla drängarna, så han har ingen hjälp, förutom Elmer och Verner och de är fortfarande för småväxta och unga för att vara fullgod hjälp i skogsarbetet.

Det är svårt att slå ihjäl tiden. Kroppen är för svag för rejält arbete och hjärnan sysselsätter sig mestadels med att tänka på mat och olika sätt att få i sig mera mat. Tiden blir lång och irritationen böljar genom huset varje dag.

Magda rycks ur sina tankar när släden kränger till.

"Vad var det där jag körde på, bäst att jag flyttar bort det från vägen, hästarna kan snava och i värsta fall bryta ett ben", mumlar Alfred.

"Ptroo, ptroo", manar han hästen, som lydigt stannar upp.

Alfred hivar sig tungt av släden och går tillbaka. Magda vänder huvudet och tittar efter honom. Hon fryser och stiger ogärna ut ur den sköna värmen under fällen där hon sitter. Men när hon ser att Alfred ryggar tillbaka när han några gånger har sparkat snön av hindret kravlar hon sig ur släden.

Alfred står bara stilla och tittar ner på marken. Han märker inte ens att Magda kommer fram till honom, så han hinner inte hindra henne.

Där, nere i snön ser hon ett par ben, klädda i trasiga byxor. På fötterna sitter ett par lindor. Hon hoppas att kängorna bara har fallit av. Det är en man de har kört över.

"Lever han?", frågar hon med andan i halsen och en klump i bröstet.

Hon vågar inte böja sig ner och röra vid honom.

"Vi måste hjälpa honom", gråter hon när Alfred inte svarar på hennes fråga.

Alfred tiger fortfarande. Han står som fastfrusen i vägen och stirrar ner på den insnöade kroppen.

Magda gråter nu och river honom i ärmen. Alfred känner inom sig hur han inte orkar. Det går inte. Han kan inte behöva hjälpa alla i hela världen, han kan för fan inte ens hjälpa sin egen familj längre.

Han vaknar upp ur sina tankar när Magda smäller honom på armen.

"Men gör något då, Alfred!", ropar hon.

Då hukar han sig långsamt ner bredvid mannen och borstar långsamt och omsorgsfullt snön av honom. Spåret där meden har kört över honom går i höjd med bröstet.

"Det är för sent Magda, vi kan inget göra för honom längre", säger han lågt när han borstat en stund.

"Har vi dödat honom, har vi kört ihjäl honom? Är vi mördare nu Alfred?", gråter hon.

”Nej Magda, nej. Han har säkert frusit ihjäl många timmar tidigare. Vi har inte kört ihjäl honom. Och även om vi hade gjort det så hör det väl inte riktigt till att man lägger sig rakt över vägen, under snön och väntar på att slädarna ska komma längs vägen. Så inte skulle jag ha känt att det var mitt fel ändå”, suckar Alfred.

Magda hukar sig ner och hjälper till med att sopa resten av snön av den döda mannen. Hon ser hans gråa mössa och känner att hjärtat hoppar över ett slag.

”Alfred...” inleder hon.

”Hjälp mig att svänga på honom”, avbryter han henne.

Hon går då runt till samma sida som Alfred och de tar tag i mannen och buffar på. Kroppen sitter fast en aning och de får lirka en stund innan de får loss honom. Han är mager och lätt så det går ganska smärtfritt, när de väl fått loss honom.

När han faller till rätta på rygg får Magda bekräftat det som hon anande när hon såg den ruggiga gråa mössan.

”Alfred, det är han”, viskar hon.

”Jo, jag vet, jag känner också igen honom”, svarar han lika lågt. Alldeles som om de skulle kunna avslöja sig om de säger det högt. Det som de vet.

”Vi borde ha släppt in honom igår, det var ändå tomt i soffan”, viskar hon.

”Ja, men vi kunde väl inte veta att ingen annan skulle dyka upp igår”, fräser han.

De reser sig upp. Alfred tittar ut mot horisonten några sekunder. Magda kan se att han funderar, så hon säger inget.

”Vänta här”, säger han och går fram till hästen, vänder på honom och drar släden närmare.

Hästen Fjalar verkar inte bry sig om liket, det betyder säkert att kroppen inte längre luktar död människa, djupfryst som den är.

”Ta i benen du, de är lättare. Så tar jag i tag under armarna. Vi lyfter upp honom på släden”, kommenderar han.

”Va? Ska vi ta med honom hem till oss? Vad ska vi göra av honom då?”, frågar hon olyckligt.

”Nej, det är väl klart att vi inte ska ta med honom till oss”, fräser han.

”Ta i nu!”, grymtar han till svar.

Magda tar tag i benen. Hon ryser av obehag när hon känner den kalla kroppen under sina händer. Mannen är alldeles stelfrusen, så det är lätt att lyfta kroppen, Det känns likadant som när man lyfter en tjock gren.

De lyfter upp honom bakpå släden.

”Men Alfred, tänk om någon ser att vi kommer körande med en död man på släden. De kommer ju att tro att vi har dödat honom. I synnerhet när man kan se att han är överkörd”, går Magda an, nära att bryta samman.

”Sluta, du kan inte bli hysterisk nu!”, ropar han.

Magda tystnar och biter sig hårt i läppen.

”Jag hämtar lite kvistar.”

Alfred hoppar över dikeskanten och går ut i skogen på andra sidan vägen. Han rycker och river, men får slutligen ta till kniven för att få loss några stora granriskvistar som han sedan släpar med sig och kastar över liket.

”Nu kör vi”, säger han och vänder Fjalar åt rätt håll.

Magda sätter sig till rätta under fällen igen.

”Vart?”, vågar hon fråga efter en stund.

”Vi åker till Kapellbacken, tänkte jag”, säger han tankfullt.

”Till gravgården? Jag förstår inte, det är väl inte möjligt att begrava någon där nu?”, undrar hon.

”Nej, jag tror att vi kanske bara kör dit honom. Kroppen är väl inte på vårt ansvar längre. Det tycker åtminstone jag. Därför lyfter jag nog bara av honom.”

”Men tänk om någon ser oss, då vi kommer körande och kastar lik omkring oss. Det kan ju inte gå an. Tänk så de skulle börja tala om oss! Sladdertackorna skulle äta oss levande och vi kunde aldrig mer visa våra ansikten i gamla Wasa”, svarar Magda olyckligt.

”Nåväl, vi måste se hur vi gör. Jag har inte bestämt något slutgiltigt än.

Om ingen är där, så spelar det ju ingen roll. Men om prästen till exempel är där, så kan vi ju prata med honom", svarar han och försöker lugna ner Magda som är på gränsen till att brista.

De kör genom tysta kvarter i gamla Wasa. De få hus som står kvar i den gamla staden är öde och tysta. Ur några skorstenar står vit rök, men flera av de mindre stugorna verkar helt övergivna.

Magda ser sig om och kontrollerar även gång på gång så att kvistarna täcker liket som ligger bakom henne. Det känns som om de bryter lagen – trots att de bara hjälper till – och det får magen att knipa värre än vanligt.

"Kanske vi skulle köra till prästgården, jag antar att kyrkoherden vet vad vi borde göra", försöker hon föreslå.

"Äh, jag tänker inte bli indragen i detta elände, vi har ingenting att göra med det här liket. Vi vet ju inte ens vem han är, varför skulle vi då börja arbeta med att få honom i jorden? De finns ju för satan överallt de här svältande hjonen. Med den här svälten och kölden kommer det säkert snart att ligga döda överallt. Tycker du då att vi ska köra dem land och rike runt och se till att de kommer lyckligt i jorden? Va!?", svarar Alfred med en sådan ton att Magda inte längre ids insistera.

Alfred låter Fjalar sakta in på stegen när de närmar sig Kapellbacken. Det passar sig inte att köra in vårdslöst på en gravgård, helst inte alls förstås. Han försöker även rätta till ansiktsdragen och se ut som om inget har hänt – hur man nu ser ut då.

När de kommer fram till gravgården ser han att det leder en upplogad väg in på området där många slädar före honom har kört. Det förbryllar honom. Inte brukar man köra in med häst och släde på gravgården. Han stannar hästen, tittar med lång blick på spåren, tvekar länge och väl, men manar sedan på Fjalar och bestämmer sig för att köra vidare. Långsamt kör de genom porten och in på det välsignade området.

"Nej men vad gör du, inte tänker du väl köra med släden över gravarna?!", utropar Magda.

"Men alla andra har ju kört in här. Jag tänker följa spåren och se vart de leder. De ser i varje fall ut som om de leder mot bakre muren", svarar han.

"Men varför?"

"Nå, du vet nog väl att det blir både tungt och kallt att bära liket över hela gravgården. Åtminstone jag har inte lust med det. Inte vill jag heller bli sedd när vi släpar honom genom snödrivorna här. Hellre gör jag detta snabbt och utan att vi blir uppmärksammade desto mer."

De kör sedan långsamt och försiktigt i de gamla spåren. De leder, mycket riktigt, till bortersta ändan av Kapellbackens gravgård. Den sista sträckan är en backe nedåt, bortom kapellet. Han ser att det finns ett upptrampat område invid muren, längst nere i backen. Hästen följer nu bara den uppkörda rutten och han går oändligt långsamt. Alldeles som om han kände på sig att de är ute på farlig mark. Han verkar tveka att gå fram till muren, Alfred får mana på honom en aning när han stannar till flera gånger.

När de kör upp längs muren och närmar sig det upptrampade området, ställer Alfred sig upp för att kunna se bättre. Han ser att fotspåren leder fram till muren, men han kan fortfarande inte se varför.

Fjalar stannar självmant och Alfred hoppar av släden. Han blir nästan svettig, trots den kalla dagen och hungern som river i kroppen.

Han kan inte se över muren men han har bestämt sig. Det här blir en utmärkt plats att göra sig av med liket. Han återvänder till släden.

"Du får komma och hjälpa mig, vi slänger av honom här", säger han till Magda med låg röst. Han ser sig nervöst omkring.

"Här?"

"Ja, här!"

"Men vad finns det bakom muren?"

"Jag vet inte, jag ser inte bakom den, men det spelar ingen roll. Vi lägger liket där nu, så får prästen, eller någon annan, ta hand om det sedan när de finner det."

"Men det låter ju alldeles förfärligt, Alfred. När har du blivit så hård och känslokall?" anklagar hon honom.

"Sluta, vi har inte tid med dylikt trams nu."

Han tar kvistarna av liket och slänger dem en efter en över muren. Magda går långsamt runt släden. När hon ställer sig framför liket känner hon hur de frusna, isiga ögonen stirrar på henne så anklagande att hon nästan känner deras brännande blick på sin själ och sitt samvete.

"Förlåt", gråter hon.

"Förlåt, det är mitt fel. Gud välsigne dig unge man. Och Gud förlåt mig, förlåt oss", viskar hon, för Alfred närmar sig.

"Vad står du här och håller på med?"

"Jag ber om förlåtelse. Det är mitt fel att han är död", gråter hon.

Plötsligt känner hon att Alfred smäller till henne på kinden. Inte hårt, men tillräckligt för att hon ska lämna tankarna hon sysselsätter sig med.

"Ta i fötterna och börja dra", uppmanar han.

Hon gör som han säger. De baxar och drar en stund innan de har honom av kärran och kan bära iväg med kroppen.

"Vi måste hiva upp honom på stenmuren först. Sen klättrar vi upp och efter det svingar vi iväg honom bortom muren", instruerar han.

När de nått muren börjar Alfred gunga liket från sida till sida. Magda gör likadant och snart får de rätt bra fart på kroppen.

"Jag säger till när vi ska släppa och då släpper du fötterna och svingar upp kroppen på muren exakt när han är närmast muren. Så får vi hoppas att han landar där uppe."

De svingar ett varv till.

"NU!", ropar Alfred.

De släpper greppet nästan samtidigt. Liket far iväg och slår i kanten på muren och trillar ner framför deras fötter.

Magda börjar gråta och Alfred svär så det osar.

"Men sluta kära Alfred, du är ju trots allt på en helig plats. Vi bryter nu mot allt vett och sans, detta är så hemskt", gråter Magda.

"Ta i fötterna igen, vi måste göra om det. Nu måste vi få ändå bättre fart, så att kroppen flyger upp på muren. Ta i allt vad du kan!"

De tar ny fart, liket svingar mellan dem. Magda är så nervös att hon tror att hon snart kommer att göra på sig.

"NU!"

De släpper greppet samtidigt och liket åker i en vacker båge och landar på muren, ett ben hamnar på utsidan och Alfred rusar efter och trycker till, så att det inte ska rasa ner igen. När han har fått liket att ligga stadigt, klättrar han upp bredvid det, och räcker handen till Magda.

"Måste jag?", piper hon.

"Ja, vi måste svinga iväg honom likadant igen" svarar han bestämt.

Efter att de har kämpat en stund har Magda kommit sig upp på muren. Hon har snö i skorna, in på benen och hon fryser så hon skakar, både av köld och nervositet. Tänk om prästen skulle få syn på dem, som de håller på!

"Vi gör likadant igen", instruerar Alfred och lirkar sig förbi liket för att ta plats vid huvudet.

Trots att snön ligger tillplattad uppe på muren, har tanken inte slagit dem att de skulle titta efter vad som finns bortom muren.

Samtidigt som de sätter liket i sving, vänder Magda för första gången blicken mot platsen bortom muren.

När synen möter henne, tappar hon greppet om likets fötter, samtidigt som axlarna slits ur Alfreds händer. Det blev ingen vacker, sista båge genom luften för mannen i den gråa mössan, utan han damp ner rakt bakom muren.

"VAD GÖR DU?!" skriker Alfred.

När han ser att Magda stannat upp och bara står och stirrar framför sig, med blicken i marken bortom muren, vänder han på huvudet. Han säger inget mer.

* * *

Klumpen i Knuts mage blir allt hårdare och han får svälja gång efter annan när de närmar sig byggplatsen. Han har redan innan han har inlett arbetet, fått inse att den romantiska bilden av hur han skall rädda landet med sin insats vid järnvägsbygget, inte stämmer överens med verkligheten.

Männen och djuren – han hoppas att Gud har skonat kvinnorna och barnen från denna plats – sliter inte bara ont, de slits ut.

Knut kan se hur männen hugger i den hårda marken, försöker skyffla den stela sanden och sliter på med det tunga arbetet som pågår längs banvallen. Han sitter länge och iakttar en man, det är omöjligt att säga hur gammal eller ung, som står på knä. En person som förmodligen är hans arbetsledare står och petar i honom med en käpp. En gång petar han så pass hårt att mannen faller framåt och landar på sitt ansikte. Mannen försöker ta emot sig men armarna verkar inte orka hålla upp honom, så han slår sig förmodligen svårt. En av de andra arbetarna går fram till mannen, som ligger på magen i snön, och drar upp honom på benen och räcker honom en sorts hacka. Det sista Knut ser av mannen är hur han med nöd och näppe lyckas hugga i den hårda marken.

Knut och Eino utbyter en lång blick. Eino har sett samma sak. Bägge två sitter och skakar nekande på huvudet.

"Hur ska det gå för oss, Eino?", viskar han.

Eino möter hans blick och skakar åter på huvudet, alldeles som om han förstått vad Knut sade.

När de stiger av kärran är det så länge sedan Knut ätit något senast, att han inte längre minns när det var. Det flimrar framför ögonen och han känner sig så svag att han är rädd att han ska svimma.

Som tur får de gå direkt fram till en stor soppgryta. De får ett litet bleckfat i handen, fyllt med en vattnig soppa. Knut försöker komma underfund med vad det är för sorts klumpar som simmar i soppan, men det är helt omöjligt att avgöra. Något salt tycks inte heller vara tillsatt i några större mängder. Om han inte hade varit så hungrig hade han inte fått i sig det som serveras. Eino och han äter under tystnad, båda två så hungriga att de inte hinner tala mellan skedarna.

Efter några minuter börjar en man – som tydligen har fått någon annan mat än den som Knut nyss fick, av storleken att döma – att skrika något obegripligt på finska.

Knut blir med ens så orolig att han nästan tar till lipen. Han hade inte ens tänkt på det tidigare, att han inte skulle förstå vad det är meningen att han ska göra. Att han inte kommer att begripa instruktionerna. När han står där och ser förvirrad ut, griper Eino tag i hans arm och vickar med huvudet, så Knut förstår att det är meningen att han ska följa efter honom.

De vandrar en god stund och når något som ser ut som långa hus. Mannen de följer slänger upp en dörr och de stiger in i ett av husen. Luften i huset är lika kall som utomhus och det finns ingen eldstad att värma upp byggnaden med. Mannen pekar på några högsängar i bortersta ändan av huset och säger något.

Eino fortsätter att dra Knut efter sig. Han pekar snart på en säng. Det ligger halm i bottnen och två tunna filtar att dra över sig. Eino pekar på sig själv och på Knut och håller upp två fingrar.

"Ska vi dela? Ska vi sova tillsammans?", frågar Knut. Eino tittar på honom med lång blick. Han vilar sedan ansiktet mot handen, blundar och gör ett snarkande ljud. När han öppnar ögonen pekar han åter på sig själv och Knut.

"Sova", säger Knut.

"Soova", upprepar Eino.

Efter att de placerat sina få tillhörigheter i sängen är det dags att gå ut igen. Där står de nyanlända på rad när ett par herrar går framför raden och synar dem en efter en. De frågar alla några ord och männen svarar.

När de står framför Knut är han så rädd för hur det ska gå, att munnen känns som sandpapper. Han hör att de frågar honom någonting och han ser på dem att de väntar sig ett svar. Han står och tiger och känner att han skulle vilja sjunka ner genom jorden.

Då hör han att Eino hjälper honom. Han pekar mot Knut och säger:

"Svensk", på sin knaggliga svenska, som han har lärt sig av Knut.

Männen tittar på varandra och nickar. Den ene av männen pekar mot Knut och frågar:

"Bra?"

"Ja tack, allt är bra", svarar Knut och nickar, totalt utan aning om vad det var som mannen ville veta.

Männen bara nickar till svar och går vidare. Knut måste andras djupt flera gånger. Han hade i sin nervositet nästan glömt att andas. Aldrig hade han kunnat föreställa sig att en man kan fatta ett så dåligt beslut som han själv uppenbarligen har gjort. Han ångrar sig bittert och svårt att han någonsin kom på idén att lämna det fina, trygga och underbara hemmet som Alfred har gett honom i Runsor och bege sig ut till detta kalla helvete där han inte ens förstår vad folk säger honom. Utan Eino vid sin sida hade han säkert gett upp redan vid det här laget och rymt hem tillbaka.

"Jävlars, satans jävlar", står Knut och muttrar för sig själv, alldeles för upprörd för att klara av att stå och tiga stilla.

Han känner snart en vass armbåge i sidan. Det är Eino som smäller till honom för att få honom att hålla tyst. De drar bara uppmärksamhet till sig om han går an, så det är bättre att vara tyst och få vara ifred.

När de är klart synade är det dags för arbete. De vandrar på rad mot banvallen. De möter en lång rad av män. Männen staplar framåt på trötta ben, huvuden hänger mot bröstet, ingen av dem pratar och sist i raden får flera stöd för att klara av vandringen.

Knut är så chockad av synen av de sönderarbetade männen, att han stannar upp och stirrar.

"Vad i självaste helvetet är detta? Vi är ju inte i fängelset heller", muttrar han för sig själv. Han önskar hett att han hade någon att prata med, så att han kunde få sätta ord på den ofattbara syn som möter dem.

Plötsligt smäller det. Han får ett hårt rapp av en kort träkäpp, tillräckligt tunn för att snärta till ordentligt när man svingar den. Den smäller honom över högra örat. Omedelbart börjar det tjuta i örat, som om han skulle ha sovit ovanpå Alfreds såg i flera dagar. Oförmögen att förstå vad som drabbade honom, och varför, staplar han hastigt vidare. Han håller om sitt tjutande och värkande öra, tårarna rinner ofrivilligt ner för kinderna. Smärtan är så svår. Likaså förödmjukelsen. Varför slog de honom på det sättet när han inget orätt gjort?

Eino hann inte se att Knut hade stannat upp, men han vände sig om precis i tid för att hinna se slaget. Utan att allt för uppenbart hjälpa Knut sinkar han sina steg och kommer upp jämsides med Knut.

Knut känner att han stryker honom över armen.

"Bra?", viskar Eino åt honom.

"Nej, inte bra", viskar Knut tillbaka.

När han stryker sig över örat ser han att vanten blir röd av blod. Örat tjuter alltjämt som om det bodde en skrikande unge i det. Tänk om örat är skadat. Han staplar vidare, håller vanten över örat och försöker febrilt begripa vad som händer.

De får snart varsin spade i händerna och instruktioner över vad de ska göra. Instruktioner som Knut inte förstår. Eino visar honom och Knut gör likadant. Ta sand ur en hög, slänga den upp på en kärra, upprepa. Sanden som de kastar iväg är frusen. Därför står några män och hackar sönder sanden först med stora hackor och släggor.

Knut försöker att bara göra som han är tillsagd, inte tänka. Mekaniskt ta sand, kasta, ta sand, kasta. Utan att tänka. Men det är svårt. Han som är van vid att tänka hela dagarna medan han bakar. Att planera och att känna hur hans arbete växer fram under händerna. Nu kan han inte ens se att högen med sand som de slänger på kärran skulle minska. Det är som om de inte gjorde någonting. Ändå protesterar hela kroppen.

Det tar inte länge förrän hans armar och axlar börjar värka så ofattbart svårt, att han inte kan förmå sig att skyffla sand längre. Han står och hänger över sin spade, totalt utmattad. Örat värker och tårarna bränner bakom ögonlocken.

Plötsligt ser han att deras häst sjunker ner på frambenen. Han drar sig till minnes hästen som han såg männen begrava. Och han förstår att arbetet, utan mat och värme, är lika tungt – om inte ännu tyngre – för de stackars djuren. Knut som tillsammans med Alfred har lärt sig att älska hästarna, klarar inte av att se på den stackars hästen och mannen som slår den för att få den att resa sig upp igen. Knut slänger ifrån sig spaden och är framme hos hästen med några stora kliv. Han hör inte när Eino ropar hans namn bakom honom.

Knut sjunker ner på knä bredvid hästens huvud. Han smeker hästen över mulen och talar mjukt till den. Så som de alltid gjorde med hästarna på gården i Runsor. Hästen lutar sitt tunga huvud mot Knut några ögonblick. Den sluter sina ögon.

”Din stackars krake, hur har vi hamnat här, du och jag?”, viskar Knut till djuret.

Knut reser sig långsamt och med ett fast tag i grimman försöker han dra upp hästen. Han talar hela tiden lugnande till henne. Och snart reser sig hästen igen. Knut klappar om stoet och berömmer henne om och om igen.

Knut noterar inte att förmannen iakttar det som sker medan han tar hand om hästen. Men nu när både hästen och han själv står på benen igen, rycker han till när han ser att han är iakttagen.

Förmannen ser på honom med sina små grisögon och Knut känner hur huden knottrar sig. Instinktivt lägger han handen över sitt onda öra.

Då pekar förmannen först på Knut, sedan på hästen. Han går även fram till hästföraren och ger honom Knuts spade. Han pekar mot sandhögen och sänder iväg den andre mannen för att lasta sand.

Det dröjer en stund innan Knut förstår att han nu blev satt att sköta om hästen istället för spaden. Det känns som en stor vinst – även om det bär honom svårt emot att driva det stora, vackra djuret så vansinnigt hårt som de gör.

Medan han väntar på att lasten ska bli klar, står han och smeker djuret över manken, som är i höjd med hans egen axel. Stoet är vackert brunt med ljus man och svans och hon har en vit stjärna i pannan.

”Du är så otroligt fin, jag undrar vad du heter”, viskar han till hästen, som klipper med öronen till svar.

Knut funderar intensivt.

”Du får vara min Saga, för i en god saga skulle detta äventyr sluta lyckligt för både dig och mig."

Sedan är kärran full och Knut och Saga inleder sin första arbetsdag tillsammans. Han tar ett fast tag i tömmarna och hon tar några långsamma inledande steg. Sedan finner hon några undangömda krafter och får fart på lasset igen. Som om Knuts ömma röst och nävar skulle ha fått henne att orka leva lite till.

9
Vinter 1867 – 1868

Amalia försöker arbeta med sina papper. Hon läser ett långt stycke, bara för att snart inse att hon inte har tagit in någonting av det som står på pappret. Tankarna bearbetar det förestående bröllopet och äktenskapet med Oskar. De har enbart träffats några gånger sedan den katastrofala middagen då Edvin ställde till en sådan scen och skämde ut henne. Alldeles som om gossen inte skulle ha fått någon ordentlig uppfostran. Oskar hade till och med sagt henne att han skulle se till att få pli på pojken.

Nu är Oskar på antågande ikväll igen. Denna gång blir det ingen storslagen middag och Edvin får äta i köket. Oskar har bett att de ska tala i enrum för att finna ut var de står. Hon kan verkligen inte föreställa sig vad en dylik begäran innefattar. Om de ska gifta sig borde det väl vara synnerligen klart för bägge parter.

När han anländer känner Amalia nästan motvilja mot att öppna dörren. Hon som borde sväva på rosa moln, så som de brukar beskriva kärlek. Men kanske man inte gifter sig av kärlek längre när man har uppnått hennes mogna ålder.

När han klätt av sig sin tjocka rock och böjer sig fram för att kyssa henne på kinderna får hon för ett ögonblick för sig att han luktar unket, som gammalt brännvin, men hon antar att hon inbillar sig.

De bänkar sig vid bordet och husan serverar stekt filé av abborre med kokt potatis och vitsås. Han äter med god aptit, men Amalia känner sig inte hungrig. Eftersom han är gäst och hennes blivande man, kan hon heller inte vara allt för rakt på sak, så hon väntar.

”Så, jag tänkte att vi skulle prata lite praktiskt också idag”, inleder han när han ätit klart och sippar på efterrättsvinet.

Amalia nickar.

”Naturligtvis Oskar”, svarar hon och försöker dölja skärpan i rösten som vill smyga sig in.

Han höjer en aning på ett ögonbryn.

”Eftersom jag ska bli herre i ditt hus, måste jag ju naturligtvis även få vara herre i ditt hus”, säger han och spänner blicken i henne.

”Absolut. Är det något speciellt Oskar tänker på?”, frågar hon trots att hon anar vart han vill komma.

”Nå, jag förstod att du har skrivit över företaget på Edvin till exempel. Och så bostaden här undrar jag över. Sådana saker. Jag godtar inte att du som min hustru försöker smussla undan det som tillhör mig som din man. Det som är ditt ska tillfalla mig för förvaltning och så ska du naturligtvis leva minst lika gott som förut, om inte bättre. Du måste ju inse att efter att jag fått bli förvaltare av din förmögenhet, så kommer den att växa. Jag är en van handelsman och – som du ju vet – man och därför bättre lämpad än du att förvalta en förmögenhet. Och även förstås bättre lämpad än din son”, tillägger han.

Amalia måste svälja några gånger. Hon vet att kvinnor räknas som mindre vetande när det ankommer affärer. Men detta känns väl magstarkt.

”Jaså, Oskar tänker så”, svarar hon för att köpa tid.

”Men har Oskar tänkt adoptera Edvin som sin son?”, undrar hon efter att det har varit tyst mellan dem några sekunder.

”Det har jag inte tänkt på än. Har Amalia någon skillnad?”, frågar han.

”Om Oskar adopterar honom, är han ju lika mycket din son och därför är det säkert i ditt stora intresse att också hans rättigheter är skyddade. Det är arvet efter hans far som vi talar om. Det känns inte rätt att det ska tillfalla dig och han kanske aldrig får ut sin del sedan”, säger hon, om än tveksamt. Det är svag is hon är ute på.

”Varför skulle han inte få sin rättmätiga del, menar Amalia?”, frågar han vaksamt.

”Nej jag vet inte, ifall det inte går så bra”, svarar hon.

”Så det är vad Amalia tror om mig. Att jag inte klarar av att sköta affärer och att jag inte skulle ge gossen hans arv?”, frågar han och reser sig så hastigt att stolen hotar att tippa över bakom honom.

”Nej, nej, jag vill bara vara säker, inget annat”, svarar hon och försöker låta förlåtande och överslätande.

”Hur ligger det till med denna bostad då?”, frågar han.

”Det är så att Edvin äger hela huset, inte bara bostaden, jag äger ingenting längre”, svarar hon. Och inser att det inte är det svar han ville ha.

”Så ska vi bo i min enkla bostad då?”, frågar han häftigt.

”Jag har inte sett din bostad eftersom Oskar alltid vill träffas här eller ute, men jag är säker på att det är en fin bostad. Men jag måste ju naturligtvis helst bo med Edvin tills han är så stor att han klarar sig själv och det betyder ju att vi kan bo kvar här lika väl”, svarar hon med ett leende.

Oskar står tyst en stund. Han går fram till det stora panoramafönstret med utsikt över Saltsjön. Han tittar ut genom fönstret med händerna knutna bakom ryggen.

Amalia blir nervös av hans tystnad. Hon inser att om hon inte backar nu, så kommer hon att förlora sin chans att bli gift.

”Vi hittar säkert en lösning, kära Oskar”, säger hon. Hon har ställt sig bara ett par centimeter bakom honom.

Han vänder sig långsamt om. De står nu mittemot varandra och kropparna nuddar vid varandra. Han tar henne om midjan. Det är smeksamma rörelser som får henne att rysa av välbehag. Han känner hennes rysning under händerna och han vet mycket väl vad den betyder så han utnyttjar situationen. Han för händerna vidare ner över höfterna och trycker hennes kropp mot sin egen. Sedan kysser han henne häftigt och djupt och gnuggar sig mot henne några gånger. Hon stönar djupt mot hans mun och smälter totalt under hans händer.

Hon håller precis på att förlora kontrollen och visa sig alldeles för svag inför honom, när han släpper taget.

"Kanske vi kan komma överens, Amalia vet hur jag vill ha det", väser han i hennes öra. Sedan lämnar han henne och går till dörren, klär på sig sina ytterkläder och bjuder farväl med en kort kindkyss.

Hon sätter sig tungt ner på stolen invid klädställningen. Hon känner sig både förödmjukad och förvirrad. Amalia anser honom så ofattbart motbjudande i sina krav att få sonens arv i sin ägo och tillika är han så lockande manlig. Det skulle vara oerhört skönt att ha en man i huset som skulle styra och ställa en del, för att inte tala om någon som höll om henne. Hur hon än vänder och vrider på saken finns det fördelar och nackdelar med saken. Om ändå Carl hade fått leva.

Nästa dag uppsöker hon sin advokat. Det är med tungt hjärta hon slår sig ner mittemot honom. Hon berättar kort sitt ärende.

"Jag har ångrat mitt senaste tilltag när jag skrev över alla egendomar och företaget på Edvin och jag vill nu helst annullera det som då skrevs", förklarar hon.

"Nej men fru Palmlöf, jag förstår inte detta. Vi gjorde ett avtal som tar tillvara era behov på bästa tänkbara sätt och som ser till att ni får allt ni behöver för återstoden av ert liv", svarar han och ser på henne med skärpa i blicken.

"Jo, jag vet. Men jag tycker det är så trist att inte vara del av företaget längre. Jag vill fortsätta med att vara delaktig i besluten och att hjälpa till med driften, så som jag gjorde under många år", svarar hon och är medveten om att hon ljuger.

"Jag ska vara ärlig nu fru Palmlöf. Och det är med tungt hjärta som jag säger detta", säger advokaten.

Amalia ser på honom med vaksam blick.

"Ja?"

"Jag har haft flera möten med unge herr Edvin. Han sökte upp mig och berättade vad som är i görningen."

Amalia försöker låta bli att häftigt dra efter andan.

"Edvin är bara en unge ännu, jag hoppas att ni inte lyssnar till hans fantasier", avbryter hon och spänner blicken i mannen.

"Jag lyssnar naturligtvis till honom, det är mitt arbete. Men jag vet förstås även att han endast är en unge. Men jag vet även att alla ungar inte är barnsliga eller lever i en fantasivärld. Och jag råkar även veta att herr Edvin under all sin äventyrlighet är en osannolikt skärpt ung man."

Hon nickar.

"Herr Edvin har berättat om ert förestående giftermål och han är orolig över vad som väntar er. Han är alltså även orolig för er del, fru Palmlöf, inte enbart för sin egen. Han menar att mannen i fråga är farlig, våldsam och att han bara är ute efter era pengar", säger advokaten utan att släppa henne med blicken.

Amalia slås av total häpnad.

"Vad säger ni att han har suttit här och sagt?! Oskar Vikstam är en utmärkt, ärlig och rejäl man, affärsman därtill, som kan sköta om både mig, min familj och mitt företag. Jag hyser ingen som helst oro för framtiden tillsammans med honom och unge Edvin har fått allt om bakfoten. Han ska inte springa till advokaten själv och i synnerhet inte prata dumheter här", svarar hon upprört.

"Han trodde att frun skulle anse det, ja. Men han berättade hur han har följt efter mannen många gånger till hamnen och sett hur han slår sina anställda å det brutalaste. Och inte betalar han deras löner heller. Det är inte en sådan typ av man som herr Edvin vill ha i sitt hus, i sitt företag eller tillsammans med sin högt älskade moder."

"Det var det tokigaste jag har hört. Att han skulle ha följt efter herr Vikstam till hamnen, det tror jag inte en sekund på."

"Men jag tror honom. Av den enkla orsaken att jag satte en privatdetektiv att kontrollera Edvins historier. Jag trodde nämligen inte heller honom först. Men det har jag nu fått verifierat. Mannen piskar småpojkarna på bygget, han betalar inte ut löner och han verkar, av allt att döma, vara totalt utblottad och till och med ganska svårt skuldsatt. Så jag håller med herr Edvin, att det inte är en sådan man som ska lägga vantarna på herr

Edvins – eller fru Palmlöfs – arv efter herr Carl. Så länge har jag arbetat för familjen Palmlöf, att jag aldrig kommer att låta det ske, om jag finner ett sätt att stoppa det", säger advokaten med stål i blicken.

Amalia försöker begripa innehållet i det som hon sitter och lyssnar till. Det låter som helt ofattbara sagor och påhittade historier. Som en dålig sketch.

"Nåväl, det är er sak vad ni tror. Men jag är er uppdragsgivare och jag säger nu att vi ska avlägsna beslutet att föra över egendomen och företaget på herr Edvin. Jag vill ha det tillbaka", uppmanar hon, oförmögen att komma på någon god invändning som skulle motivera varför.

"Och mitt svar är nej. Herr Edvin och jag kommer att kämpa emot det så länge och så öppet, att denna man i fråga kommer att ge upp till sist. Jag kan inte säga att vi rättsligen har alla chanser att vinna, men det är vad vi kommer att försöka. Och vi kommer att göra det öppet inför tidningarna och allmänheten. Jag vill att frun ska ha detta klart för sig", säger advokaten bestämt.

"Nåväl, vi får väl se. Jag måste naturligtvis vända mig till en annan advokat. Tack herr Stenius", säger hon, reser sig och tågar ut ur rummet utan att bjuda farväl.

När hon äntligen står utanför dörren nere på gatan tillåter hon sig att stanna upp. Hon tar sig för hjärtat, övertygad om att det håller på sprängas i bitar.

Edvin har varit hos advokaten. Och de har skuggat Oskar och påstår att han är en buse. Hon försöker minnas allt advokaten sade och inse vad det betyder.

Istället för att ta en droska tillbaka till hemmet vandrar hon långsamt den korta sträckan hem. Det är en kall och blåsig dag i Stockholm. Det snöar inte, men vinden för med sig snö i virvlar mellan kvarteren och det nyper rejält i kinderna när den kalla luften träffar ansiktet.

Så i princip står hon nu inför ett val mellan å ena sidan sonen och förmögenheten och å andra sidan mannen. Eller finns ens valet av mannen kvar? Han vill ju inte ha henne om han inte får förmögenheten på köpet. Redan den tanken är svår att leva med, han vill ha hennes pengar, men vill han ha henne?

* * *

Magda står tyst och tittar framför sig, fortfarande uppflugen på muren vid Kapellbackens gravgård. De har stått stilla och bara stirrat en lång stund, ingen av dem säger något. Det finns inga ord.

Framför dem ligger en hög av människor. Män, kvinnor och barn. Alla mer eller mindre avklädda, alla hopfrusna så till den milda grad, att det nästan inte går att se att det är människor. De ligger i en grotesk samling av armar, ben och huvuden. Det ser ut som en hög som varken har en början eller ett slut. Ett oändligt mönster av brustna drömmar och frusna lemmar.

"Varför har de inga kläder?", frågar Magda lågt efter en stund.

"Jag tror att det är tiggarna, som har hämtat det som de döda inte längre behöver", svarar Alfred djupt medtagen.

Han hoppar ner från muren, räcker Magda handen.

"Ta min hand Magda, vi åker härifrån. Vi kan inte göra mer nu. Detta är så mycket värre än jag någonsin kunde föreställa mig", säger han.

Hon fattar hans hand och hoppar ner från muren och stiger in i hans famn. Han håller om henne en kort stund.

"Vi måste åka nu, gumman", viskar han i hennes öra.

"Ta du Fjalar och kör iväg, vänta på mig utanför porten. Jag ska gå via mors och mina systrars grav", säger hon.

Han gör som hon säger. Hon vandrar långsamt uppför backen, mot graven där alla kvinnor från hennes släkt ligger. Där fadern fattas och troligen alltid kommer att fattas.

"Mor, jag ber dig, sänd alla änglar som finns i himlen ner till jorden. Sänd änglarna till dem som ligger slängda bakom muren utan att få ro av välsignelsens bot. Sänd dem en hjälpande hand efter döden, ty de fick ingen hjälp i livet. Förlåt dem Herre för att de var ensamma, svaga och dog av umbäranden. Hjälp dem, de har ingen som tar hand om deras begravning och välsignelse i döden", viskar hon fram i ett desperat försök att samla sina tankar och framföra en kort hälsning till himlen, innan hon måste skynda sig iväg.

Magda önskar av hela sitt hjärta att hon hade fått fortsätta att leva i ovetskap om vad som ligger bakom muren. Om vad som ligger bakom fler murar än just denna vid deras gravgård.

"Vi åker hem", muttrar Alfred kort när hon klättrar upp i släden bredvid honom.

"Jo", svarar hon tyst.

Dagen är kall och vacker. Förrädiskt vacker, med en ljust blek sol som ser ner över dem likt en hälsning från bättre dagar. Som om det fanns hopp och tro kvar i världen. Som om det fanns möjlighet för grödor att gro och människor och djur att leva i denna karga, kalla värld som de kallar sin. Som om det fanns något alls. Annat än hunger, svält, sjukdom och hopplöshet i deras liv mellan is och aska.

Magda sitter invid hällen och stoppar sockor när hon hör den vanliga skrapningen på dörren. Hon suckar, reser sig av stolen och går mot dörren. Hon vet redan vad som kommer att möta henne. Och hon vet också vad hon måste göra.

När hon öppnar dörren denna kväll står det en ensam, ung flicka på trappan. Hon ser inte ens upp på Magda, som de flesta brukar göra, utan hon ser bara ner på sina fötter i ett par slitna skor.

"Ja?", frågar Magda.

"Kan nådiga frun hjälpa mig, jag håller på att frysa ihjäl. Mor och far körde mig på porten för några dagar sedan och jag vet inte vad jag ska göra, vart jag ska ta vägen och hur jag ska överleva denna kyla och hunger ensam i världen", viskar hon.

Magda suckar djupt.

"Kan du se på mig så att jag får se om du är ärlig", svarar Magda och försöker låta snäll, men ändå bestämd.

Flickan lyfter på huvudet, långsamt, som om hon har rostat ihop. Blicken som möter Magdas är mörk och trött.

Utan ett ord öppnar Magda dörren för flickan. Först tvekar hon, sedan stiger hon över tröskeln och ställer sig innanför dörren.

Magda visar henne vägen in. Flickan tvekar igen, men tar sedan några steg över golvet och sjunker ner invid spisen. Hon trycker sig mot muren och sätter kinden mot stenen.

"Akta sig, så hon inte bränner sig. Muren kan vara riktigt het", säger Magda som inte hinner med i svängarna när flickan går in.

Flickan säger ingenting, men lyder och tar kinden från muren.

"Fryser fröken så förfärligt?", frågar Magda.

"Ja, det var inte långt ifrån döden nu. Hade frun inte släppt in mig hade jag dött i natt", viskar flickan.

Magda ryser och ser kropparna bakom muren framför sig. Hon skakar av sig känslan och öser upp en kopp av den vattniga soppan och räcker den mot henne.

"Inte behöver frun ge mig mat, jag klarar mig, jag ville bara värma mig", viskar hon och ser ner i golvet där hon sitter.

"Så när har du ätit senast då?", frågar Magda.

Flickan är tyst länge.

"Jag minns inte", svarar hon och räcker ut händerna för att ta emot skålen.

I motsats till de flesta hjon som Magda gett mat, tar flickan lång tid på sig. Hon tar små, små klunkar av den varma soppan. Hon glupar inte i sig som de allra flesta andra gör.

Magda slår sig ner på stolen och fortsätter arbetet med att stoppa sockan.

"Jag kan hjälpa dig", viskar flickan när hon fått i sig soppan.

Utan att svara räcker Magda henne en socka, en nål och garn. Flickan börjar arbeta utan att Magda varken behöver säga något eller visa något.

"Var du piga här i trakten?", frågar Magda när flickan har lappat klart.

"Nej, mor och far har en gård ute i Toby. Jag var den enda flickan kvar.

Jag har två äldre bröder som går hemma och så finns det två små barn. Men pojkarna nänns de inte köra ut, så det blev jag istället. Trots att jag bara äter en bråkdel av vad pojkarna äter på en dag. Och mor behöver nog ha hjälp då de har sänt iväg alla pigor. Men far sade att jag måste gå och söka mig ett arbete, eller något. Och jag har inte kommit mig längre än att tigga i grannbyn", svarar hon och ser skamsen ut.

"Jag förstår inte deras beslut, att slänga ut sin egen dotter i snödrivan. De kunde väl ha bett om hjälp från fattighjälpen och sålt dig på auktion?", säger Magda tankfullt.

Hon märker att hennes egna döttrar lyssnar med fladdrande öron och stel hållning.

"Det är alltför skamfullt, att erkänna att det är så illa ställt i den stora gården som ser så rik ut. De sade ju trots allt till mig att jag skulle bege mig iväg från trakten, inte bli kvar här ifall någon skulle känna igen mig."

Magda suckar högljutt och uppgivet.

"Eller, det var far som satte mig på backen. Mor grät och skrek när jag gick. Mor ville ha mig kvar, hon sade att hon kunde gå istället och att jag skulle bli kvar på gården, mogna och bli kvinna och mor. Hon sade att hon levt det liv hon behöver leva, att hon hellre vill att jag ska få mitt liv. Tror du att mor antog att jag skulle dö, när hon sade så?", viskar flickan.

Magda stryker en snabb tår ur ögonvrån. Stackars, stackars mor och stackars lilla flickebarn.

"Jag tror att din mor älskar dig väldigt mycket och att hon hellre dör själv, än att du ska göra det, oberoende av hur det går. Hon har säkert inte sovit en blund sedan du gick ut genom dörren. Jag känner hennes smärta genom dig", svarar Magda och hon sväljer upprepade gånger för att klara rösten.

"Men varför ville far att jag skulle gå? Varför kunde inte någon av pojkarna, som är starkare än jag och som inte behöver vara rädd för männen på samma sätt, gå istället?", viskar flickan.

"Det kan jag inte ge dig ett bra svar på. Det kan bara män svara på. Av någon, för mig, outgrundlig orsak har pojkarna alltid haft ett högre värde än flickorna. Och ändå är det dagens sanning att männen inte klarar sig mer än några timmar utan flickornas och kvinnornas omsorg och hjälp", suckar hon.

Hon hör att Alfred vrider sig där han sitter i bänken tillsammans med sönerna. Ingen av dem verkar vilja blanda sig i diskussionen.

De tiger en stund. Så harklar Alfred sig.

"Så vad heter du flicka och vad heter er gård?", frågar han. Magda hör att han gör allt för att låta snäll.

"Jag heter Sara Mård och vår gård heter Mård", svarar hon. Men hon tittar inte på Alfred när hon svarar.

Han bara nickar, men avslöjar inte huruvida han vet vem husbonden är eller ej. Han berättar inte heller för Magda att det är gården vars kalv de lät bli att köpa. Det räcker bra att han själv måste leva med den vetskapen. Han ångrar nu djupt att han hjälpte familjen, när det visar sig att familjen är så omänsklig och hård mot sina egna barn.

Magda pekar mot bädden som står redo för kvällens gäst. Flickan kryper genast tacksamt ner under filten och det tar inte många minuter innan hon somnar. Magda ser hur det rycker i henne gång på gång efter att hon har somnat och hon förstår att det stackars barnet måste ha spänt sig så våldsamt av rädsla, köld och hunger att kroppen var spänd nästan som en båge.

När flickan sover djupt kan inte Magda hålla sig utan hon smeker henne varsamt över håret och kinden.

"Stackars barn, vad ska vi göra av dig?", viskar hon åt henne när hon tror att ingen hör.

"Mor?", hör hon en liten röst ur mörkret.

"Ja lilla Ingeborg", viskar hon tillbaka.

"Inte kommer väl far att sända ut mig på vägen för att tigga?", frågar den lilla flickan med gråt i rösten.

Magda går fram till hennes sovbänk. Hon sätter sig ner på kanten och stryker henne över håret, gång på gång. Hon smeker hennes kind och finner att den är våt av tårar.

"Såja lilla Ingeborg, ingen kommer att sända ut er längs med vägarna, inget av mina barn ska gå ut i kölden. Vi ska klara detta", viskar hon.

"Men ni sände bort Knut", svarar hon.

"Nej, nej lilla vän, vi sände inte bort honom. Tvärtom så ville vi inte att han skulle gå sin väg, men han valde själv att gå. Han ville åka till järnvägsbygget. Jag har saknat honom svårt alla dagar och jag väntar så väldigt mycket på att vi ska få brev från honom snart, för jag vill veta hur det går för honom, om han trivs med byggandet", svarar Magda.

Ingeborg bara nickar.

"Sov nu gumman. Mamma ska också krypa ner under filten, jag fryser. Men först ska jag lägga på mera ved så att kammaren hålls varm."

När Magda väl ska sova, ser hon återigen den unga mannen med den gråa stickade mössan i sin hand utanför dörren och som skrapar med foten i snön och ber att få komma in. Mannen som hon sände iväg. Mannen som de senare körde över och slängde över en mur. Kastade honom som om han vore en stock eller ett djurkadaver. Hon känner illamåendet välla upp, som det gör varje gång han besöker henne innanför hennes ögonlock.

"Förlåt, förlåt, förlåt", viskar hon ut i mörkret. Hon öppnar ögonen i hopp om att han ska lämna hennes näthinna. Istället ser hon hans frusna, blåa blick som stirrar på henne genom nattens mörker.

"Sluta, jag ska hämta prästen, bara du slutar. Låt mig sova", viskar hon.

Alfred rör oroligt på sig vid hennes sida. Och hon förstår att hon måste vara tystare.

Nätterna blir långa när hon för sin kamp mot den unga mannen som hon sände till en alltför tidig död. Eller är det en kamp med sitt eget dåliga samvete hon för? Hon vet inte vilket och det spelar ingen större roll i slutändan för de blå ögonen är lika blå oberoende av orsaken till att de stirrar på henne.

När morgonen gryr stiger Magda upp. Hon är först uppe av alla. Hon vill vara uppe när flickan vaknar, bara så att hon inte hinner bege sig iväg innan hon fått prata med henne.

Magda kokar vatten och använder lite av det torkade teet. Hon kokar även ett par potatisar som hon mosar och steker till en form av plättar som hon sedan delar i små munsbitar som räcker till alla.

De bänkar sig runt bordet och när de ätit klart, sänder hon iväg barnen för att se till djuren och Alfred ber hon att slå sig ner med henne och flickan som visat sig heta Sara.

"Jag har bestämt att vi ska ta med oss Sara till fattighjälpen. Det är inte rätt att hon ska driva omkring längs vägarna. Hon kommer att frysa ihjäl. Hennes egna föräldrar borde ha gjort det, men eftersom de valde den lätta vägen för sig själva så måste vi göra det", säger Magda med en bestämd blick mot Alfred.

Alfred nickar direkt.

"Ja, du har rätt. Vi måste göra så. Det går inte an att bara sända ut sina egna barn i snödrivan utan att ens försöka hjälpa dem", svarar han och hon ser att han har knutit nävarna hårt.

"Men tänk om de sänder hem mig igen", viskar flickan.

"Då gör de det. Men jag antar att dina föräldrar då får fattighjälp för din omvårdnad. Det är många som har fått det. Och vi kan vittna om hur du kom till oss i mörkret, ensam, kall och hungrig", svarar Magda.

"Men kan inte ni ropa in mig, så får ni pengarna för mig så kan jag arbeta här istället. Snälla", vädjar flickan.

"Nej, vi klarar inte det. Eftersom det inte finns någon mat att köpa hjälper det inte mycket att vi får pengarna", svarar Alfred och låter med ens trött.

"Men vi skulle förstås gärna ha dig här om allt vore annorlunda. Normalt har vi flera pigor och drängar, men nu har vi inte någon kvar här. Vi har heller nästan inga djur kvar. De dåliga skördarna har tagit allt ifrån oss", berättar Magda.

Flickan nickar och ser oändligt hjälplös ut.

"Jag ska ta reda på när nästa möte är. Men tills dess måste du ju helt enkelt stanna här, även om det blir tufft för oss", säger Alfred.

"Det kan hända att du måste dela bädden med någon annan någon natt. Jag brukar släppa in mödrarna och barnen", viskar Magda och ser den unga mannen i grå mössa framför sig.

Sara bara nickar..

10

Vinter 1867 - 1868

Nätterna är värst. Eller dagarna. Knut vet egentligen inte längre vad som är värst. Om nätterna känns nätterna värst och om dagarna känns dagarna värst.

Om nätterna fryser han och Eino och han så att de skakar, trots att de trycker sig mot varandra så mycket de kan. De drar båda filtarna över sig så rättvist det bara är möjligt. De sover med alla kläder på sig, även skor och mössor. Utan någon form av värmekälla i de stora bostadslängorna är de lika nedkylda som skogsbacken utanför. Med hungern som river genom kropp och själ, hemlängtan som värker i hjärtat och kroppen som känns tung som bly efter allt slit och släp, känns livet som ett helvete.

Först grät Knut av besvikelse och skam för att han trodde bli hyllad som en hjälte, när han ställde upp för fosterlandet som byggkarl i det viktiga järnvägsprojektet. Men sedan tog de tårarna slut och nu gråter han för det enorma lidande som han ser framför sig dag och natt. För de umbäranden som människor och djur tvingas genomgå innan de äntligen befrias från bördan som deras liv innebär.

Knut har inte skrivit hem till Runsor en enda gång. Dels vet han inte hur han ska få tag på papper och penna, dels kan han inte förmå sig pränta ner något om vardagen vid bygget. Ett bygge som arbetarna kallar "skelettbanan", eftersom det ligger så många lik begravda under järnvägen.

Hästen Saga har blivit hans ljus i mörkret och han gör allt han kan för att hennes liv skall bli lite lättare. Han hanterar henne ömt och varsamt, men ändå med en bestämd hand, så att hon inte ska visa några svagheter. Under de korta pauserna använder han sina sista krafter till att pulsa genom snön ut i skogen för att bryta kvistar till henne, som hon kan tugga på som tillägg till de torftiga ransonerna hö om kvällarna. Stoet klarar sig bättre sedan han tog över som hennes förare. Hästen har inte knäat mer än ett par gånger.

Senaste gången hon knäade, hade Knuts förman redan hunnit skrika till honom att han skulle föra bort henne, att hon var värdelös. Men han fick upp hästen på fötter igen, mot alla odds. Det var efter det tillfället som han började hämta kvistar till Saga. Djuret äter dem med stort nöje, om än långsamt och varsamt.

Svälten och det hårda arbetet börjar ta ut sin rätt. Döden kryper allt närmare, för att plötsligt slå till på nära håll.

När det händer första gången spyr Knut. Han tar skydd bakom sandkärran så att förmannen inte hinner se vad han ställer till med för scen.

Det är en ung man. Han har från första dagen arbetat i Knuts lag. Han är tystlåten, ensam och mager som en sticka. Men han har arbetat på, utan att käfta mot och han har lytt alla befallningar. En sådan som man inte tänker på annars, om man nu inte råkar dela säng med honom.

Pojken hade väl nog blivit långsammare med tiden, men ändå inte på något utmärkande sätt, tänkte Knut i efterhand. De blir väl alla allt långsammare vartefter deras krafter sinar.

Knut står och håller fast Saga, redo att dra lasset framåt. Han står alldeles invid pojken vars namn han inte känner. Köldröken ligger som ett moln ovanför dem, eftersom de andas tungt och det är närmare tjugo köldgrader. Först tar pojken paus efter paus, han hänger på sin spade, tung och bruten. Förmannen ropar till honom på finska. Knut uppfattar några ord här och där. Det handlar om ”värdelös” och ”arbeta”.

Plötsligt faller pojken till marken. Han skulle säkert luta sig mot spaden, men så orkar han inte hålla spaden upprätt under tyngden och han rasar i marken. Knut gör en ansats att gå och hjälpa pojken, men hejdar sig hastigt när han ser att förmannen redan är på väg fram till honom. För att hjälpa honom upp, antar han.

Pojken ligger kvar på marken. Han försöker inte ens resa sig, trots att det är flera sekunder sedan han föll. Förmannen skriker till honom att han ska stiga upp, börja arbeta och sluta lata sig. Skriker och skriker. Då kommer den. Den första sparken.

Förmannen sparkar pojken i sidan. Han stönar tungt och drar upp benen under sig. Eino lägger handen på Knuts arm. Han känner på sig att Knuts första instinkt är att gå fram och hejda förmannen, först med blick och ord och sedan med knytnäven om han inte slutar. Knut försöker dra sig loss, men Eino tar bara ett hårdare tag.

"Nej!" viskar Eino.

"Jag måste."

Eino tar tag i Knut med bägge händerna och skakar på huvudet.

Sparkarna regnar nu över den unga pojken. Hans skrik tystnar snart. Ingen lägger sig i misshandeln, inte arbetarna och inte heller någon annan förman bryr sig, bara Knut och Eino. Förmannen får hållas, han tillåts sparka ihjäl pojken. Det är då som Knut spyr, trots att hans mage och tarmar är tomma på allt innehåll. Magen krampar och försöker hitta något innehåll, men ut kommer mest gallvätska och lite slem.

När pojken inte rör sig och hans vita andedräkt inte längre syns, böjer förmannen sig ner. Han tar tag i pojken och rullar iväg honom. Han skuffar honom några meter, fram till hålet i marken och buffar ner honom. Kroppen åker ner i gropen och ovanför honom kommer tåget till Sankt Petersburg att åka år efter år. Passagerarna och resenärerna kommer aldrig att ana det ofattbara lidandet och att de åker över pojkens begravda kropp.

När uppståndelsen har lagt sig, får Knut ta över pojkens spade i sin hand med en uppmaning att fortsätta med arbetet. Magen vill göra uppror igen, men det enda som händer är att mellangärdet krampar i en explosion av smärta. Det finns inte ens dregel kvar i Knut. Bara ren och skär desperation. Men han gräver för att inte hamna i onåd. Snart får han åter leda iväg hästen Saga och han koncentrerar sig på att andas in och ut i långa, långsamma andetag för att lugna ner sig.

"Saga, vi måste bort härifrån. Du måste komma med mig. Men hur ska vi bära oss åt? Kanske vi först måste överleva tills det våras i naturen, så du har något att äta längs vägen. Så går vi hem till Runsor, du och jag. Du kan få bo där med vår häst Fjalar, honom skulle du tycka om, gumman min", viskar Knut till henne, där han går invid hennes hängande huvud.

Knut är övertygad om att hon svarar honom, att hon vill komma med till Runsor hellre än att bygga denna helvetets järnväg som leder över lidande och död.

Snart blir det vardag. Men oftast dör inte männen av att de blir ihjälsparkade. De bara säckar ihop, dör knall och fall. Sedan slängs de ner i gropen vid banvallen och rälsen dras över dem. Både män och hästar hamnar under järnvägen. Snart händer det alla dagar, folk begravs under järnvägen i sådana mängder att ingen gravgård i hela landet kan mäta sig med antalet döda. Ingen frågar vem det var som dog, ingen registrerar vem som försvann ur ledet. Det betyder också att de anhöriga aldrig får några meddelanden eller svar. De vet inte att deras kära vilar en osalig vila under en räls som byggs för att hjälpa folket att överleva denna förbannade vinter.

Precis när Knut tror att det knappast kan bli värre, får han en ny arbetsuppgift som han och Saga ska utföra alla dagar direkt från morgonen.

Först förstår han inte vad det är meningen att han ska göra. Men efter ett yvigt viftande och pekande går det snart upp för honom. Han inbillar sig att det inte är någon svår uppgift, för det kan väl inte vara så illa. Han och Saga får lite lättare förmiddagar istället. Det är knappast så tungt för henne.

När Knut stiger in i den första bostadslängan känner han sig ganska avslappnad. Han tänker inte hasta utan låta det ta sin tid. Han är inte särskilt orolig över att han ska hitta någon heller, för den delen. I de flesta sängar är filten slängd i fotändan av sängen, så det är lätt att konstatera att ingen ligger där. Men i några är filten ojämnt slängd över sängen, så han tar för säkerhetsskull tag i filten och viftar lätt med den.

Plötsligt finner han att det ligger en tunn, liten man i en säng under en av filtarna. Han hajar till och drar häftigt efter andan.

"Vakna, det är dags att gå och arbeta!", säger han högt.

När mannen inte rör på sig sträcker han sig fram och petar i honom.

"Upp!", skriker han.

När mannen inte reagerar tar han ett steg närmare och rör försiktigt vid hans hand. En hand som är kall som is och som inte ser levande ut längre.

Knut har funnit sin första döda.

Först måste han ta av honom kläder och skor eftersom det alltid finns någon stackars krake som behöver dem i den dödes ställe. Han arbetar sedan hårt med att få ut honom på ett värdigt sätt i kärran. Han försöker bära kroppen liggande i famnen, nästan som man bär ett barn. Trots att kroppen är tunn, är han ändå mycket tung för Knut som är så försvagad.

När Knut lägger ner honom i kärran, gör han korstecknet på mannens bröst och ber en kort, snabb bön för honom i hopp om att han ska finna frid under tågrälsen.

Den dagen fann han två kroppar. Båda två hanterade han med värdighet.

Knut fortsätter sedan alla dagar med denna uppgift. Han går från hus till hus och samlar upp de döda, de som har dött av sjukdom, svält eller en kombination av båda. Han orkar inte längre bära ut dem i sina armar, utan han måste istället släpa ut dem. Med stor möda får han ut kropparna och slänger dem snart direkt i kärran, utan korstecken. Men alla får en kort bön.

Snart tappar Knut räkningen på antalet döda han tagit ur sängarna, kört på lasset till bygget och slängt ner i gropen till deras eviga vila under rälsen. Gång på gång finner han någon stackare som inte får se nästa dag. Eller snarare en lycklig en som inte behöver se nästa dag känns det vart efter var dag som går.

Men tårarna är slut. Nu är det bara bilden han ser framför sig när han sluter ögonlocken, som håller honom på benen. Synen hur han och Saga går upp för infarten till hemmet i Runsor och hur alla står ute på gården och tar emot dem. Känslan när han ska få sluta Lisbet i sina armar. Synen när hästarna Saga och Fjalar för första gången gnider sina vackra mular mot varandra. Saga är med i alla hans fantasier om framtiden, men han vet inte ens vem Saga tillhör och om det alls finns någon chans att ta henne med sig. Det skulle säkert vara stöld av självaste finska staten. Men han ska ha henne med sig. Det har han bestämt.

* * *

Efter många förklaringar och blanketter är Magda och Alfred åter på väg till auktion. Och nu ska de själva sälja en människa. Inte deras människa, men dock en ung flicka som har bott hos dem några veckor och som de kommit att hålla av. I synnerhet Magda har ofattbart ont i själen. Flickans föräldrar har kategoriskt vägrat att ta emot henne hemma. Varken som inackorderad med pengar från fattighjälpen eller som barn i huset. Magda undrar hur det kan komma sig, att det inte är olagligt att sluta bry sig om sina barn. Hon har hört förr att folk till och med har blivit tvungna att ta sig an fastrar eller kusiner, när ingen annan har kunnat sörja för dem. Men tydligen har Saras familj meddelat, att dottern får stå utan mat om hon återvänder till hemmet. Fattigrådet ansåg slutligen att dottern har det bättre någon annanstans.

Kvällen innan, efter att Sara somnat nedbäddad i soffan, pratar Magda och Alfred, de vrider och vänder på saken. Det är Magda som tar upp ämnet, naturligtvis.

"Men kan vi inte bara behålla flickan, vi kan ju få rätt bra betalt för henne, så kan hon hjälpa till med djuren och sådant", viskar hon.

"Men du vet lika bra som jag att det inte finns något att köpa. Vad ska vi då göra med pengarna?"

"Men säkert hittar vi något, vi kan köra in till Nikolaistad och se om vi hittar något att köpa. Marknaden i gamla Wasa är så liten numera, så ingen vill ju stå där och sälja något. Vi måste bara försöka mer", vädjar Magda.

"Men det är kallt, Fjalar får alldeles för lite mat för att ha gott om krafter. De krafter han har behöver vi till att hämta hem stock från skogen, så vi ska kunna hålla oss varma nästa år. Vi kan inte ta på oss ansvaret för henne. Vi har ju sänt iväg alla andra pigor och drängar", suckar han.

"Men snälla...", Magda tystnar, oförmögen att komma på något att säga.

"Vad är det som är så speciellt med den här tösen, när du är beredd att gå över eld och vatten för henne?", frågar Alfred och ser på henne i ögonvrån.

"Ja, det är en bra fråga, jag vet faktiskt inte riktigt. Något hos henne och hennes situation påminner mig om mig själv, antar jag. Hur hon är totalt utlämnad åt någon annans välvillighet, utan möjlighet att påverka sin egen lycka och välgång. Så som det var för mig när du förbarmade dig över mig." Magda känner sig plötsligt väldigt gråtmild.

"Nå, säg inte sådär, du vet att jag inte förbarmade mig över dig sådär som du nu får det att låta. Du vet att jag alltid har tyckt om dig", svarar han.

"Nåja, det är oviktigt i den här diskussionen. Bara tänk på henne: Hur skulle du känna dig om du blev utslängd hemifrån och dessutom blev ombedd att ge dig av från orten, helt utan chans att skaffa dig bröd för dagen och tak över huvudet. Det är ju en alldeles ofattbart hemsk situation som hon har hamnat i."

"Det är det, jag känner verkligen med henne, men vi kan inte rädda alla stackarna i samhället just nu. De är många och de är överallt och vi har inte mat nog till våra egna barn. Jag vill inte att Verner och Ingeborg ska svälta ihjäl för att vi tar in en främmande flicka i huset".

"Men Alfred, så du överdriver. Inte skulle nu den här flickan vara den som avgör om vi svälter ihjäl eller inte. Det vägrar jag tro på." Magda får vid det här laget kämpa hårt för att hålla tillbaka behovet att höja rösten. Hjärtat dunkar i bröstet och hon knyter sina händer.

Nu säger Alfred inget.

Den jävla tystnaden, den som han alltid slänger i ansiktet på henne som en våt torktrasa. En trasa full med ruttnade mjölk och outtalade svordomar. Så känns tystnaden. Tystnaden som är så tyst att den hörs. Ryggen, blicken och rynkan i pannan. Den finske mannens förtidiga död. Ett uppdämt mörker inombords som packas allt hårdare för varje år. Alla dessa olyckliga äktenskap och människor med sjuka ryggar och magar.

Magda ger upp, återigen. Hon låter honom tiga och går till sängs. Han följer efter om en stund. Hon ligger på rygg och försöker att inte se avvisande ut. Han lägger sig ner och vänder ryggen mot henne. Alltid ryggen. Och snart snarket. Avståndet är några centimeter och en evighet.

Nästa dag är det dags för auktionen. Magda märker att Sara går runt dem som ett skadskjutet djur. Hon vill säga något, men ändå inte. Även hon tiger. Alla tiger, tystnaden i köket bryts bara när Ingeborg pladdrar på.

De bänkar sig i släden. Magda tror innerst inne någonstans, att Alfred ångrar sig. Att han nog ropar in flickan när han ser vad som sker. Antingen när ingen annan ropar in henne eller när en sliskig, lat gammal gubbe ger bud på henne som slav i huset att utnyttja och våldta. Då smälter säkert Alfred och vill rädda henne. Så som han en gång för många år sedan räddade Knut. Och allt har ju gått väl med Knut. Han har varit del av deras familj, nästan som om han var född hos dem. Som en broder eller kusin.

Alfred å sin sida känner en oerhörd press. Han känner Magdas styrka som väller ur hennes bröst. Hemligheten om vem flickan är, trycker och hans samvete skriker att han borde rädda hela världen från svält och i synnerhet denna utsatta flicka som trätt in i deras liv. Även han har tänkt på Knut och i dessa dagar saknat hans goda råd och förnuftiga tankar.

Han hade säkert klart och tydligt talat om för Alfred hur de skall hantera situationen. Om inte annat hade han, likt Jesus, brutit bröd och fisk och på något märkligt sätt hjälpt dem klara av vintern med sinande förråd. Men nu har han inte Knut hos sig och hans eget huvud verkar inte riktigt fungera. Precis som om hjärnan slirade på i gamla spår, oförmögen att hitta nya vägar för att lösa nya problem.

När de stiger in i sockenstugan är det nästan fullsatt. Alfred för flickan fram till fattigvårdsstyrelsen, utbyter några ord och går och sätter sig ner invid Magda på första bänkraden.

Magda hör hur auktionen inleds. Mannen som för ordet berättar att han heter Lingonblad. Det var ett ovanligt namn.

Först försöker de bjuda ut alla barn på en och samma gång. Det står då en liten klunga med sex barn framför dem. Bland dessa står även Sara, hon är lite utanför gemenskapen, ser det ut som. Kanske de övriga fem är syskon.

Lingonblad läser upp barnens namn, ålder och tillägger att de alla är i utmärkt form att arbeta på gård.

"Barnen måste erhålla föda, vård, kläder och undervisning", räknar han upp.

Ingen bjuder på barnen.

Då försöker auktionsmannen istället bjuda ut de fem syskonen separat och Sara ensam.

Fortfarande är det tyst i salen. Magda skruvar oroligt på sig. Hon sneglar mot Alfred när de bjuder ut Sara. Han tittar bara ner på sina händer och mössan som han kramar mellan sina starka fingrar.

"Nåväl, vi bjuder då ut barnen ett och ett. Men tänk gärna på att de vi försökte bjuda ut tillsammans förstås gärna vill vara i samma hushåll eftersom de är syskon", säger Lingonblad med nasal röst och en svenska som inte låter som om den kom från trakten.

Magda ryser till. Det är våldsamt otrevligt att iaktta barnens miner när de förstår att de troligen inte får bo tillsammans. Hon sväljer upprepade gånger för att inte börja gråta.

De yngre barnen klänger sig fast vid de äldre och den minsta gråter nu högt och okontrollerat. Magda uppfattar plötsligt att det pågår oroligheter bak i salen. Hon svänger sig om och får syn på en kvinna som gråter med handen för munnen för att inte föra oljud, samtidigt som hon hålls tillbaka av en annan, äldre kvinna.

Det är modern till de fem barnen, inser Magda omedelbart. Troligen vet inte de yngre barnen om att hon är i salen, då skulle de ha sprungit fram till henne. De äldre barnen förstår nog redan vad som sker och har accepterat att detta är den enda vägen för deras familj. Någon fader verkar inte finnas i salen. Att barnen är faderlösa är säkert en av orsakerna till att familjen har hamnat i svårigheter.

Ett efter ett auktioneras barnen ut. Den som bjuder den lägsta summan vinner budet. Det betyder att chanserna att ge barnet allt som det behöver är mycket små – förutsatt att viljan ens fanns där. I synnerhet som hyllorna i alla butiker gapar tomma. Det utspelar sig många uppslitande scener framför Magda och Alfred när syskonen delas ut i olika riktningar. Det enda positiva är att det äldsta och det yngsta barnet ropas in till samma hem.

Sedan blir det Saras tur igen. Senaste gång bjöd ingen på henne. Magda undrar stilla vad som händer om ingen bjuder. Åker hon i så fall med dem hem igen? Eller blir hon sänd tillbaka till hemmet i Toby eller ska hon bo i det överfulla fattighuset? Magda ser hur flickan darrar, hon lyfter inte blicken en enda gång för att se ut över salen.

Magda hör plötsligt hur någon viskar allt för indiskret "Mård". Med andra ord finns det folk i salen som känner flickan.

Det är länge tyst. Lingonblad försöker gång på gång bjuda ut henne. När de har väntat en lång stund hör de en kvinna ta till orda.

"Ja, jag tar henne. Detta är inte rätt. Jag har inte råd eller kraft att ta hand om henne som nätt och jämnt klarar mig själv. Men jag är hennes mormor och jag kan inte se på och godkänna detta spektakel längre."

Sara rycker till och ser ut över salen. En gammal kvinna hasar sig långsamt över golvet. Hon har någon form av hälta och ansiktet ser ålderstiget ut. Magda förstår varför den till åren komna kvinnan säger att hon inte kan sörja för flickan, men Magda känner stor vördnad för mormodern som tar sitt ansvar.

Mormodern och Lingonblad pratar en stund med viskande röster och snart sätter sig Sara och hennes mormor på en bänk.

"Ja, vi har även några äldre som vi ska bjuda ut idag", säger Lingonblad precis när Magda tror att allt äntligen är över.

Det visar sig att det sitter tre gamlingar på en bänk längs väggen i salen. Först för de fram en gammal tant som ingen ropar in. Sedan följer en likadan tant som ingen ropar in. Magda skruvar på sig. Hon vill prata med Sara och mormodern och sedan bara åka hem. Hon vill inte se mera människohandel den här dagen.

Då leder de upp en gammal gubbe. Han är böjd, ynklig och så krum, att man inte kan se hans ansikte. Lingonblad harklar sig.

"Ja, vi har ytterligare en person här idag. Vi vet inte vem han är för han talar inte. Han är varken stark eller snabb och hör väl egentligen hemma på fattighuset. Vi fann honom en dag när han satt i en snödriva i gamla Wasa och nu har han bott på fattighuset en tid. Han är bra på att arbeta med sina händer, så om någon har arbete som behöver utföras med händerna, så kan jag rekommendera honom. Han är liten i maten och behöver ju varken undervisning eller fler kläder. Bara lite mat och tak över huvudet", berättar Lingonblad.

Magda undrar i sitt stilla sinne varför de gör sig besvär med att dra den gamla, skruttiga gubben till auktionen. Det känns helt onödigt, för vem skulle vilja ha honom?

Hon hör hur Alfred suckar och känner att han vrider på sig. Han vill bara åka iväg.

Lingonblad inleder budgivningen. Det är väldigt tyst i salen. Knappt någon vågar andas, ifall deras inandning kunde missuppfattas som ett bud.

Han trugar och försöker, gång på gång.

"Märk väl, mannen har inga släktingar som tar hand om honom. Eller, jag korrigerar, han har inga släktingar som vi känner till och eftersom han inte talar, så kan vi inte fråga heller".

Efter fem minuter av lirkande och försök med att lindra fattighusets oerhörda börda, ger han upp.

"Nåväl, tack för idag. Vi fick åtminstone nya hem till ungarna och det var ju huvudsaken", säger Lingonblad med hög röst. Han slår med sin klubba i bordet för att visa att auktionen är över.

Det är trångt om saligheten, så Magda sitter kvar på sin plats och väntar på att de andra ska hinna undan. Hon hoppas att Sara och mormodern ska vara kvar när hon kommer ut.

Magda drar en djup suck och gör sig klar att resa sig ur bänken. Just då går en kvinna fram till den gamla mannen som de försökte auktionera ut, men som ingen ville ha. Kvinnan tränger sig alldeles inpå Magda, så att hon tappar balansen och dimper ner tillbaka i bänken. Hon drar andan och ämnar ge kvinnans som buffas en pik, men besinnar sig och håller tyst.

Den gamla mannen mittemot henne reser sig med mödosamma rörelser. Han lyfter inte huvudet när kvinnan talar med honom och han säger fortfarande ingenting.

Magda tycker så synd om dem alla som måste stå ut med att bjudas ut som boskap. Eller som lägre varelser än boskap. Boskap säljs ju till högst bjudande. De här människorna är mindre värda än boskap, eftersom de säljs till lägst bjudande. Det är något så skamligt i hela förfarandet att Magda känner sig illa till mods för att hon ens tar del av spektaklet.

När mannen går förbi henne, där hon sitter, ser hon att han saknar två fingrar på sin vänstra hand. Hon drar häftigt efter andan. Handen är gammal, böjd och fläckig, men den påminner kanske lite ändå om honom. Om fadern som hon inte sett på tio år.

Hon reser sig hastigt.

"Far?", frågar hon med höjd röst efter mannen.

Gubben reagerar inte på hennes tilltal.

Hon tvekar en stund och undrar om hon borde följa efter honom och se honom i ögonen men eftersom han inte tycks kännas vid henne, så lämnar hon tanken därhän. Det finns säkert fler män som mist två fingrar.

Sedan skyndar hon efter de andra för att hinna byta några ord med Sara och hennes mormor. Hon vill veta var de ska bo, så att hon senare kan söka upp dem.

När de åker hem sitter Magda och Alfred och tiger. Det är en kall dag och det börjar återigen snöa. Magda drar sjalen tätare kring sitt ansikte och böjer ner huvudet. Snön som smälter i ansiktet blandas snart med hennes tysta tårar. Hon tänker på barnens förtvivlan. På modern som inte kan ta hand om dem. Hon tänker på de gamla som inte har någonstans att ta vägen. Och hon tänker på sin far, som bara försvann och som sade så mycket, som sårade henne och sedan aldrig mer hörde av sig.

Och smärtan ilar genom henne som ett norrsken på svart himmel. Den försöker hitta en väg ut, men vart den än når, stöter den mot inre väggar. Smärtan åker av och an med allt större hastighet och hotar att bränna upp henne inifrån.

II

Vinter 1867 – 1868

Denna gång träffas de på en restaurang inne i Stockholm. Amalia är nervös och pirret av förälskelse som hon har känt, är just nu långt borta.

Hon har på förhand försökt förbereda sig på diskussionen, men eftersom hon inte vet exakt hur Oskar kommer att reagera, är det svårt.

Han kommer upp till hennes bostad för att möta henne. När han står innanför dörren kommer Edvin – som känner till att de ska ut på middag – och ställer sig i förstugan. Han står alldeles tyst och tittar på Oskar med skarp blick och händerna i sidorna.

Amalia slås plötsligt av insikten att han under den senaste tiden har växt så det knakar. Han är redan nu längre än hon själv. Hans ansikte håller på att förändras från barnsligt runt till mer manligt och kantigt. Amalia kan se i hans ögon att han inte längre går att förbise. Det skulle vara det dummaste hon kunde göra. Att tro att han går att förbise.

”Hejsan Edvin, är du också på väg ut?” frågar Oskar när Edvin har stått och stirrat på dem en stund.

”Nejdå, jag kom nog bara för att se på er”, svarar Edvin.

”Du menar säkert att du kom för att hälsa Oskar välkommen”, säger Amalia med en blick på Edvin, som kunde ha satt en varg på plats.

”Nej, jag hade ingen sådan tanke alls. Jag tänkte bara se till att du är säker”, svarar Edvin. Samtidigt vänder han på klacken och går sin väg innan någon av dem hinner besvara hans ytterst näsvisa och otrevliga kommentar.

”Det var det värsta! Accepterar du hans märkliga insinuationer?”, fräser Oskar.

”Nej, det är väl klart att jag inte gör och jag förstår heller inte varifrån de kommer. Gör du?”, svarar hon så oskyldigt hon bara kan, med tanke på att hon utmärkt väl vet vad gossen refererar till.

När de väl beger sig iväg, är stämningen ansträngd i droskan. Paret försöker hitta neutrala samtalsämnen om väder, tillgång till mat och arbetskraft.

De bänkar sig vid bordet i den vackra matsalen och beställer in en trerätters meny samt vin till maten. Hon noterar att Oskar skruvar på sig lite lätt när hon beställer det dyraste alternativet. Själv beställer han det billigaste.

”Så, hur går affärerna?”, frågar hon när de stökat undan beställningen och fått ett glas vin framför sig.

”Tackar som frågar, de går väl sådär. Det är inte gott om mat i landet just nu och bönderna är rätt ovilliga att sälja sina varor. Dessutom tar de ganska hutlösa priser för spannmål, kött och mjölkprodukter just nu”, svarar han.

”Jag har noterat att även priset på varorna här i staden har stigit. Vi betalar ganska mycket mer för det vi handlar till hushållet just nu, jämfört med tidigare. Jag antar att det är ett direkt resultat av böndernas högre pris och att tillgången är svag.”

”Så är det. Vi har en lång vinter framför oss. Det går an så länge det finns något att köpa, men jag är rädd att vi närmar oss den dagen, när det inte ens finns något i hyllorna längre. För de fattiga kommer det att bli ett helvete. Eller jag korrigerar mig; för många fattiga är det säkert det redan”, suckar han.

”Ja, jag har förstått att många ute på landet som fick dåliga skördar i höstas har det svårt. Jag läste om det i tidningen”, svarar hon.

”Jaså, du har tid att sitta och läsa tidningar om dagarna?”

Amalia rycker till vid hans övertydliga insinuation att hon gör något som hon inte borde.

”Ja, jag har alltid läst tidningar och nyheter, och det kommer jag även att göra i framtiden”, svarar hon med blicken stadigt vilande i hans.

"Jaja, det är bra", ler han overslätande.

"Dessutom härjar det sjukor runt om i landet. Smittkoppor, kolera och tyfus och alla möjliga andra sjukdomar. På mitt härbärge har vi fått in många som har varit sjuka och det är även många som dör utan att vi kan hjälpa dem. Ibland tror läkarna att de sjuka till och med kan lida av flera sjukdomar samtidigt", berättar hon och viftar upprört.

"Fy fan! Du får lov att sluta gå till det där härbärget efter att vi har gift oss. Jag tolererar inte att du går dit och sedan drar med dig några av dessa avskyvärda sjukor hem till oss. Det får bli slut på det."

"Vad säger du? Jag har arbetat där i åratal, jag hjälper dem ekonomiskt och jag har inga planer på att avsluta det", svarar hon. Hon är så häpen att hon inte ens blir arg.

"Jaja, vi får ta den diskussionen senare", svarar han och undviker det svåra ämnet.

De får in maten och äter under en stunds tystnad.

Amalia känner på sig att Oskar väntar på ett passande tillfälle att föra deras tidigare diskussion på tal. Hon tänker inte hjälpa honom på traven. Amalia känner sig så pressad att hon är glad att hon inte behöver resa sig, då benen knappast skulle bära henne. Hela kroppen känns som om den vore fylld med gelé.

Att hitta samtalsämnen som inte bränner är svårt och Amalia undrar hur hon på sikt skulle klara av att leva så nära marginalen som hon gör, när hon umgås med Oskar. Med Carl behövde hon aldrig känna sig orolig. Men så var hon också väldigt ung och formbar då.

När de har gått som katten kring het gröt under en utmattande lång stund, kommer så äntligen frågan.

"Så, hur har du ordnat med företaget?" frågar han, utan att ta blicken från efterrättsskeden fylld med jordgubbskräm.

"Jag har försökt...", inleder hon.

"Vad menar du med försökt?", fräser han innan hon ens hinner avsluta sin mening.

Han släpper ner skeden i glasskålen med ett högt klirr. Amalia börjar ana oråd och är livrädd för att han ska ställa till med en scen inför alla fina gäster på restaurangen.

"Jag menar att jo, jag har pratat med advokaten, men det är inte så enkelt. Som arvtagare har Edvin rättigheter och eftersom lagen är sådan och den kan jag inte rå på", förklarar hon mycket lugnt och hon försöker låta som om hon talar sanning.

"Du får försöka ändå mer", svarar han och stirrar på henne med avsmalnande ögon och sammanbiten min.

"Naturligtvis, vi har öppnat diskussionen och kommer att fortsätta med utredningarna. Jag är övertygad om att det kommer att ordna sig", viskar hon.

"Ja, det får du se till. Jag tänker inte gifta mig med en fattig slinka."

Amalia drar häftigt efter andan. Mycket har hon hört i sina dagar, men aldrig har hon blivit kallad något sådant förr. Aldrig trodde hon heller att någon skulle sänka sig så lågt i de kretsar hon umgås i.

"Så om jag förstår saken rätt, bäste Oskar, så vill du gifta dig med mitt företag och mina pengar, inte med mig?", frågar hon sedan och försöker låta stadig på rösten, trots att hon helst bara vill gråta.

Då ser hon på honom att hon träffar mitt i prick. Han hade inte ens tänkt på saken på så vis, även om han säger precis det.

"Nej, naturligtvis inte. Jag menar att också du kommer att ha det bättre, om vi har en god ekonomi i vårt äktenskap. Just nu har jag lite pressad ekonomi med tanke på läget i landet, med tillgången på varor och så", försöker han bortförklara.

"Så då säger du att du visst vill gifta dig med mig även om jag bara har en månadspeng?"

"Ja, ja naturligtvis. Hur kan du ens få något annat för dig?", undrar han och försöker se övertygande ut.

"Vet du käre Oskar, det är faktiskt inte så svårt att tro något annat, när jag lyssnar till dig och dina ultimatum. Jag har fört denna diskussion helt ensam hittills, men jag undrar om det inte är dags att be om hjälp från min bror när det gäller detta äktenskap. Normalt är ju männen i familjen med och bestämmer kring kvinnliga familjemedlemmars äktenskap. Jag tyckte att jag var så vuxen, att jag kunde sköta saken själv, men det var kanske lite väl naivt", svarar hon rappt.

Han ska just säga något till svar på hennes prat om brodern, när hon reser sig från bordet. Oskar skyndar sig till hennes sida, men hinner inte dra ut stolen. Han ser frågande ut.

"Jag vill åka hem nu. Du får kalla på en droska till mig, jag åker hem ensam", säger hon och går mot garderoben.

"Men du har inte ätit upp din efterrätt", stammar han.

"Det spelar ingen roll, jag åker hem nu. Jag har fått nog av denna diskussion. Vi kan höras senare, men jag är allt en aning osäker på huruvida du och jag har något mer att tala om".

En kort stund senare stiger hon in i droskan och lämnar honom stående på gatan utanför restaurangen.

Amalia drar av sig förlovningsringen och släpper ner den i sin lilla väska. Hon suckar djupt och lägger händerna för ansiktet. Hon är totalt uttömd på krafter och middagen känns som en klump i mellangärdet som hotar att komma tillbaka upp.

Den kvällen har Amalia svårt att finna sömn. Hon vänder och vrider sig länge innan hon stiger upp ur sängen, sveper en tjock filt runt sig och sjunker ner i en mjuk stol i salen med en stor konjak i handen. Hon sippar långsamt på den starka vätskan och känner efter hur det känns när den söker sig ner genom strupen och landar värmande i magen. Hon försöker att inte tänka på något annat än känslan av de gyllene dropparnas framfart genom kroppen, för tankarna på allt annat håller på att driva henne till vansinne.

* * *

Knut försöker komma underfund med hur länge han har arbetat på skelettbanan, men det verkar vara helt omöjligt. Alla dagar och nätter flyter in i varandra som grodrom i vassen. De halkar av och an, slemmiga och hala, svåra att få tag i.

Hungern håller på att göra honom galen. Bäst är de dagar, när han är så hungrig att han inte längre känner någon hunger. Men Knut vet också att de dagarna är de farligaste. Det är de dagarna som berättar att man är ett steg närmare att bli nedgrävd under järnvägen och de spår som i framtiden för tåget över gränsen till den stora grannen i öster.

Men varje dag räknar Knut antalet män han har funnit döda, klätt av, kört till bygget och slängt ner till den eviga vilan under rälsen. Han har inte räknat ihop dem, men de är nog över hundra. Vissa dagar har han hittat många döda, så det betyder inte alls att han skulle ha varit särskilt många månader på plats. Den dag han bar ut flest män, hittade han tolv döda. De flesta av dem bodde i samma hus och många av dem var kletiga av skit och hade troligen dött i kolera. Han var så modig den gången att han inte klädde av männen. Så mycket förstår arbetarna på bygget, att sjukdomarna smittar. Istället för att sätta koleradödas kläder på en som nyligen har anlänt till bygget, kan man bara lika gott slänga ner honom i graven direkt, innan hans lidande börjar.

När Knut kommer med likkärran går han direkt fram till förmannen närmast gropen. Han pratar på sin knaggliga finska och ber honom följa med. Förmannen ser irriterad ut, men går de få stegen fram till kärran bakom Saga.

Det går inte att hänvisa till att männen skulle stinka, då de är rejält djupfrusna vid det här laget. Därför går Knut fram till kärran och pekar på dem och försöker visa på det värsta kladdet medan han grimaserar illa.

Förmannen reagerar starkt, viftar bestämt mot Knut och kärran och pekar mot gropen.

Knut fattar galoppen och drar i de döda. Eftersom det ligger hela tolv lik på kärran, är det ett enormt stort arbete för en ensam, svag man. Han sliter, släpar, stånkar och gråter innan han är klar.

"Kunde du inte beordra någon att komma och hjälpa mig, din jävla idiot", fräser han för sig själv. Meningen är riktad mot förmannen som inte förstår någon svenska. Turligt nog ignorerar han totalt Knuts mumlande – oberoende av vilken reaktion förmannen skulle ha visat, hade den knappast varit till Knuts fördel.

När han drar i det sista liket känns det annorlunda. Kroppen är inte lika stel. När ansiktet kommer närmare Knuts, ser han plötsligt att mannen ser på honom.

"Herregud, han lever ju!", ropar Knut.

Han vimsar av och an några varv runt kärran oförmögen att komma underfund med vad han ska göra åt saken.

Slutligen rusar han fram till förmannen igen. Han bugar och bockar ett par gånger och ber honom sedan, på sin knaggliga finska, att följa med.

Mannen suckar djupt, smäller med sin otäcka piska i den svarta, höga läderstöveln och kommer efter med militanta steg.

När de kommer fram till kärran pekar Knut på mannen och visar på ögonen.

"Han lever", säger han åt förmannen, trots att mannen inte förstår ett ord av svenska, men Knut vet inte hur han ska förklara den saken med de få ord som han kan på finska.

Med ens önskar han att Eino var i närheten, han kunde oftast reda upp de knepiga situationerna som Knut satte sig i gång efter annan. Men den här gången är han tvungen att klara sig själv.

Förmannen tar piskan och buffar i för mannen som Knut hade misstagit för ett lik.

Mannen reagerar inte på puffarna. Då höjer förmannen piskan, för den genom luften så hårt att det viner om den och smäller till sjuklingen över låret.

Då får han den önskade reaktionen. Mannen öppnar ögonen, skriker till och för handen ner mot stället där piskan träffade honom.

"Satan", väser den sjuke.

Av diskussionen som sedan följer förstår Knut att förmannen beordrar sjuklingen att stiga upp ur kärran. Troligen säger han även åt honom att han ska gå och arbeta. Till och med en blind kan se att denna man inte är arbetsför.

Det enda svaret förmannen får är nekande skakningar på huvudet. Sjuklingen lägger en arm över huvudet och kryper ihop till en liten boll på kärran.

Knut försöker kalla på uppmärksamhet och pekar sedan mot huslängan där han hade hämtat mannen. Han tar tag i Saga och gör ansats att leda iväg med henne med avsikt att köra mannen tillbaka till sin nedsölade säng och en säker död.

"Stopp!", skriker förmannen.

Knut formligen fryser till is när han hör tonen som förmannen använder när han beordrar stoppet. Han vet omedelbart att det inte bådar gott. Och han vet också att det är dags att inte ha en egen åsikt i frågan.

Förmannen pekar mot gropen.

"Men han lever ju", viskar Knut och känner hur gallan tränger upp i halsen. Han knyter händerna och försöker förmå sig själv att inte opponera sig i frågan för då åker han snart ner i gropen själv.

Förmannen smäller med piskan i stöveln och lyfter den högt över sitt huvud med blicken spänd i Knut.

Knut som fortfarande lever med ett evigt tjutande öra sedan han blev slagen när han kom ner till bygget ryggar tillbaka och lägger en skyddande hand över örat.

Knut hinner slappna av och tro att mannen inte kommer att slå när han bara för ett kort ögonblick hinner höra piskan vina genom luften innan den träffar honom. Denna gång tar det inte i örat, som tur är, utan över den högra armmuskeln. Det svider till men den tjocka vadmalsjackan tar emot det mesta av smällen så han klarar sig utan desto större blessyrer denna gång.

Utan att fördröja arbetet ytterligare – han vågar helt enkelt inte – stiger han fram till sjuklingen och nappar tag i hans fötter. Den febrige mannen har följt med vad som försiggår invid kärran och förstår vad som kommer att hända. När han känner att Knut tar tag om fötterna försöker han sparka sig loss med matta rörelser.

"Nej, nej, nej, låt mig vara, jag vill inte bli levande begravd", gråter han och han talar svenska precis som Knut.

Det gör saken ännu värre för Knut eftersom han känner en omedelbar och stark samhörighet med mannen. Den första personen han stött på sedan han kom till bygget som pratar svenska.

"Förlåt, jag vet inte vad jag ska göra. De begraver mig också om jag vägrar", tvingar Knut ur sig åt mannen. Klumpen i halsen gör det svårt att prata.

"Men för fan, du måste ju hjälpa mig, stå inte bara där", ropar mannen nu högre åt Knut.

Knut, vars tankar har sysselsatt sig med sjuklingens öde, märker inte att förmannen åter kommit fram till dem. Han hör inte heller när piskan viner.

Förmannen slår. Han slår gång på gång, turvis den sjuke och turvis slår han Knut. Han ropar och skriker på finska och ingen av männen förstår vad han säger. Men de är lätt att räkna ut att han är missnöjd med Knuts arbete när han ännu inte slängt mannen i gropen utan står och talar med honom. På svenska dessutom.

Snart tystnar sjuklingen och Knut rycker och drar i honom för att få honom av kärran. Han vet inte riktigt hur han ska gå tillväga med mannen när han lever, de döda kan man behandla hur som helst, det gör inget om de dimper ner i backen. Några krafter har han inte heller, i synnerhet efter misshandeln och alla lik som han dragit både ur sängen och upp på kärran och sedan ur kärran och ner i gropen.

Knut lyckas lyfta honom ur kärran istället för att bara fälla ner honom i marken. Eftersom mannen inte verkar vara vid medvetande längre så vågar han sedan bara ta honom under axlarna och börja dra. Fötterna släpar i marken, de skumpar upp och ner som korkar i vattnet, när de hasar över marken. Knut vågar inte se på mannens ansikte utifall att han skulle se på honom med anklagande ögon. Som tur är det inte någon längre sträcka än cirka tio meter så det går ganska fort, även om Knuts steg är långsamma och staplande vid det här laget.

När kroppen når kanten, sjunker Knut ner på knä för ett kort ögonblick. Dels för att hämta andan, dels för att pejla var förmannen rör sig. Om han är rakt bakom Knut, kan Knut inte annat än tippa iväg mannen över kanten. Det visar sig att förmannen inte längre finner Knuts arbete intressant, så han har gått iväg för att plåga någon annan stackare.

Då böjer sig Knut ner över mannen. Han gör korstecknet över bröstet på honom, fast det känns konstigt, eftersom han inte ännu är död. Men något måste han göra, känns det som. Han försöker komma ihåg någon passande, kort bön, men det är helt omöjligt, så han rabblar upp vad han kommer på.

"Gode Gud, bevara denna olyckliga själ och fräls honom ifrån ondo, han kan inte rå för den olycka han råkar ut för idag och han blir lagd i ovigd jord, men ta honom ändå till dig. Och förlåt mig för mina skulder, jag vill inte göra detta och jag vill inte vara del av att han mister sitt liv, men jag är av nöden tvungen. Amen", rabblar han knappt hörbart och så snabbt att han nästan snubblar över orden. Han ser att mannen blinkar ett par gånger, men han fokuserar inte blicken på något, så han märker nog inte vad som är i görningen. Knut hoppas innerligt att mannen fryser ihjäl, innan han blir täckt med sand. Han har förstått att de som fryser ihjäl somnar in ganska behagligt när de väl har slutat frysa.

Sedan drar han ett djupt andetag, sluter sina ögon och använder alla sina krafter till att ge mannen en puff. Kroppen åker upp över kanten och ner framför männen som står och kastar sand på den höga järnvägsbanken. Avsiktligt buffar han inte honom så att han hamnar närmast bygget, utan istället ett par-tre meter framför de andra, som redan nu har fått sand över sig. Knut stannar inte kvar för att se hur mannen ligger eller om han får någon sand över sig, utan stapplar iväg bort från gropen. Benen bär, men det är också allt.

Knut kommer sig fram till Saga, klappar henne lätt på manken och leder iväg henne. Han gör allt för att se ut som om han vore upptagen och på väg till något speciellt uppdrag. Han leder iväg hästen mot ett av boningshusen och kör in bakom knuten. Knut tittar sig snabbt omkring sig och ser att ingen finns i närheten.

Då sjunker han ner framför Saga. Han har ingen gråt kvar, han har ingen ork kvar och han bara sitter där tom och tyst. Knut försöker hitta tillbaka till sig själv och lugna ner sig så mycket att han kan återvända och köra sand.

När han sitter där på marken med huvudet lutat i händerna, känner han hur Saga puffar i honom. Stoet puffar gång på gång, inte hårt, men dock så att han känner att hon uppmärksammar honom. Hon blåser och frustar lågt i hans öra, det pipande örat, och Knut vänder ansiktet mot henne. Hon håller kvar sitt huvud intill hans och han kan känna värmen som strålar ut från henne, både kroppsligt och själsligt.

"Tack Saga, tack fina vännen, du vet exakt vad en ynklig gubbjävel behöver, du. Du är som alla andra kvinnor: Värmen i livet. Du och jag ska snart gå hem till Runsor. Hem till Alfred, till Lisbet och till Fjalar. Visst ska vi det, visst följer du med mig?"

Knut sitter kvar en stund och försöker tolka hur långt framskriden vintern är. Han tror att det kanske är slutet av februari. Dagarna har blivit längre och solen stiger lite högre, men det är fortfarande kallt. som i helvetet. Han måste väl åtminstone stanna kvar till maj, annars svälter de ihjäl när de ska ta sig hem. De måste gå hela vägen och han har ingen aning om hur han ska hitta hem. Han kan inte heller följa tågbanan när han går, eftersom han vill ta med sig statens häst.

Men först och främst gäller det att överleva. Både han och Saga måste överleva två eller tre månader till. För att överleva gäller tre saker, att få i sig av den torftiga maten, att inte utmärka sig på något sätt, så att man blir nerknuffad levande i gropen, och att undvika att dra på sig någon av sjukdomarna, som härjar bland arbetarna. Det sista villkoret är nog det svåraste, för mot sjukdomar kan man varken använda kraft eller list. Knut som dessutom kör de döda alla dagar, utsätts ofta för alla sorters smittor. Men då han har bott med Magda, har han fått lära sig, att man inte hanterar sjukdomar och mat med samma osköljda händer, utan att man i stället ska skölja dem noggrant före maten. Så han försöker gnugga händerna i snön efter att han har kört de döda. Något varmvatten och tvål har han naturligtvis inte tillgång till, så han gör så gott han kan.

Senare den kvällen försöker han berätta för Eino vad han har gjort. Men trots att båda två har lärt sig en aning av den andres språk, är det för komplicerat för att budskapet skall gå fram. Frustrationen är enorm hos Knut och han bestämmer sig för att han nu ska göra allt han kan för att lära sig tala finska. Så svårt kan det inte vara.

Efter en stund somnar han av total utmattning. Han orkar inte ens ligga och grubbla på vad han hade varit med om under dagen. Däremot finner mannen – som nu ligger täckt av ett tjockt lager sand – dessvärre honom i drömmarna. Knut hör hur han ropar på hjälp och han hör hans enträgna vädjanden och gnyende. Knut försöker sträcka ut sin hand och ta tag i hans hand, när mannen försöker kravla sig upp ur sandgropen. Han når inte riktigt fram och han försöker gång på gång. Plötsligt väcks han av att Eino puttar i honom och pratar med honom. Han förstår inte vad Eino säger och är med ens yrvaken. Snart inser han, när han vaknat till en aning, att han säkert har legat och fäktat även i sömnen, när han drömde om sina desperata försök att rädda mannen från kvävningsdöden under sanden.

”Förlåt”, muttrar han till Eino.

”Ja”, svarar han kort och gott.

Knut blir först häpen, men sedan glad när han känner hur Eino lägger en arm över hans bröst innan han somnar om. Det ger Knut en oerhörd tröst i nöden.

När morgonen gryr är det åter dags att äta vattenvälling, dra på sig skinnmössan och förbereda Saga för dagens likrunda. Den ena dagen lik den andra. Denna dag känns dock svårare än andra och framöver kommer han med större noggrannhet att kontrollera om männen verkligen är döda eller ej. Det står nog fullkomligt klart för Knut, att om han hade gjort sitt arbete ordentligt, hade mannen inte råkat ut för det som han gjorde igår. För om mannen inte hade hamnat på kärran när Knut gick sin runda, hade han inte heller behövt begravas levande under sanden.

Så det som hände kommer för evigt att ligga Knuts samvete till last.

12
Vinter 1867 - 1868

De håller på ställer sig i ordning för en dag ute på tur. Det är en ganska mild dag och i planerna finns både en visit till Toby, där Sara och mormodern bor och även ett besök till Magdas vän Maria, som tillfrisknat. Magda och Alfred vill se hur Marias familj har det och ta reda på hur det blir med framtiden i torpet sedan gubben dog.

De har inga förnödenheter att packa ner som gör någon skillnad, så de tar bara med sig lite smått som de kan dela på sinsemellan längs vägen. Barnen får stanna hemma denna gång. Pojkarna får gå på jakt och flickorna får försöka hitta fler kvistar åt korna och hästen Fjalar. De har nu skalat alla träd som ligger i skogsbrynet så högt de når, så nu måste de börja ta av slyet längs åkerkanterna istället.

Magda försöker njuta lite av slädfärden. Solen är milt gul och värmer egentligen inte alls i slutet av februari, men den gör gott i själen. Den ger människan lite hopp om att det ska bli nya, frodiga tider inom en inte allt för avlägsen framtid. Men de värsta månaderna återstår än. Mars och april är svåra, då det är både kallt, fruset och alla förråd är så gott som tomma. Magda har hushållat så noggrant med deras tillgångar att alla i huset är avmagrade, bleka och svaga. Men de har fortfarande kvar lite potatis, rovor och torkade nässlor. Med tillskottet från pojkarnas jaktbyte från fällorna, tror hon att de alla ska klara sig vintern ut.

Först knackar de på hos Maria. Magda har inte träffat henne sedan hon tillfrisknat, så de vet inte om någon annan insjuknat efter det. Magda känner sig lite nervös inför besöket. Hon hoppas att ingen är sjuk och att de har klarat sig utan gubbe i huset – även om han var en värdelös suput.

Det dröjer en stund innan någon öppnar dörren när de bultar på.

"Tänk om det har hänt något, tänk om de är sjuka eller om de inte har något att äta i huset", säger Magda med en djup suck.

"Ja, hoppas inte. Men man vet ju aldrig."

"Nej, det är just det, många lider svårt just nu."

Efter en stund öppnar ett av barnen dörren på glänt, bara en liten glipa och tittar ut.

"Vad vill ni?", piper hon.

"Vi ville träffa mor och prata lite med henne. Det är jag, Magda", svarar hon.

"Mor är trött", svarar den lilla.

Magda hinner se att barnet är mörkt runt ögonen, håret hänger stripigt runt ansiktet och läpparna är färglösa.

"Men då hälsar vi på mor medan hon ligger, hon behöver inte stiga upp ur sängen bara för att vi är här på besök", svarar Magda med den mildaste röst hon kan uppbringa i sin oro.

Den lilla skjuter upp dörren oändligt långsamt.

Magda noterar att det är lika svalt inne som ute, ingen brasa brinner heller denna gång och det är knäpptyst i huset. Hon anar genast oråd och bilder från Marias sjukdomstid flimrar framför ögonen.

"Har mor mått illa igen, som senast?", frågar hon och försöker att dölja sin upprördhet för att inte skrämma barnen.

"Nej, mor är säkert bara trött nu", svarar barnet.

Magda går fram till sängen där Maria ligger under en fäll. Hon ligger på sidan med ansiktet mot väggen så det är svårt att bilda sig en uppfattning om hur det är fatt. Kanske hon bara är trött och sover, och har sovit så pass länge att elden har hunnit falna. Men Magda vet att det är osannolikt i detta vinterväder.

"Har ni någon ved då?", frågar Alfred, som tänker på samma sak.

"Inte inne och vi får inte gå ut när mor vilar", svarar det äldsta barnet.

"Nåväl, klä på er kläderna, allihopa, så går vi ut och hämtar ved. Jag tror att även ni är trötta så ni behöver inte göra annat än komma med mig så ordnar jag med veden", svarar Alfred och plockar med de få ytterplagg som ligger invid dörren.

"Jag har inte mer kläder än de jag har nu", svarar den äldste medan de yngre sätter på sig mössor och vantar.

"Hrm, det var illa i denna köld", muttrar Alfred och trycker sin mössa på pojkens huvud.

När Alfred och barnen har avlägsnat sig går Magda åter en gång fram till Marias säng, hon sätter sig på sängkanten och tar tag i hennes axel.

"Vakna Maria, du har besök", säger hon med låg röst.

Hon får ingen reaktion hos Maria, så hon drar i henne för att svänga henne ner på rygg. Kvinnan är alldeles för lätt och kantig, så hon dimper lätt ner i ryggläge. Magda makar sig lite åt sidan för att kunna se bättre. Maria har fortfarande inte öppnat sina ögon. Magda lyfter lätt på filten för att se om hon är frisk, men antar tillika att hon redan för länge sedan hade känt på lukten i huset om Maria vore sjuk.

Magda noterar att Maria känns kall trots att hon ligger under filten, vilket man kan begripa när de inte ens har eld i spisen. Magda ryser så hon skakar i hela kroppen. Hon vet att Maria lever, för andedräkten avslöjar att hon fortfarande andas, långsamt.

"Maria, jag är här nu, Magda, kan du vakna och prata med mig", nästan ropar hon för att försöka väcka henne samtidigt som hon skakar om henne rätt kraftigt.

Maria öppnar ögonen, oändligt långsamt.

"Magda?", viskar hon.

"Ja, Maria, är du så trött? Har ni inte ätit något?", frågar Magda.

"Jag är trött och maten är slut, jag gav den åt barnen, nu klarar jag inte detta mera. Kan du ta hand om barnen?", viskar Maria och sluter ögonen igen.

"Maria, vakna, du kan väl inte bara ge upp så där!"

Men Maria svarar inte längre och hon öppnar inte ögonen.

När Alfred och barnen kommer in för att göra eld i spisen skakar

Magda på huvudet.

"Vi måste hitta på något, hon har inte ätit och nu orkar hon inte ens hålla ögonen öppna."

"Men vi har ju heller ingen mat", viskar Alfred medan han river sin långa skäggstubb och vaggar från sida till sida.

"Nej, jag vet det. Men om vi kanske kunde köra dem till fattighuset", föreslår Magda.

"Satan, satan", mumlar Alfred.

"Sluta, du gör bara saken värre och skrämmer barnen. Vi måste göra något nu direkt", fräser Magda till honom.

De rafsar omkring i den torftiga, kalla stugan och samlar på sig allt som går att klä Maria och barnen i. Sedan virar de in Maria i filtarna och drar ett par av gubbens gamla yllesockor på henne. Alfred bär ut henne i släden, där han lägger ner henne oändligt långsamt. Magda följer efter med de små, som hon i sin tur har klätt så gott det går med det som finns i huset. Hon har tursamt nog rejält med fällar och filtar med sig i släden från förr, så hon lyckas täcka över dem allihopa, där de sitter inträngda intill varandra invid modern. Maria har nu slagit upp ögonen, men hon säger ingenting.

Magda gissar sig till att hon förstår vad som är i görningen och att det känns så hemskt, att hon inte ens orkar protestera. Om det inte bjöd så svårt emot att söka hjälp vid fattighuset, hade nog Maria vandrat dit själv med sina barn. Naturligtvis har hon även insett, att de kommer att ta barnen ifrån henne när hon inte kan sörja för dem längre. In i det sista försökte hon klara sig och slutade därför äta själv, för att ha något att ge barnen. Och om inte Magda och Alfred hade kommit då de kom, hade Maria varit död inom ett par dagar. Inte för att det finns några garantier för hennes överlevnad nu heller, bara för att Magda och Alfred fann henne.

När de kör upp framför fattighuset manar Alfred dem att sitta kvar medan han går in och pratar med den ansvariga.

När han stiger in i det torftiga huset slås han genast av hur fullt det är, hur stanken slår emot honom och hur den kallfuktiga luften inomhus känns rå. Han måste stiga över folk och kryssa mellan de inneboende för att komma fram till härden, där föreståndarinnan sitter och värmer sig invid brasan.

"Alfred Karlsson är mitt namn. Jag har en familj i min släde här utanför som ni får lov att ta in. Mannen dog tidigare, kvinnan håller på att svälta ihjäl och barnen är ynkliga, små och svälter", säger han med sin starkaste kommandoröst för att låta övertygande.

"Jaså, det säger herrn. Tycker herrn att det ser ut som om vi har gott om plats här för alla hungriga stackare?", skrockar hon.

"Hm, det är sannerligen inte mitt problem om ni har plats för mera stackare eller inte. Jag säger bara att jag har en familj med mig här som håller på att dö och som behöver hjälp. De måste få mat, värme och en plats att vila på", säger han med en allt starkare röst.

Alla fattighjonen i stugan har vid det här laget tystnat och alla iakttar honom.

Föreståndarinnan suckar tungt.

"Ja, ja, men så visa mig då", säger hon och banar väg mot ytterdörren. Det är ett knepigt pussel att stiga mellan dem som ligger på golvet.

Alfred går efter henne mot dörren. De når släden samtidigt och föreståndarinna står länge tyst och ser på stackarna som är inpackade mellan fällarna.

"Kan inte ni ta hand om dem då? Är det era släktingar?", frågar hon efter en stunds tystnad.

"Nej, vi har ingen mat. Husrum har vi, men vi har ingenting att ge dem. De hör inte heller till vår släkt. Kvinnan är bara en vän till min hustru", svarar Alfred och försöker behålla sitt lugn. Han har förstås noterat läget inne i fattighuset. Överfullt, kallt och eländigt. Ingenting för en kvinna som håller på att dö av svält. Hon får inte ens en säng med en ordentlig fäll att krypa under.

"Nå, jag kan inte lämna dem ute i snön, så ni får väl föra in dem. Kan hon prata eller råkar ni veta deras namn?", frågar föreståndarinnan.

"Jag vet inte om hon orkar prata, men vi vet vem de är", svarar Magda.

Alfred tar tag i Maria och hivar upp henne i famnen medan Magda föser iväg barnen.

När de stiger in uppstår förvirring. Det finns ingenstans att lägga ner Maria, som inte kan sitta själv. Inget av hjonen går heller med på att maka sig ur sängarna så att hon skulle få plats. Tvärtom svär hjonen ljudligt och slår efter Maria när Alfred försöker lägga ner henne.

"Jag sade ju att det inte skulle gå", säger föreståndarinnan näsvist.

"Nå, nu får du bara skaffa fram någonting, och det hastigt!" skriker Alfred av frustration.

Föreståndarinnan rycker till och ser skrämd ut. Hon går fram till en av sängarna där det ligger ett par gubbar. Hon tar tag i gubben som ligger ytterst och börjar riva.

Gubben muttrar högt och kämpar emot. Han har inga planer på att ge upp sin plats i sängen. Då tar kvinnan tag i honom och river med all den styrka hon har i sin kraftiga kroppshydda.

"Upp ur sängen, vi måste ha platsen!", skriker hon till den lilla, krokiga gubben.

Magda hör hur gubben gråter. En gammal, trött mans ynkliga gråt.

"Jag orkar inte längre", hör hon honom mumla gång på gång.

Alfred går fram till sängen och lägger ner Maria invid den andra lilla gubben. De drar fällen över henne.

"Hon måste ha mat, nu!", säger Magda.

"Det är inte mattid just nu så jag kan inte göra något åt den saken", svarar föreståndarinnan vasst.

"Du ser inte ut att lida av matbrist. Jag är säker på att du har lite mjölk och bröd eller gryn som vi kan värma över elden. Den här kvinnan kan inte äta många små skedar ändå, för då dör hon av magsjuka istället. Hon har säkert inte ätit en smula på många dagar", svarar Alfred och spänner blicken i kvinnan.

"Nåja, jag ska se vad jag har", svarar hon och försvinner in bakom en låst dörr.

Efter en kort stund kommer hon ut med en kant hårt bröd och en mugg mjölk som hon ger till Magda. Magda värmer upp mjölken över elden. Hon bryter brödet i små bitar och blöter upp dem i mjölken, så att hon får en tunn välling som hon kan försöka mata Maria med.

Magda sitter länge och försöker truga i Magda skedarna av den vattniga vätskan. Häften rinner över hakan, men en liten aning får hon i sig. Barnen försöker få plats invid sin mors säng där de sitter och tiger och lider, medan de håller varandra i händerna så hårt att knogarna vitnar. Deras blick följer varje sked och dess väg mot munnen utan att kunna förmå sig att ta ögonen från den. Det är nästan som om de gapar med sina munnar i sin ynkliga mors ställe.

”Nå, så iväg med er nu, vi klarar även dessa stackare, precis som vi klarar av alla andra stackare”, väser kvinnan när Magda är klar med matandet.

”Men jag vill bara hjälpa till så gott det går”, stammar Magda, som blir osäker av den bastanta och bestämda kvinnan.

”Tack för det, men nu klarar vi oss. De har fått tak över huvudet nu. Har de förresten något hem dit de kan återvända när de piggnat till?”, frågar hon.

”De blir säkert av med sitt torp nu eftersom mannen dog ganska nyligen och de inte kommer att klara av att arbeta, då Maria är för svag och barnen för små”, svarar Alfred.

”Jaha, det var värre. Vi måste se vad vi ska göra av dem. Ingen lär ju vilja köpa kvinnan så länge hon är så här svag. Men barnen kanske går att sälja så att de får tak över huvudet.”

”Men kan de inte stanna här då?”, frågar Maria och vrider sina händer. Hon vill inte att Marias familj ska gå på auktion.

”Ursäkta mig frun, men ser det ut som om de kan bo här? Finner ni ens någonstans där ni kan stå när hela golvet är fullt av dessa kräk? Ett golv som är lika kallt som snödrivan där ute. Jag hävdar att de alla skulle få det bättre om de faktiskt blev sålda, än om de stannar kvar här”, svarar kvinnan med iskall röst och en blick som får Magda att frysa ändå mer.

Alfred drar Magda i armen, det är dags att lämna fattighuset. Hon kliver långsamt över de inneboende. Det visar sig att mannen som gav upp sin sängplats till Maria har fått lov att lägga sig i draget närmast dörren, istället för platsen under filten i sängen.

När Magda ska kliva över honom, stiger hon på hans hand. En gammal, rynkig och trött hand utan vantar. En hand som Magda inte hann se när hon skulle stiga över honom.

När hon trampar på honom, ropar han till och drar åt sig handen. Magda säckar ihop bredvid honom av pur skam över att hon steg på en annan människa. En omänskligt utsatt person dessutom.

"Förlåt, förlåt! Jag är så ledsen, det var ett misstag. Jag menande verkligen inte att trampa på dig. Får jag se om jag skadade dig", säger hon med en röst hes av känslor.

Hon tar hastigt tag i mannens hand. När hon får handen i sin, ser hon åter en sargad hand, en hand som saknar ett par fingrar och hon reagerar omedelbart. Hon tar tag om hakan på mannen och vänder hans ansikte mot sitt eget. Deras blickar möts några sekunder. Ingen av dem säger något och ingen rör på sig. De bara tittar varandra rakt i ögonen.

"Förlåt", viskar mannen plötsligt.

Då rinner tårar ner för kinderna på Magda. Stilla tårar som snarare är tårar av glädje än sorg.

"Jag förlåter dig", viskar hon till svar. Hon vet exakt vad han menar.

Alfred kommer fram till henne. Han har redan gått ut ur stugan och väntar på henne vid släden, men eftersom hon inte dyker upp måste han gå in tillbaka.

Magda känner när Alfred tar tag om hennes axel, men hon rör inte på sig, sitter bara kvar med den gamla handen i sin.

"Jakob?" utbrister Alfred plötsligt när han har får syn på handen som Magda håller i sin.

"Ja, det är far", viskar Magda till svar, utan att resa sig ifrån hans sida.

Jakob har slutit ögonen i det smutsiga, rynkiga ansiktet och ner för kinderna rullar tårar som han hållit tillbaka i tio år. Tårar av längtan och skuldkänslor som river ner muren som han byggt på under alla ensamma år. Åren utan sina flickor.

Det blir ett kort brev, men det innehåller allt som Oskar behöver veta. Amalia har förklarat för honom att hans närvaro i hennes liv inte lägre är önskvärd. Han svarar med en kort notis om att saken är uppfattad och att han skall sända en man efter ringen som han har gett henne. Hon överlämnar den med stor lättnad och det känns som om hon blir av med en tung boja.

Livet återgår till sina gamla banor och hon hittar sakta men säkert tillbaka till vardagen igen med sonen, trots att förtroendet emellan dem har fått sig en hård törn.

"Men om du vill studera vidare borde du säkert börja gå i skolan och sluta med hemundervisningen. Det finns utmärkta studieplatser i Stockholm och jag anser att vi måste ta reda på mer om den saken till nästa höst", säger hon över middagen en kväll när de sitter och samtalar.

"Ja, mor har säkert rätt i det. Men jag vill sannerligen inte flytta in någon annanstans, jag tänker bo kvar här hemma. Men eftersom de bästa skolorna ligger här centralt i Stockholm, så kommer det inte att orsaka några som helst problem för mig", svarar han.

"Du borde prata med min bror. Hans barn har studerat och jag tror att något av dem fortfarande är kvar i skolan. Han kan säkert berätta mycket nyttigt för dig som du behöver veta", svarar hon.

"Ja, det är en mycket god idé, kära mor."

"Jag är en aning upptagen den här veckan, men nästa vecka kan jag säkert slå dig följe", svarar hon.

"Jag kan gott söka upp min morbror själv, utan att mor är med. Jag tänker mig att kanske söka upp honom redan imorgon, eller i övermorgon."

"Nåväl, det går säkert riktigt bra det också. Han är förstås en upptagen man, men jag är säker på att han tar sig an dig när du berättar om dina frågor och tankar. Han känner väl till hur man ska hantera en pojke som har ambitioner i livet."

"Ambitioner vet jag väl inte...", inleder han.

"Naturligtvis har du ambitioner, kära Edvin", avbryter hon. Hon vill inte höra talas om några lathetstecken.

Nästa dag pälsar Edvin på sig för att gå på visit till sin morbrors kontor. Det är, naturligtvis, planerat att han ska åka droska de få kvarteren till kontoret, men det har Edvin inte lust med. Han älskar att gå längs de livliga gatorna i staden. Han går långsamt och insuper dofterna från bagerierna, stanken från latrinerna och vänder blindögat till den misär som existerar i de trånga gränderna där de rika inte vistas.

Edvin stannar upp flera gånger. Han ger en av de tiggande kvinnorna en liten slant och han går in för att köpa några pepparmyntskarameller i en handelsbod. Kvinnan bakom disken är så liten och söt att hon påminner om en karamell själv i sin sockerlika uppenbarelse.

"Jag tackar sötaste frun", säger han när han har fått sin pappersstrut. Han bugar sig lätt och passar på att blinka lätt med ett öga till henne när han åter tittar upp, rakt in i hennes näpna lilla ansikte. Han ser att hon rodnar och sänker blicken.

När han lämnar butiken går han länge och småler. Det tycks vara en både lätt och trevlig lek det där att få damerna att rodna nu när han nått både en viss längd och fått lite bredare axlar.

Och precis som sin far pryds hans ansikte av markerade gropar i kinderna när han avfyrar sina mest bländade leenden. Edvin håller på att bli en ung man, även om han på många vis fortfarande bara är en naiv pojke.

Edvin går och njuter av livet och märker inte för en sekund att han har haft en och samma man i hälarna under hela sin korta, men långsamma promenad de få kvarteren han förflyttat sig.

Samtalet med morbrodern är snabbt avklarat och han får en lapp i sin hand med namn på olika personer som morbrodern anser att han borde kontakta.

"Men pojk, du ska ju inte börja gå omkring i staden och fråga ut folk själv, det räcker bra att du dök upp här hos mig oanmäld. Man gör inte så, utan man stämmer först träff innan man söker upp folk. Det märks minsann att du har fått växa upp utan en far i huset. Jag borde säkert ha engagerat mig mer i fostran att få dig till karl och inte låtit dig bli så bortklemad av min syster", säger han och Edvin vågar bara nicka.

"Ja, morbror."

"Men förresten, hur blir det med giftermålet, min syster skulle ju gifta sig med en affärsman. Jag har inte hört något närmare om det på flera veckor. Har de fastställt något datum för bröllopet än?", frågar han plötsligt.

"Ja, morbror, om jag är korrekt upplyst så är den saken nu utagerad och förlovningen bruten. Det visade sig, sade mor, att mannen mest bara ville ha henne för pengarna", förklarar han och försöker att inte vara så tydlig. Han vill i synnerhet inte avslöja sin egen roll i hela spektaklet.

"Jasså, det där låter ju märkligt. Han hade väl pengar så han klarade sig? Vi lämnar den saken därhän. Om det är utagerat så tänker jag inte tala desto mer om det. Men vi får ta och träffas igen din mor, du och jag, så att vi får in dig i de rätta skolorna framöver. Det är viktigt för din framtid som handelsman", säger morbrodern samtidigt som han reser sig och räcker ut sin hand mot Edvin.

De skakar hand med fast handslag och allvarliga miner. Edvin knycklar ner lappen med namnen i fickan och lämnar morbroderns kontor. Men omedelbart när han stiger ut på gatan igen, har han glömt alla allvarliga ord och goda råd och hans äventyrslust vaknar till liv igen. Han tar upp den skruttiga, nästan tomma, lilla pappersstruten ur fickan och pillar upp den sista karamellen ur botten. Han sluter ögonen ett ögonblick när han får den söta, lite stickande smaken på tungan. Det känns som himlen att få suga på godsaken.

Han slänger struten på marken och går iväg. Han hinner bara ta några steg innan han känner en tung hand på sin axel.

"Jaså, unge herren tror att han kan gå omkring och kasta skräp runt sig på detta viset. Vet han inte att det är olagligt?", ryter en man till honom.

Det ser ut som en polis, men uniformen ser lite konstig ut.

"Vad, vad menar ni?", stammar Edvin. Han är så skrämd att hjärtat håller på att tränga upp i halsen på honom. Handen på hans axel väger som en tung sten.

"Jag menar exakt det jag säger och nu får herrn följa med mig till stationen så ska vi diskutera saken!", svarar polisen med stark stämma och fast blick.

"Naturligtvis, jag tror vi kanske kan gå och hämta min morbror först. Han arbetar här ett par trappor upp. Jag vill gärna ha honom med mig till polisstationen", svarar Edvin så snabbt att han nästan snubblar på orden.

Konstapeln svarar inget och han leder iväg Edvin med snabba och bestämda steg. Han har flyttat greppet från axeln ner mot överarmen och han har ett fast tag runt Edvins späda arm.

"Ni behöver inte hålla mig, jag följer verkligen med er", försöker Edvin säga och låta bra mycket morskare än han känner sig.

Inne i Edvins huvud ilar tankarna fram och tillbaka. Han kan inte förstå vad det är för dumheter som konstapeln pratar. Det finns ju kastade saker längs med vägarna överallt. Hur kan den lilla hopknycklade struten då spela någon roll. Han har aldrig hört något så märkligt förut. Men han vågar inte heller vara stor på sig mot en viktig konstapel, så han följer snällt med honom. Edvin måste bara komma på ett sätt att tala sig ur knipan. Han får säkert chans att förklara sig snart.

Konstapeln vänder av från den stora gatan och in på en mindre gata. Och snart tar de av till höger igen. Gatorna blir mindre för varje gång de vänder. Edvin vet inte längre var han befinner sig, trots att han känner Stockholms gator ganska väl efter alla olovliga äventyr som han har varit ute på.

Plötsligt drar mannen upp en dörr. Huset ser förfallet ut och Edvin ser inte några andra personer i närheten. Tanken slår honom att han borde ropa på hjälp, men eftersom mannen är konstapel borde han väl vara trygg. Men han känner sig inte trygg. Det är något med mannens beteende och den märkliga byggnaden där polisstationen finns. Alldeles som om det inte stämde. Men eftersom Edvin hyser djup respekt för lagen och eftersom han heller inte har någon orsak att vara rädd, följer han efter mannen genom dörren utan att ropa på hjälp eller försöka rycka sig loss.

Mannen tar sig upp för trapporna. Trappan är trång så han släpar Edvin efter sig en aning.

"Vart ska vi gå, jag tycker inte detta ser ut som någon polisbyggnad?", frågar Edvin med en röst som närmar sig falsett.

"Håll tyst, vi ska bara ge dig böter", svarar mannen dovt, utan att se sig bakåt mot Edvin.

När de nått andra våningen går han fram till en dörr, dunkar ett par gånger på dörren och så väntar de. Det dröjer innan något händer och Edvin är så rädd, att han känner att han snart kanske måste kissa på sig, för att det inte går att hålla tillbaka längre.

"Kan konstapeln inte bara släppa mig, jag lovar att betala alla riksdaler som konstapeln vill ha, även till konstapeln själv, så har konstapeln råd att ta båten till Amerika", försöker Edvin föreslå med en desperation som hugger.

Snart dunkar konstapeln på dörren igen. Dörren är tunn och skev, det finns ingen polisskylt på den och hela stället luktar unket och oanvänt.

Edvin gör då ett ryck, han får loss sin arm och börjar springa. Han hinner ner halva trappan när han får en knuff i ryggen. Han faller handlöst och det går så fort att han knappt hinner registrera hur ont det gör när han slår huvud och kroppens alla lemmar i det korta fallet ner till trappans slut.

"Du ska ge fan i det där!", säger mannen med hög röst.

Nu är Edvin övertygad om att mannen inte är någon konstapel och han inser att han är illa ute.

"Hjääälp!", skriker han med den högsta röst han förmår uppbringa ur sin rådbråkade, lilla kropp.

Då får han ett hårt slag över munnen, han känner hur läppen spricker, så han tystnar.

”Nej, sluta, låt mig gå, jag har inget gjort och jag kan betala pengar”, gråter han snart högt och ljudligt.

När de åter kommer upp för trapporna står dörren öppen och de går rakt mot den.

”Här har du honom”, säger mannen när de stiger innanför dörren.

”Tack, du kan gå nu. Vänta utanför dörren, stäng den bakom dig!”, svarar någon som står framme vid fönstret och ser ut genom en glipa mellan ett par trasiga, smutsiga, gröna gardiner.

Edvin hör hur dörren smäller igen bakom mannen som fört honom till denna plats. Han vågar knappt andas i väntan på att den andra mannen ska vända sig om och avslöja vad han egentligen vill med honom och varför han blev hitförd. Det känns som om det är något vagt bekant över mannen, men Edvin kan inte begripa hur han kunde känna någon som behandlar honom på det här viset.

När mannen vänder sig om drar Edvin hastigt efter andan och blir, om möjligt, ännu blekare.

”Du?”, frågar han. ”Vad vill du mig?”

Han får ett stort leende till svar och mannen mittemot honom nickar instämmande.

”Jag tänkte att vi kunde prata lite, män emellan”, svarar mannen.

Edvin slappnar av och ler, det var inte värre än så.

”Det ska säkert gå bra, men jag måste upplysa dig om att mannen som du har anställt inte är av god kvalitet, du bör avskeda honom omedelbart och anställa någon som kan uppföra sig istället”, svarar han och avfyrar ett litet leende med sin spruckna läpp.

”Det tror jag inte, han är bra på det han är till för.”

”Och vad är det då?”, frågar Edvin.

”Övertyga folk om att de vill som jag vill”, svarar mannen med en onaturligt mjuk röst.

”Sätt dig!”, fortsätter mannen och pekar mot en skranglig pinnstol, en av de få möblerna i det mörka, otrevliga rummet.

Edvin slår sig ner, tungt och trött. Han försöker desperat räkna ut vad han gör i det här rummet och vart det är meningen att denna diskussion ska leda. Han besluter sig för att hålla tyst och bara svara jakande till allt, oberoende av vad mannen kräver. Allt för att inte göra honom argare än han redan är.

13
Vinter 1867 - 1868

Snön smälter nu, om än långsamt och enbart där solens strålar når marken i de vackraste gläntorna och framför de stora stenarna. Och naturligtvis även där de arbetar med sanden och bygger järnvägsbanken. Sanden är ännu frusen, men den är lite lättare att arbeta med nu, när nätterna inte lägre är lika kalla och snöfallet har avtagit.

Däremot blir männen allt svagare. Det kommer heller inte nya män i samma takt till bygget längre. Ryktet om skelettbanan – som fått namnet på grund av alla ben som begravs under järnvägsbanan – har nått ut i landet och allt färre kommer dit i tron att de ska få nödhjälp. Allt de får är dödshjälp.

Varje morgon när Knut vaknar är han lika förvånad över att han gör just det, vaknar. Att han inte heller denna natt har somnat in till den eviga friden, den som han så desperat längtar efter de flesta vakna timmarna av dygnet. När han har konstaterat att han lever och är vaken ser han på Eino och undersöker om även han lever. Han orkar inte med den dagen då han får inleda sitt arbete med att bära ut sin bästa – sin enda – vän vid bygget. Lägga honom på kärran och slänga ner honom som föda åt järnvägens hungriga käftar. Men, precis liksom Knut själv, vaknar även Eino varje dag. Ibland är Knut så glad över att Eino vaknar att han nästan vill börja gråta.

Nästa spänningsmoment är att se om hästen Saga lever, men även att vara först på plats i stallet så att ingen annan ska kunna lägga beslag på henne. Han har vårdat henne, försökt finna extra mat åt stoet och han har manat på henne bestämt, men ömt allt sedan han blev beordrad att köra hästen. Han visar sig på styva linan som en stark och kunnig hästman och han hjälper de andra männen med deras hästar om de har bekymmer. Knuts lugna och stadiga lynne passar väl ihop med hästarna. Han är som en finskhäst själv: stabil och trogen och han bara går på – även om han till det yttre mer liknar de skelett som ligger begravda under sandmassorna från Riihimäki och fram till den punkt där bygget sker idag. Var det än må vara, mitt ute i ingenstans på en otillgänglig plats i mörkaste Finland.

Det är sällan som Eino och han har tid att prata med varandra. Det är bara någon kort stund om kvällarna. Nu har de övergått till att enbart tala finska. Knut är ivrig att lära sig och språket flyter allt lättare. Han är frågvis och han ber Eino översätta ordet på allt han ser. Han visar med olika gester vad han vill kunna säga. Sedan, för att med alla tillgängliga medel försöka skingra tankarna från det han gör, går han omkring och upprepar de finska orden och fraserna i sitt huvud hela dagarna. När han ser ett träd säger han det finska ordet för träd i sitt huvud och när han ser mat säger han ordet för mat. På så vis börjar han snabbt komma ihåg orden.

En vacker kväll när man nästan kan se hur snön smälter och fåglarna ger människorna sina första, försiktiga påminnelser om att även denna helvetets vinter går till ända, sitter Knut och Eino bakom knuten till sitt hus. De pratar långsamt och knaggligt, men Knut har bestämt sig för att berätta.

”Jag ska ta mig hem”, säger han på finska.

Eino nickar.

”Jag har inget hem längre, mina föräldrar är döda och min bror tog över det lilla torpet, så där finns ingen plats för mig”, suckar han till svar.

”Kom med mig, kom hem med mig, du kan bo med mig och vi kan skaffa arbete. Eller resa till Amerika”, förslår Knut, med ens både ivrig och glad. Han vill inte skiljas från sin vän.

”Jag vet inte, jag vet inte var du bor och jag tror inte att du heller har något att erbjuda mig, eftersom även du är här och arbetar.”

Så försöker Knut berätta, på sin knaggliga, men allt bättre finska, om hur det kom sig att han sökte arbete vid skelettbanan och även hur han har ångrat sig, eftersom han inte var av nöden tvungen att åka. Eller kanske han var det, men inte hemlös i alla fall.

Eino ger inget svar den kvällen men han lovar att han ska tänka på saken.

Arbetet med de döda blir värre. Sjukdomarna härjar svårt bland arbetarna när vintern drar sina sista suckar.

Knuts arbete är tyngre än någonsin. Nu har han även börjat köra de döda från sjukstugorna till massgravarna. Varje dag samlar han upp män som dött av tyfus och andra märkliga sjukdomar under det senaste dygnet. Först var de inlindade i lakan och placerade i ett uthus. Då blev det inte så personligt för Knut, eftersom han inte behövde se deras ansikten.

Så en morgon när Knut kommer för att tömma uthuset noterar han att liken inte är inlindade. Han rusar ut tillbaka ur uthuset. Han slår fast dörren bakom sig och ställer sig med ryggen mot dörren.

"Saga, nu blir det värre, hur ska jag orka med detta?", viskar han till hästen som står och hänger med huvudet.

Efter att han har dragit andan och förlikat sig med tanken, öppnar han åter dörren och stiger in i förrådet. De är ju trots allt likadana som männen han har hämtat ur sängarna.

Det ligger några män på hög, de flesta helt avklädda. Liksom alla andra lik han har transporterat väger dessa väldigt lite. De är plågsamt utmärglade och sådana ynkliga stackare, att det säkert var lika bra att de fick frid, tänker han.

Då han har fått upp liken på kärran leder han långsamt Saga mot deras mål. Knut har lärt sig att dra ut på tiden så mycket som möjligt. På så vis sparar han både på sina egna och Sagas krafter. Det är en oländig väg han kör längs, den är nyligen anlagd och det är i princip bara han som använder den, så den blir inte uppkörd heller.

Vägen leder till en stor grop, där han har fått order om att slänga liken. Det blev för många döda att begrava under järnvägen när han körde döda från både bostäderna och sjukstugorna. Ett antal män ålades att gräva en stor massgrav. Problemet är att graven står öppen väldigt länge. Turligt nog är det vinter så liken ligger frusna och stinker inte.

De kommer långsamt längs vägen och Knut försöker undvika de värsta groparna och de största stenarna. Han mumlar tyst för sig själv, en ovana han har lagt sig till med nu när han har så få människor att tala med om dagarna.

"Men nog ska det vara oländigt här! Ta det försiktigt där Saga, se upp med den där gropen..."

Han håller ständigt blicken i marken för att kunna undvika ojämnheterna. Det finns en liten vändplan framför gropen dit han är på väg. Han tar till höger för att kunna vända om och för att bara kunna dra liken av kärran och rulla ner dem i gropen.

När de kör in på vändplanen börjar Saga trilskas. Han mumlar lugnande till hästen och han tittar upp på djuret och smeker stoet över halsen för att lugna ner henne. Han är förvånad, det är sällan hon har krafter för annat än för deras arbete.

"Vad är det Saga, sluta upp med det där, du bara tröttar ut dig", säger han med lite högre röst när hon fortsätter att konstra.

Då hör han ett dovt morrande. Långsamt rätar han på ryggen och vänder på huvudet. Han har hört talas om dem, men inte behövt se dem med egna ögon.

"Gode Gud hjälpe oss", mumlar han totalt rådlös när han ser en flock med vargar nere i massgraven.

De har uppenbarligen kalasat på liken ganska länge med tanke på hur resultatet ser ut. Eftersom liken är frusna är vargarna inte blodiga runt käftarna, men det gör dem inte ett dugg mindre skrämmande.

Knut står som fastfrusen och grubblar över vad han ska göra, ända tills Saga berättar för honom vad som gäller.

Hon vägrar stå kvar och river iväg i en rätt våldsam fart. Knut, som håller henne, rycks med och han börjar springa. Hjärtat orkar inte med någon språngmarsch och hans kondition är svag efter vinterns vedermödor, så han flåsar tungt efter bara några tiotal meter. Men han hänger kvar och hoppas att vargarna återgår till sin måltid istället för att intressera sig för vad som sker på vägen.

Saga, som även hon är svag, lugnar snart ner sig och Knuts fötter hinner med istället för att de bara hänger kvar och släpar i marken.

"Stanna Saga, jag orkar inte", ropar han då han får ner lite luft i lungorna.

De når snart sjukstugan varifrån de kom, fortfarande med liken på kärran.

Saga stannar invid stugan, hon hänger med huvudet och hon andas tyngre än han någonsin hört att hon har gjort förut.

Knut orkar inte stå upp utan han sjunker ner bredvid henne. Det går runt i huvudet på honom och han sätter huvudet in mellan de uppdragna knäna för att återfå balansen. Han sitter kvar länge och väl. Det går folk förbi dem, men ingen stannar för att fråga hur det är fatt. Ingen orkar med någon annans elände, alla har nog med sitt eget.

När Knut har suttit så länge att kylan kryper upp genom byxbaken, kränger han sig upp på ostadiga fötter. Han går runt Saga och kärran för att se om allt är i ordning. Han pysslar med stoet och går för att bryta ett par kvistar av en björk åt hästen att tugga på.

Sedan går han in till arbetsledningens mottagning. Han håller mössan i handen och gör allt för att se urskuldande ut.

Efter en lång väntan får han komma till tals.

På sin knaggliga finska berättar han om vargarna och försöker få sagt att han behöver hjälp.

Mannen på andra sidan bordet börjar skratta. Knut hajar till. Mannen säger sedan något arg och långt på finska som Knut inte hinner uppfatta och sedan pekar han mot dörren som för att visa att Knut ska bege sig ut ur rummet och det hastigt.

Så mycket förstår Knut, att det enda som nu gäller är att återgå till arbetet. Någon hjälp med vargarna har han inte att vänta sig. Och liken ska forslas bort.

Han dröjer sig kvar på gården ytterligare en stund. Han försöker se upptagen ut med att dra upp liken högre upp på kärran efter att de har hasat ner av farten. Medan han ordnar upp liken undrar han i sitt stilla sinne hur han ska få Saga att återvända till gropen där vargarna har kalas. Hästen kommer att göra allt i sin makt för att inte behöva återvända.

Han besluter sig för att ta en omväg ut till gropen. På så vis tänker han att Saga eventuellt inte noterar att de är på väg till samma ställe. De går, långsamt, runt området. Han ser att många män stannar upp i arbetet och iakttar honom där han kommer gående med liken på kärran. Antagligen nyligen anlända arbetare, tänker han, eftersom de uppmärksammar kärran med liken. De som varit på plats en tid redan är härdade och reagerar inte nämnvärt över hans makabra last.

Efter att de har vandrat omkring på området en stund styr han åter kärran mot gropen. Benen känns nästan som gelé och hjärtat pickar som på en harunge. Han är så rädd för vargarna. De stryker hela tiden omkring runt knutarna och de tycks bli bara fler och fler. Det är lätt att begripa att de trivs i vinter, när maten ligger i drivor längs med vägarna, i stora öppna gropar och bakom murarna vid gravgårdarna.

Saga lunkar lugnt längs vägen och hon beter sig alldeles normalt, än så länge. Ju närmare gropen de kommer, desto långsammare går Knut. Saga stannar till och med upp och verkar vänta på att han ska bli klar att fortsätta färden, eftersom han slutat leda henne framåt.

”Jag måste bara klara av detta nu”, mumlar han för sig själv.

”Jag måste, måste, måste”, mumlar han vidare.

Saga klipper med öronen och verkar lyssna till honom. Om hon inte blir nervös av vargarna, så kommer hon säkert att reagera på mitt beteende, funderar Knut och försöker morska upp sig.

När de går in på svängplanen framför gropen, sträcker Knut på sig för att han ska se så bra som möjligt. Snart är de så nära att han kan se ner i gropen. Han andas ut både ljudligt och tungt när han ser att vargarna inte är kvar där.

"Det är bra Saga, de är borta", viskar han.

Han lastar av liken så fort han kan. Han drar dem av kärran och rullar ner dem i gropen, en efter en.

Medan han arbetar på slår det honom att det egentligen bara finns en sak som är mera skrämmande än att se vargar. Det är att se vargar och sedan notera att de inte syns till längre utan vetskap om var de befinner sig.

I samband med denna insikt rätar han hastigt på sig och står och ser sig omkring. Han ser inget spår av vargarna och Saga står helt lugnt och stilla, så han drar slutsatsen att han är trygg, för denna gång.

Så fort han har lastat av de döda vandrar han iväg, drar Saga efter sig och vill bara komma iväg därifrån. Hellre kör han sand just nu, än befinner sig inom vargarnas revir.

* * *

Magda sitter på en stol invid bädden där fadern Jakob och mor Stina ligger. Bägge två bär spår av sin beundransvärt höga ålder. De har trots allt levt över femtio år. Ingen av dem pratar och bägge två måste matas. Jakob har inte sagt ett ord sedan han bad om förlåtelse när de möttes.

Kinderna är insjunka och gamlingarna sover med öppna munnar i ett tandlöst grin.

"Hör ni gamlingar, det är bra att ni håller varandra varma och att ni håller varandra sällskap. Men det känns som om det är bortkastad mat att mata vällingen i er, när ingen av er ändå har lust att leva längre", viskar hon där hon sitter.

Hon önskar att någon av dem skulle svara. Mor Stina har varit en oerhörd klippa för Magda genom livet allt sedan hon kom till gården i Runsor år 1852 när staden Wasa brann ner och de blev hemlösa. Hon har saknat Stinas goda råd och stadiga hand i det vardagliga livet.

Vad gäller fadern har hon även saknat honom. Den första tiden efter hans försvinnande var hon arg och bitter på honom. Men de känslorna har bleknat med tiden och nu kommer hon mest ihåg de goda stunderna och den snälla fader han var innan brännvinet fann honom eller han fann brännvinet. Eller var det Gud, hon minns inte längre.

När Magda fann honom liggande på golvet i fattighuset kändes det nästan som att få en spark i magen. Han var vid liv, men hade valt att inte komma hem igen, inte söka upp henne och försonas.

Besvikelsen över att inte kunna tala med honom, utan bara till honom, inte få höra hans berättelse och inte få gråta ut och känna hans tafatta smekningar över ryggen är svår, men hon har accepterat ödet. Magda kommer trots allt att ha en grav att gå till, vilket är mer än många andra har idag, när nära och kära hamnar att ge sig ut på tiggarstråt längs vägarna, där de fryser eller svälter ihjäl efter en tid.

Alla vet att de som måste ge sig av och söka lyckan på annan ort och gå från dörr till dörr, nästan aldrig klarar sig. De drar på sig sjukdomar och dör en plågsam död med lika delar svält, frost och sjukdom. Svälten och frosten ger sjukdomarna möjlighet att växa sig starka och ta död på de försvagade människorna. Och de sjuka människorna sprider smittan vidare som en virvlande nordanvind genom samhället.

Alfred är rastlös och driver omkring om dagarna. Han borde hålla sig stilla för att spara på krafterna nu när de lever på en ynkligt liten portion av det de råkar skrapa ihop för dagen. Utsädet till våren finns fortfarande kvar och Alfred tänker inte låta Magda röra det, om det inte gäller absolut liv och död.

Sedan de tog hem Jakob har Magda suttit vid hans sida många, långa stunder. Hon har fört ett ensidigt samtal med honom och Alfred orkar inte lyssna när hon sitter och mumlar bredvid honom. Det är tungt för Alfred att se på eländet och nu har de två gamlingar som ska födas trots att de inte är till någon nytta.

När han kommer in efter att ha varit och samlat kvistar till korna, sitter Magda vid köksbordet och stirrar rakt framför sig. Han slår sig ner mittemot henne, men hon säger ingenting.

"Jag tänkte på en sak. Vi var ju på väg att hälsa på Mårds flicka som bodde här då när vi fann Maria sjuk och tog hem din far. Kanske vi borde ge oss ut igen. Vi borde ju även se hur det går för Maria och barnen vid fattigstugan", säger han och försöker fånga hennes blick.

"Ja, jag vet inte. Orkar Fjalar?", frågar hon och flyttar blicken från fönstret ner till sina trötta händer.

"Ja, det är ju det då förstås. Jag vet inte om krafterna till Toby, men säkert orkar han in till gamla Wasa i alla fall."

"Ja, ja", suckar Magda och tystnar igen. Hon flyttar blicken tillbaka till det grå, grumliga fönstret.

"Imorgon?", frågar han.

"Mm", svarar hon frånvarande.

"Vad är det?"

"Nej, det är inget", svarar hon undvikande. Precis så undvikande att den som fångat upp känslan och undrar vad det är, förstår att det är något, men att personen i fråga inte vill dela sin känsla. Oftast är det just den känslan som borde delas med andra, men det är även den känslan som allra mest blottar ens innersta kärna, och den döljer vi gärna.

Alfred reser sig och går ut igen. Han vet helt enkelt inte vad han ska ta sig till inomhus och han orkar inte se på eländet. Det är lättare att bara gå undan. Aldrig tidigare i hans liv har tiden blivit så lång som den blir just nu. När det är som värst och man definierar tiden som ett antal andetag mellan de få tuggorna man tar, då känns det som om man kunde ge upp livet och stiga över evighetens gräns. Men eftersom det är skärselden som väntar om man hjälper döden på traven, lockar inte heller den tanken. Att be till Gud känns numera lönlöst och han har gett upp det ensidiga svamlandet för länge sedan. Om det fanns en god Gud skulle han inte behandla folket som han gör. Även om prästerskapet skriker ut över landskapet att folket nu får sona för alla sina svåra synder och sin oerhörda lathet. Alfred kunde inte låta bli att skratta högt och rått senast han hörde att en präst dog. Prästen var dessutom varken den första eller den sista av dem som strök med. Det säger allt om deras skenhelighet och om hur svårt det är att leva som man lär.

Magda tvekar när han säger att han ska gå ut och spänna för Fjalar.

"Nu är det så, kära hustru, att jag inte ger dig något val. Du ska vara ute på gården om en liten stund. Sedan åker vi. Lisbet och Elmer håller koll på huset, jag har redan pratat med dem. Är det förstått?", säger han med höjd röst när hon står och vrider sina händer och mumlar för sig själv.

Hon bara nickar till svar och hänger på sig sjalen och trär på sig vantarna.

Fjalar är onekligen verkligt mager och han hänger tungt med huvudet, då han normalt står stolt och lycklig när han ska få lunka ut längs vägarna.

"Orkar du kära vän?", viskar Alfred till honom och smeker hans känsliga öron.

Magda klättrar upp i släden och drar en fäll över sig. Hon säger ingenting och Alfred förstår att det inte kommer att bli någon munter utflykt. Men det spelar ingen roll, så länge de kommer sig ut ur huset en sväng.

När de kommer till fattighuset tvekar de båda ett ögonblick innan de öppnar dörren. Senast de var där var misären så påtaglig, att man nästan kunde skära den i bitar. De förväntar sig inte att saker och ting är ett dugg bättre nu, eftersom bristen på mat bara blir svårare ju närmare våren de kommer.

Alfred tar steget fram till dörren, bultar lätt och öppnar den själv. Det är mörkt inne i stugan och de kan inte se in i mörkret, så de stiger långsamt in innanför dörren och skjuter igen den, för att inte släppa ut den minimala värme som finns i rummet.

Det första Magda slås av är ljudet i rummet. Hon hör att flera av hjonen ligger och jämrar sig. När ögonen vant sig vid mörkret ser hon även att alla ligger ner. Nu ligger det halm på golvet och folk vilar nästan överallt på golvet. Flera har varken fäll eller filt över sig, bara någon gammal, sliten rock eller sjal.

"Jaa?", ropar föreståndarinnan, som även idag sitter invid härden där det är som varmast.

"Ja, ursäkta oss, vi är här för att hälsa på Maria och barnen som vi lämnade kvar här för en tid sedan", svarar Alfred.

"Maria, vilken Maria pratar ni om?", undrar föreståndarinnan.

"Nå, Maria i Västertorpet. Vi fann ju Magdas far här när vi förde hit familjen. Maria var då svag och trött och behövde få mat och värme", förklarar Alfred.

Magda står och ser sig om, söker med blicken.

"Ja, jo, nu vet jag vem herrn menar. Jag vet inte hur jag ska säga detta, men det är så att Maria inte överlevde, hon var för svag redan då när ni anlände med henne. Ni borde inte ha väntat så länge. Om hon hade kommit tidigare, skulle jag – och doktorn förstås – säkert ha fått henne att piggna till och på fötterna igen", svarar hon lismande.

"På fötterna, ni menar som alla andra här då, eller hur tänker ni? Jag förstår inte riktigt ert resonemang här bästa föreståndarinnan", säger Magda med hög röst och en ilska som kokar i bröstet.

"Nå, de här som bor här är ju gamlingar, Maria var en ung och frisk person i övrigt, bara hon hade fått i sig mat", förklarar föreståndarinnan i ett försök att släta över sin fadäs.

"Så var är barnen? De var fyra syskon?", frågar Alfred och avbryter kvinnans försök att släta över den obehagliga sanningen.

Han försöker ta sig fram till härden, kliver försiktig över hjonen som ligger på golvet.

"Nåväl, inte minns jag ju alla barn som kommer hit...", inleder damen.

"Jag frågade var Marias barn är, inte var alla barn är!", avbryter Alfred. Han stirrar på föreståndarinnan med skarp blick och hon ser allt mer tveksam ut.

"Ja, du menar alltså Maria från Västertorpets barn? Eller vilka barn?", stammar hon.

"Är du enkel i huvudet eller?", fräser han och hötter med knytnäven mot henne.

"Alfred, besinna dig!", ropar Magda till honom.

Han drar ett djupt andetag, Magda har rätt. Att gå här och vifta med knytnäven åt en statligt anställd, eller stadens, vad vet han, det kan bara sluta illa.

Han går fram till kvinnan och ställer sig invid henne. Han tiger och spänner blicken i henne.

"Javisst ja jag tror att jag minns nu. De såldes på auktionen ett par veckor efter att de kommit hit. De fick bra hem", svarar hon och tittar upp på Alfred och utmanar hans stirrande blick.

"Såldes, till vem?", frågar han.

"Nej, se det varken minns jag eller får svara på. Det är verkligen enbart myndigheternas ensak. Inget som ni bönder från landet behöver komma hit och lägga er i. Åk ni hem och ta hand om era egna ungar innan även de ska säljas på auktion", svarar hon skarpt och reser sig upp. Hon är mer än två huvud kortare än Alfred, men hon får rejält med ytterligare pondus när hon står och sträcker sin hållning rak och obeveklig.

"Alfred, kom! Följ med mig, vi måste härifrån nu, vi har inget att hämta här. Jag hoppas att jag aldrig behöver sätta min fot i det här huset åter", säger Magda högt från platsen invid dörren där hon står kvar.

"Var är hon begraven, hon Maria?", frågar han innan han vänder om och kliver tillbaka till dörren.

"Nej, det har jag ingen aning om. De som alltid hämtar de döda hämtade henne och körde iväg med henne. Jag vet inte vart de kör", svarar föreståndarinnan. För första gången sedan de kom innanför dörren kan Magda höra ett litet uns av sorg i hennes röst. Hon har säkert alldeles nog med sitt, tänker Magda medan hon iakttar damen medan Alfred närmar sig henne.

"Ska vi köra vidare?", frågar Alfred när de sitter i släden igen.

"Nej, jag vill inte varken se eller höra om fler döda idag och jag är alldeles övertygad om att det inte är i sin ordning hos Sara och mormor heller. Eftersom jag ändå inte kan hjälpa någon, vill jag inte heller besöka dem för att stå och se på allt elände och bara jämra mig. Jag önskar så att jag kunde göra något, men jag är lika hungrig själv och jag förstår precis varför Maria dog. Varför hon valde att sluta äta så att barnen skulle få lite mer. Det är så vi mammor är, vi kommer alltid på andra plats. Eller sista", svarar Magda.

"Nåväl, som du vill. Jag tappade faktiskt humöret själv också och dessvärre tror jag faktiskt att du har rätt. Jag tror dessutom att det inte spelar någon roll vilket jävla hus vi stiger in i, så kommer vi att möta samma elände. Alla håller på att dö runt omkring oss."

"Ja, jag hoppas bara att vi klarar oss Alfred, och att våra barn klarar sig. Och djuren, vi behöver djuren. De enda vi inte behöver mer är gamlingarna som bara lever vidare och kräver mat. Det känns hemskt att medge, men jag skulle inte vilja föda dem enbart för att hålla dem kvar i ett liv som inte är ett riktigt liv, när vi som ännu har ett liv framför oss håller på att svälta ihjäl", viskar Magda och känner skammens rosor bränna på kinderna. Hon hade aldrig vågat säga det där högt om det bara hade gällt hans mor. Men nu, eftersom det gäller även hennes egen far, vågar hon berätta om sina mörka tankar.

Alfred bara suckar till svar.

Tankarna är dystra och tunga och skuldkänslorna är svåra att bära – även om de inte kunde hjälpa Maria och hennes barn i deras utsatta situation, eftersom de inte har någon mat att dela med sig av. Men ändå, man hjälper en vän i nöden. Det är inbyggt i människan och det har vi blivit lärda allt sedan barnsben. Och nu var det Magdas vän som inte klarade sig och Magda gjorde just ingenting för att hjälpa henne.

De arma själarna som dukar under för svälten och sjukdomarna etsar sig fast i mörkret innanför Magdas ögonlock. De dansar fram likt oroliga andar, medan hon ligger vaken i vargtimmen och kämpar med både hunger och oro. De hånar henne och lockar på henne. Kom, kom kära mö, det finns gott om plats här om du vill dö...

14
Vinter 1867 - 1868

Han kan fortfarande inte räkna ut vad det är han råkat ut för. Eller han vill inte förstå. Edvin försöker skaka på huvudet, men rörelserna blir små och otydliga.

"Så vi är överens?"

Edvin skakar nekande på huvudet.

"Nej, jag har ju sagt nej", svarar han.

Edvin är så arg att kroppen spänns som en pilbåge. Det går nästan inte att röra den längre. Han hör hjärtat slå i öronen. Han har redan räknat ut att Oskar är en djävul, men att det är såhär pass illa, det hade han inte förstått. Att Oskar är så desperat och beredd att dra saker och ting till sin spets.

"Men om jag säger att du inte har något val, annat än att gå med på det jag säger, är vi överens då?", frågar Oskar och tonen som var lismande och mjuk när de först inledde diskussionen, har blivit allt hårdare.

Så har de hållit på en lång stund, längre än vad Edvin kan greppa. Det känns som om han har suttit i det skamfilade rummet i flera dagar, medan det i själva verket säkerligen handlar mer om timmar. Åtminstone utgående från graden av kissnödighet.

"Jag ber dig nu, för sista gången, att gå med på det som jag har sagt!"

"Nej, jag tänker inte övertala mor att gifta sig med dig och ge upp mina anspråk på mitt arv. Du kan bara glömma det. Dessutom vet min advokat exakt vilken lurendrejare du är, så han skulle genast ana oråd och tala med polisen om dig. Han har förstått vilken filur du är", svarar Edvin och försöker fortfarande låta morsk.

"Jasså, du är stor i orden du, ja. Men eftersom du inte förstår att jag menar allvar när vi använder ord, antar jag att vi måste tala ett annat språk", svarar Oskar medan han gräver i sin ficka.

Han plockar upp ett föremål som Edvin har svårt att identifiera. Det är inlindat i en tygbit och har en kork på ändan. Edvin sitter tyst och stirrar på Oskar, medan han pysslar med föremålet han fiskade upp ur fickan.

"Så vad säger du?", frågar Oskar åter. Han håller nu något i handen som ser ut som en stoppnål. Han snurrar nålen varv efter varv. Edvin sitter tyst och ser på, nästan som förhäxad av det blanka föremålets rörelser.

"Vad är det där?", stammar han efter att ha stirrat på föremålet en stund.

"Det är mitt verktyg", ler Oskar.

"Verktyg till vad?"

"Mitt verktyg att få dig att ändra dig till samma åsikt som jag, förstås", svarar han.

Edvin sväljer ljudligt. Han har försökt vara en stor pojke och stå på sig som män gör fram tills nu, men nu hotar gråten att ta över. En pojke som håller på att få fjun på överläppen gråter inte bara för att en annan man vill prata med honom. Det är en principsak.

"Vill du veta hur?"

"Nej, jag vill inte veta hur och jag bryr mig inte", fräser Edvin till svar.

"Jasså, det tror du, men jag kan faktiskt bevisa att du har fel."

Edvin ids inte svara längre. Det känns som en löjlig lek, nästan så att han tror att han drömmer en mardröm.

Plötsligt tar Oskar ett snabbt och hårt tag om hans handled. Han bryter upp Edvins hand och flyttar greppet så, att han håller om handen och fingrarna kläms ihop.

Edvin försöker rycka och riva för att komma loss.

"Kom in hit!", vrålar Oskar plötsligt och mannen som är utklädd till polis slänger nästan omedelbart upp dörren med en smäll. Han kommer in i rummet och sparkar igen dörren efter sig på det mest trotsiga sätt.

"Håll fast honom", beordrar Oskar och bjässen tar ett hårt tag om Edvin och låser fast honom i en helt omöjlig position.

Det gör så ont när han försöker rycka sig loss, att han ger upp och accepterar att han måste sitta stilla.

"Så är du beredd att gå med på mitt krav?"

"Vad tror du, jag har ju sagt nej för fan!", skriker Edvin rakt ut så att hans röst skär sig på slutet.

"Nåväl. Vi ska tala om saken ganska snart igen", viskar Oskar medan han håller blicken riktad på Edvins hand.

Utan desto mer förvarning bryter han handen i position och håller stenhårt fast om fingrarna.

Plötsligt börjar det gå upp för Edvin vad som är på väg att ske.

"Nej, nej", kvider han.

Men Oskar lyssnar inte längre. Han har med en snabb rörelse placerat nålen mellan nageln och nagelbädden på Edvins högra hands ringfinger.

Edvin försöker skaka handen och bli kvitt nålen men handen sitter som i ett städ.

Med en snabb rörelse trycker Oskar in nålen under nageln. Bara en kort bit, men smärtan som startar i handen, fortplantar sig genom armen och exploderar i hjärnan, är fruktansvärd. Edvin, som varken har syskon eller en far som tuktar honom, känner inte smärta som är åsamkad avsiktligt som en del av sin livserfarenhet.

När Oskar drar ut nålen reagerar Edvin blixtsnabbt. Han drar åt sig handen och när den hingstlika gubben bakom honom lättar på greppet kör han upp en vass armbåge i ansiktet på honom. I samma stund rycker Edvin sig loss.

Männen blir överrumplade och hinner inte få tag i honom när han rusar iväg ur stolen och vidare mot dörren. Han hinner få ett försprång på flera meter, innan hingsten nästan hinner upp honom.

När Edvin öppnar dörren, tvekar han ett kort ögonblick medan han bildar sig en uppfattning om han ska springa till höger eller till vänster för att nå trappan. På detta förlorar han ett par meter av försprånget.

Han springer det fortaste han kan genom den skumma korridoren med sikte på trappan. Han vet att det inte är lönt att skrika, för han har varken sett eller hört ljudet av några andra personer i det fallfärdiga huset. Istället sätter han alla krafter på att ta sig fram så snabbt han kan.

När han når trappan är skurken honom hack i häl. När han tar första trappsteget känner han en tung hand som greppar hans hår. Greppet är hårt och fast, men eftersom Edvin springer med sådan fart tappar skurken greppet. Men det gör även Edvin. Han faller hejdlöst, och nu är det andra gången han tumlar ner för samma trappa.

Han hinner inte tänka mycket under fallet nedför, det är över på ett ögonblick. Men han känner hur han slår sig, gång på gång. Knäet smäller i en trappa, handen slår i väggen och det gör ont precis överallt. När han når botten av trappan kommer han ner med huvudet före. Han hör smällen när hans huvud träffar golvet och det låter som när han hugger ved vid morfars gamla sommarstuga ute i skärgården. Sedan hör han inget mer.

Oskar är inte långt bakom sin hingst till skurk, så han ser vad som händer och hur pojken faller.

"Neej!", skriker han så högt att rösten skär sig.

Men det är för sent, Edvin har redan tumlat ner för trapporna.

Oskar skyndar sig ner, hukar sig invid Edvin och talar till honom.

"Såja Edvin, det var inte meningen att du skulle falla eller skada dig. Jag skulle bara skrämma dig, du vet, så att du skulle begripa att jag menar allvar. Du kan vakna nu", säger han och låter stressad, samtidigt som han klappar pojken taktfast på kinden.

Edvin svarar inte och han hör inte heller Oskars ångerfulla försök att döva sitt dåliga samvete.

"Är han död?", frågar skurken plötsligt.

Oskar ser hastigt upp.

"Vad talar du för dumheter, det är väl klart som i helvetet att han inte är död. Han föll ju bara ner för en trappa, det är inte så farligt och han är ju ung och vig", svarar han vredgat.

"Men han ser ganska död ut", svarar skurken lugnt.

"Ser död ut, hur vet man ens att någon ser död ut?", fräser Oskar.

"Jag vet, jag har träffat många döda, vissa har jag dödat själv", svarar mannen och skrattar gemytligt, alldeles som om det är en utmärkt bra sak han har gjort när han haft ihjäl folk.

"Var inte osmaklig nu, jag vill inte veta några detaljer. Och jag har aldrig dödat någon och tänkte inte börja med det nu heller. Nu får du väcka upp honom", svarar Oskar och reser sig.

Skurken går fram till Edvin och tar tag i hans jacka och lyfter upp honom i ett enda svep, som för att skaka honom.

När skurken lyfter upp Edvin faller hans huvud bakåt, inte normalt bakåt, utan i en märklig, vansinnig och onaturlig vinkel.

Oskar ser på gossen och sväljer tung gång efter annan. Han vänder sig bort för ett ögonblick och ser tillbaka, som om han skulle tro att synen skulle vara en annan.

"Lägg ner honom", ryter Oskar när han får syn på pojken igen.

"Det verkar som om han bröt nacken", muttrar skurken.

"Nej, men vad säger du!? Du skulle ju inte döda honom, ditt förbannade as. Du får precis ta hand om det här eländet själv. Du får göra dig av med liket. Jag betalar dig enbart för arbetet vi var överens om, inte för att du dödat honom, för det var vi verkligen inte överens om. Och du ser till att hålla käften", säger Oskar med låg och betryckt röst.

"Tystnad kostar, din perversa fan!", morrar skurken.

"Du får inte mer än det vi var överens om, för du har gjort detta helt på eget bevåg."

Oskar slänger ett kuvert med pengar ner på Edvins kropp, vänder på klacken och går ut.

Han gör allt för att försöka se lugn och sansad ut. Men när han stiger ut utanför dörren rusar han snabbt över vägen och in i närmsta trånga, lilla gränd, där han lutar sig mot väggen och känner hur det svindlar i huvudet. Efter en stund får han huka sig och luta huvudet framåt för att spy så det skvalar över skorna, när yrseln och skräcken griper tag om honom med full kraft. Vansinnet i det som nyss hände, sjunker sakta mak in i hans sinne.

Han planerade att få Amalia att gifta sig med honom och att få pengarna på köpet. Eftersom pojken var ett hinder på vägen, ville han bara övertyga honom om att det var ett dumt beslut. Han skulle ju bara visa honom. Men så hade de ihjäl honom!

Men egentligen anser Oskar att det inte är hans fel, inte det minsta lilla. Han hade inte bett om något mord, han har inte heller betalat för något mord och själva händelsen i sig var en olycka.

Efter att ha sansat sig en stund går han tillbaka till huset. De måste ju naturligtvis besluta vad de ska göra med liket. När han kommer in i trappuppgången noterar han direkt att skurken tagit pengarna och gått, samtidigt som han har lämnat liket kvar på golvet. Enligt vad det verkar har kroppen blivit genomsökt. Troligen försökte mannen hitta ytterligare något av värde att ta innan han gick sin väg.

Oskar stiger över Edvin och går långsamt upp för trapporna och in i rummet där de nyss befann sig när allt urartade. Han slår sig tungt ner på stolen, begraver ansiktet i händerna och suckar djupt.

"Tänk, tänk, tänk...", mumlar han för sig själv om och om igen.

Men hjärnan vägrar samarbeta. En god stund sitter han kvar, sedan tar rädslan att någon ska komma, över. Han vet exakt hur det ser ut. Alla skulle genast dra slutsatsen att han har dödat pojken.

Han rusar iväg, tar trappan med några steg och går fram till pojken. Hans ögon stirrar obehagligt kallt på honom.

"Ge fan i det där", fräser Oskar mot den döda Edvin.

Sedan tar han tag i byxbenen på honom och börjar dra honom genom den trånga korridoren i det övergivna huset. I slutet av korridoren sparkar han in en dörr och drar in liket i rummet. Oskar planerar att gömma liket i någon form av garderob, men det finns ingen sådan i rummet, så han stöder upp liket så gott det går bakom dörren.

Sedan smäller han igen dörren och smyger ut ur huset. Han ser sig noggrant om när han stiger ut så att ingen ser honom.

Istället för att gå raka vägen hem till sin sjabbiga lägenhet, går han in via en stimmig källarvåning där det bjuds på mängder av öl och en väldoftande köttstuvning. Kvinnorna som vandrar mellan borden är både runda om höfterna och mjuka i blicken.

Motsatsen till Amalia, tänker han för sig själv när han sträcker ut en hand och drar den skönaste av dem ner i sitt knä.

* * *

Amalia har oroat sig länge redan. Snart skymmer det och Edvin lämnade hemmet för många timmar sedan.

Istället för att sända husan ut för att leta, tar hon själv på sig hatt, kappa och en mjuk muff av mårdskinn.

Med bestämda steg vandrar Amalia mot broderns kvarter. Hon tänker ut vad hon ska säga när hon finner sin bror och sin son i så djupt samtal om framtiden, att de har glömt bort att gossen måste hem. Hon ska minsann berätta för dem vad hon anser om den saken.

Hon ringer på dörren med ett bestämt handtag och när husan öppnar dörren, tränger hon sig in innan hon ens har blivit bjuden att stiga in.

"Var är de?", frågar hon med gäll röst.

"Bästa fru Palmlöf, välkommen. Vem är det frun söker?", stammar den unga flickan.

"Men, min son förstås, vem trodde ni?", fräser Amalia till svar.

"Jag är ledsen min fru, men unge herr Edvin är inte här just nu", svarar flickan försiktigt och med blicken riktad ner mot golvet.

"Inte här, jag förstår inte. Är min bror inne?"

"Ja, fru Palmlöf, herrn sitter i sitt arbetsrum

Amalia störtar in i rummet och finner sin bror böjd över en bunt med papper och med en stor konjak i handen.

Han rycker till när hon störtar in oinbjuden.

"Vafalls?", frågar han och låter måttligt road.

"Ja, jag undrar vad du gjorde av Edvin? Han lämnade hemmet för flera timmar sedan och gick för att träffa dig. Han har fortfarande inte kommit hem igen", svarar hon och spänner blicken i brodern.

"Jasså, säger du det, det var märkligt. Han besökte mig på kontoret idag, men besöket var kort och det är verkligt längesedan han gick hem. Jag är säker på att han är hemma nu, om du går tillbaka hem, kära syster", säger han och låter minst sagt nedlåtande. Som om hon vore en mindre vetande.

"Men han är inte hemma, han var i alla fall inte hemma för några minuter sedan. Vi måste ju hitta honom", säger hon med en allt högre röst.

"Ja, det är klart att vi hittar honom. Slå dig ner, kära syster, jag ska sända ut någon och söka, så kan jag följa dig hem igen. Det ordnar sig, ska du se. Han är en stark och klok liten grabb", suckar brodern medan han föser ihop sina papper och reser sig tungt ur sin vackra karmstol i trä.

"Vänta lite", säger han och går ut mot köksregionen.

Amalia tar broderns konjak och sveper den i sig i ett par klunkar. Hon grinar illa när hon svalt, men värmen som sprider sig inne kroppen är skön och avslappnande.

Tystnaden mellan dem är tät och obehaglig under den korta promenaden hem till Amalia. Amalia slänger upp dörren när de kommer fram.

"Eedviin", ropar hon för full hals.

Husan dyker genast upp, hon vrider sina händer och kinderna är blossande röda.

"Herr Edvin har inte återvänt hem än", säger hon med orolig röst och flackande blick.

"Nej, men var i all sina dagar håller ungen hus!", muttrar Amalias bror Sture.

Amalia brister i gråt och dimper ner på närmsta stol. Hon begraver ansiktet i den mjuka muffen och snyftar ljudligt. Plötsligt far hon upp med våldsam fart.

"Vi måste gå till polisen!", utropar hon och går mot dörren med bestämda steg.

Vid polisstationen berättar de utförligt vad som har hänt och allt de vet samt hur länge han har varit borta. Den tredje gången de berättar samma sak för en tredje polis, tappar Sture tålamodet.

"Nu får ni allt sansa er, vi har berättat detta tre gånger nu, tiden rinner iväg och pojken har bekymmer, det vet vi. Annars hade han återvänt hem. Han är inte den sortens unge som ränner omkring obevakad längs stadens gator om kvällarna. Är det förstått? Ut och leta efter honom, genast!", säger Amalias bror med hög och arg röst, samtidigt som han reser sig upp ur stolen och hötter med pekfingret mot den senaste i raden av poliser.

"Naturligtvis, lugna sig herr Adlerhjelm, lugna sig. Hur är det, heter även pojken Adlerhjelm?", frågar han sedan och skrapar sig i huvudet.

Då slår Sture näven i bordet så hårt att alla i närheten vänder sig om för att se vad som är på färde.

"Han heter Edvin Palmlöf och han är min systers son. Jag har nu sagt detta fyra gånger, tror ni att ni till och med klarar av att skriva ner det nu? Ni poliser är minsann ett oförlåtligt simpelt pack!"

"Ursäkta, naturligtvis. Ni kan nu lämna saken i våra händer. Vi ska samla ihop några poliser och försöka hitta honom. Herrn och frun får lov att höra av sig om det skulle råka sig att pojken kommer hem igen eller ni finner honom någonstans", stammar polisen.

Istället för att gå hem sätter Amalia sig i det smutsiga, lilla väntrummet. Det sitter en sliten kvinna där som ser ut som om hon snart kommer att gå i bitar. Amalia sneglar på henne flera gånger, men vågar inte fråga vad som har hänt.

"Kan vi inte bara gå hem, Amalia?", frågar Sture efter en stund.

"Nej, jag vill vara här när de finner honom", suckar hon. Snart reser hon sig och trampar av och an över golvet.

När de har väntat en timme går Sture in på kontoret igen för att höra sig för hur det går.

"Nej, bästa herrn, vi måste inleda sökandet först imorgon bitti. Vi har inte tillräckligt med poliser för att kunna inleda denna operation just nu. Det krävs många män för en eftersökning. Och det finns dessutom brott som måste lösas", svarar ännu en ny polis med neddragna mungipor och höjda ögonbryn.

Sture känner omedelbar motvilja mot mannen.

"Det har inte slagit er poliser, att man fryser ihjäl om man ligger ute en hel natt nu på vintern? Är ni verkligen så här dumma i den här byggnaden? Tänk att jag inte hade förstått det tidigare. Men det är ju bra att veta. Man borde säkert skaffa sig en helt egen vakt", snäser Sture. Men han står envist kvar och stirrar på polisen.

"Ja, seså, iväg med er. Gå hem, vi hör av oss om vi har något nytt att berätta", fräser polisen tillbaka och blicken är minst lika kall som Stures.

Sture störtar ut ur rummet. Han slår igen dörren bakom sin rygg och går fram till Amalia. Han tar tag i hennes hand och drar henne upp på fötter.

"Vi går hem, här kan vi inte sitta. Pojken kommer säkert hem snart", säger han fast till Amalia.

"Har de också tagit er pojke också?", viskar den trasiga, lilla kvinnan till Amalia. Sedan tystnar hon och ser ner på sina röda, fnasiga händer.

"Vem menar ni?", frågar Amalia och försöker hålla rösten under kontroll.

"Nej, det var inget, jag misstog mig bara", viskar hon tillbaka utan att se upp på Amalia.

* * *

Alfred väntar nu. Det står fortfarande vinter i almanackan eftersom de fortfarande skriver mars månad. Han söker tecken alla dagar, tecken på att vintern håller på att dö, liksom var och varannan människa i samhället gör. Han sparkar i snödrivorna så att de ska smälta fortare i den bleka, trötta solen. Han hoppas på töväder och han räknar nästan timmarna tills det snart ska stå april i almanackan. Snötäcket är lika tjockt denna vinter som var man och kvinna är mager. Sannolikheten att de ska få en tidig vår och gröna marker är liten, men hoppet desto större.

Han går långa rundor för att hitta de sprödaste kvistarna att ge till hästen Fjalar och korna. Alfred kan se hur djuren långsamt blir allt svagare. Numera ligger till och med Fjalar nere när han kommer ut till fähuset. Han gruvar sig ofattbart svårt för att mista hästen, men även korna, för de är viktiga för familjens försörjning. Det är mest för djurens skull som han väntar så intensivt på dagen när markerna åter grönskar.

"Fjalar, upp och stå, här kan du väl inte ligga och bli kall om magen heller", mumlar Alfred till hästen när han åter ligger på sidan.

Hästen lyfter lite lätt på huvudet, böjer ner det igen. Ögonen ser tunga och trötta ut.

Alfred tar tag i hästen och försöker dra, locka och pocka för att få upp djuret på fötter. Men inget han gör hjälper. Han håller sig lugn och sansad medan han är hos djuren, han vet att de känner hans humör bättre än vad han själv gör. När han sedan åter vandrar iväg för att söka mat till djuren, orkar han inte längre hålla känslorna inombords.

"Jävla, jävla, satans vinter, vik hädan!", skriker han rakt ut mot snödrivorna och de kala träden.

Att både skrika och gå på samma gång är för tungt, så han måste stanna och pusta ut en stund efter att han ropat.

Sedan gör Alfred som vanligt, går några tiotal meter, vilar en stund och går en liten bit igen. Hans ork tryter, men nöden är så enorm, att han tvunget måste lägga sina egna behov och tillkortakommanden till sidan. Djurens framtid beror på om Alfred orkar ta sig till skogs för att söka de späda björkkvistarna, granriset och al-piskorna. Det är torftig föda för hungriga djur, men det är något att äta för att hållas vid liv.

Så fortsätter han dag efter dag, i väntan på våren.

Efter att ha gått med oron över Knut gnagande i bröstet alldeles för länge, besluter Alfred att skriva ett brev. Han vet dock inget annat än att Knut åkte iväg och sökte arbete hos finska staten och deras nödhjälpsarbete att bygga tågbanan till Sankt Petersburg.

Alfred resonerar dock så, att det alltid är värt ett försök att få fram ett brev, så han sätter sig ner och skriver.

Runsor, Mars 28, 1868

Käre Knut,

Jag hoppas att brevet finner dig väl hållen, stark och mätt i magen. Vad är det riktigt som du sysslar med där borta?

Det har varit en vedervärdig vinter med många döda i svält och sjukdom. Men vi här på gården har alla klarat oss hittills. Vi har till och med funnit Magdas far, Jakob, vid fattigstugan så vi tog med honom hem till oss. Det var ett märkligt sammanträffande.

Vi längtar alla efter dig och vill att du nu ska återkomma hem. Du kan få bo här hos oss, vi reder oss nog. Snart är det vår och vi kan börja bruka marken igen. Jag väntar mig att vi ska få lite utsäde och sättpotatis av nödhjälpen. Tidningen skriver om allehanda gåvor som delas ut åt de nödställda.

Lisbet talar ofta om dig och hon hoppas att ni åter snart ska kunna arbeta samman på bageriet. Någon friare har inte dykt upp än, men hon är ju stora flickan på fjorton år redan, snart femton, så jag räknar med att hon snart finner sig en fästman.

Sköt om dig käraste Knut och kom åter hem till mig, käre broder.

Med varmaste hälsningar

Alfred Karlsson

Han suckar tungt när han avslutar brevet. Han skriver Knuts namn och nödhjälpsarbete, tågbanan till Sankt Petersburg som adress.

Det tar honom ett par veckor innan han lyckas posta brevet. Men han berättar inget för den övriga familjen. Det känns bara bäst så.

15
Vår 1868

Hostan river i bröstet på honom. För varje dag – och i synnerhet för varje genomhostad natt är Knut allt säkrare på att även han kommer att sluta sitt ynkliga liv som mat till en tågbana, eller alternativt till en hungrig varg.

Knut har länge väntat att han ska bli sjuk, eftersom han i flera månaders tid har forslat bort dem som har dött av diverse sjukdomar. Någon smitta måste man ju helt enkelt få till sist. Och det gjorde han också, en hosta som får hans lungor att rossla och vina likt fåglarna som äntligen ger sig till känna i naturen efter en lång och tröstlös vinter.

Nätterna är värst. Han vill inte hosta utifall att det håller Eino vaken. Men han kan inte heller inte låta bli att hosta, för krampen i bröstet och den kliande känslan i strupen är så svår, att han skulle vilja riva bort både luftstrupen och lungorna för att få lite lugn och ro i sin kropp. Han spottar ut det sega slemmet överallt. Då och då sneglar han i smyg på sina loskor för att se vilken färg de har. Så länge de är obehagligt gröngula, som nu, må det vara. Men den dag de ändrar färg och blir rosa eller röda är det värre, den dagen när han börjar spotta blod.

Men det är viktigt att hållas på benen, för på det torftiga lasarettet dör nästan varenda en. Det vet Knut bättre än någon annan, eftersom han forslar ut döingarna därifrån. Numera har han en ung pojke med sig om dagarna som hjälper honom, då han inte längre orkar bära alla lik ensam. De samtalar väldigt lite, det finns helt enkelt inget att säga. Men Knut brukar klappa den unga pojken på axeln då och då, när han ser att eländet tär för hårt på honom och han faller ner i någon form av miserabel melankoli, istället för att bara ta tag i arbetet som om det vore vilket arbete som helst.

Han lär även pojken att det är viktigt, nästan viktigast av allt, att se till att Saga har det bra och att man aldrig får slå henne, utan bara styra stoet vänligt, men bestämt. Pojken skakar först tvivlande på huvudet, när Knut visar honom hur han ska ta hand om hästen. Liksom alla andra är pojken van vid att bruka allt hårdare tag för att få hästen att lyda bättre varje gång den trilskas.

Knut kan nu se på naturen att de har nått april månad. Snön ligger fortfarande kvar i skogen och nätterna är kalla, men solen ger hopp om vår. Det droppar från taken och fåglarna kvittrar i solskenet.

En dag medan de långsamt lunkar iväg mot en grav, finner han sig själv nynna på psalmen om blomstertiden. Det är nästan som om han känner ett litet hopp om en ny sommar, nya grödor och ett fortsatt liv – om än vagt och blott en kort, kort stund.

Den försvagade hälsan gör honom osäker på hur han ska orka ta sig hem till Runsor. Hela vintern då han har planerat att ta sig hem när vårvädret tillåter, har han räknat med att han är frisk och kry den dag han väl påbörjar sitt äventyr. En sjuk och försvagad man tar sig inte ända hem, då nästan hela vägen sker till fots från sydöstra Finland till västkusten. Men Knut tröstar sig med att han säkert hinner bli frisk innan det är dags, eftersom han måste vänta på att snön smälter ytterligare. Kanske vore det också bra om Saga fick äta upp sig lite på färskt gräs innan de beger sig iväg. Då orkar hon bära honom större delar av vägen, än om hästen är som idag, svag och trött av undernäring.

Eino har fortfarande inte bestämt sig om han ska följa med Knut hem till Runsor, trots att de talar om det ganska ofta.

Det händer att Knut tänker på bilden Eino måste ha av gården i Runsor när han har målat upp en sådan fantastisk historia för honom. De stora fälten som är de bördigaste i landet, skogarna med de ståtligaste tallarna, fiskevattnen som aldrig sinar och kvinnor med former likt älvor som dansar i midsommarnatten. Vem kan väl motstå en flytt till ett sådant landskap? Därför känns det ibland nästan som om det kanske vore bättre om Eino inte följde med honom hem. För sanningen om Runsor kanske inte helt stämmer överens med bilden som Knut målar upp. Hade allt varit så skimrande vackert och fint, skulle väl Knut själv vara kvar där hemma, inte slita vid skelettbanan.

När Knut kämpar för att försöka vakna upp en morgon, känner han att allt inte är som det brukar. Han försöker få upp ögonen, men de bara åker igen. Det känns som om djävulen hade satt sig på hans bröst. Hin onde är så tung att Knut nästan inte orkar andas och djävulen river med sina vassa klor längs lungorna och luftrören, för de svider som öppna sår.

När han alldeles för länge känt djävulens tyngd på bröstet, börjar irritationen rasa inom honom. Den jäveln kommer att ha livet av honom, om han inte låter Knut andas ordentligt snart, kommer han att kvävas. Knut kastar sig från sida till sida så hårt han förmår under tyngden.

"Bort! Stig av mig din jävel!", muttrar han medan han kastar sig i sidled.

Knut känner plötsligt hur någon tar tag i hans handleder och han blir livrädd. Djävulen har bestämt sig för att ha ihjäl honom.

"Nej, hjälp! Hjälp mig!", ropar han så högt han förmår, vilket i själva verket inte är mer än en halvhög viskning.

"Knut, sluta!", hör han någon säga och han försöker åter få upp ögonen.

När han lyckas hålla upp ögonen en liten stund ser han en av de unga sköterskorna som arbetar i det nödtorftiga lasarettet på området. Han har sett henne många gånger under sina likrundor, men han har aldrig talat med henne.

"Pratar du svenska?", viskar han förvånat.

"Ja, jag är svensk, jag hörde att även du är det, när du yrade i feber i flera dagar", svarar hon och ler mot honom.

"Vad jag har längtat efter att få tala svenska", viskar han, men avbryts av en svår hostattack.

"Såja, inte prata mera nu. Du har svår lungsot och hög feber, men vi försöker få dig på benen igen. Men först ska du dricka vatten och vila sedan", säger hon och stryker in en hand bakom hans huvud, lyfter och får honom att dricka.

Nästa gång Knut vaknar, han vet inte hur länge han sovit – om det är timmar eller dagar – känner han sig lite bättre. Eller åtminstone har djävulen stigit av hans bröst. Han ligger och ser sig om en stund. Ingen har noterat att han är vaken, så han får vara ifred. Han känner inte igen någon i rummet, men han minns att han har varit inne och hämtat döda ur sängen han själv ligger i just nu. Tanken ger honom kalla kårar och han inser att han själv mycket väl kan vara den nästa i tur att åka i Sagas skjuts.

Efter en lång stund, eller vad som känns som en lång stund, dyker en sköterska upp.

"Hej Knut, är du vaken?", frågar hon och ser så glad ut.

"Heej", säger han utdraget men förstår ingenting.

"Nämen, känner du inte igen mig idag? Jag antar att det kan vara en god nyhet", svarar hon och formligen lyser av glädje.

Han bara skakar på huvudet till svar.

"Nej, men vad roligt, det verkar som om din feber skulle vara nere nu. Vänta så ska jag känna på dig." Hon lägger en sval och skön hand på hans panna och står så en stund.

"Jag tror att du har lite feber fortfarande, men du är inte så blossande varm som du har varit den senaste veckan", fortsätter hon och nickar.

"Veckan?", upprepar han.

"Ja, du har säkert tappat begreppet om dagarna. Jag är inte helt säker, men jag tror att det var igår du har varit här i en vecka. Du har varit riktigt illa däran och jag trodde att din fina häst skulle få hämta dig när du var som sämst", svarar hon.

"Saga, har du sett Saga?", viskar han.

"Är det din käresta?", frågar hon och ler illmarigt mot honom samtidigt som hon smeker honom över det smutsiga håret.

"Hästen", viskar han och ler trött.

"Ja, hästen, jo den har jag sett. Hästen är med pojken som brukar vara med dig om dagarna. Enligt vad jag kan se går det bra för dem. Han har tydligen haft en bra läromästare."

"Bra, Saga är fin", viskar han.

"Men det har suttit en ung man här då och då, han har pratat finska med dig. Jag vet däremot inte vad han heter."

"Eino, han är min vän", berättar han.

"Siri!", ropar någon i dörröppningen så hon vänder sig om och går sin väg.

"Drick ditt vatten", säger hon högt över axeln medan hon är på väg ut.

Knut försöker orka sträcka ut sin hand och fatta tag om vattenglaset, men den darrande handen är för trött och den faller tungt ner på filten.

Först då börjar han fundera på sin situation. Han är sjuk, full med löss, magrare än förr, helt kraftlös och smutsig. Han måste vara den mest vedervärdiga syn en man kan vara. Och Siri är en söt flicka.

Han ger upp försöken att nå glaset och ligger och slumrar när Eino kommer.

"Ojoj Knut, när ska du vakna?", viskar han till honom, i tron att Knut fortfarande är onåbar.

"Eino, hej!", viskar Knut och Eino springer upp ur stolen av pur förvåning och glädje.

"Knut, helvete! Du är ju vaken!", ropar han högt av glädje.

"Ja, lugna ner dig", ler Knut.

"Nej, jag trodde du skulle dö! Då kan jag inte vara lugn när du plötsligt lever igen", svarar Eino med hög röst medan han nästan hoppar jämfota där han står.

Plötsligt lutar han sig ner över Knut och klappar honom på huvudet som om han vore en hund.

"Ojoj Knut, du har varit så dålig och nu pratar du. Jag trodde Saga till sist skulle få köra iväg dig. Hon skulle säkert ha känt igen dig och vägrat gå till graven med dig", säger Eino och ler från öra till öra.

Då återkommer Siri till bädden. Eino tar tag i henne och dansar ett par varv över golvet med henne.

"Knut lever!" skrattar han högt och Siri tjuter av glädje när han dansar med henne.

"Såja, såja", säger hon och släpper taget om Eino.

Eino går tillbaka till Knut och sätter sig ner. Och till Knuts stora förvåning ser han stora tårar som stilla rinner ner över hans kinder Eino stryker sig tafatt över ansiktet med de fnasiga, röda händerna som ser ut som stora skovlar eftersom han i övrigt är så mager. Hur han än försöker få bort tårarna och hålla tillbaka gråten, lyckas han inte. När Knut sett på vännens smärta en stund, sträcker han ut sin hand och lägger den på hans knä. Då fattar Eino tag om handen och håller den hårt.

Snart drar Eino ett par djupa andetag och återfår fattningen. Männen ser på varandra med blicken fäst i varandras ögon utan att någon av dem viker. Då nickar Knut till Eino, utan att säga något och Eino nickar tillbaka. Det är allt som behövs för att den andre ska känna att han är en älskad vän. En nick som säger allt. Om mottagaren är den rätta, läser vännen in det som sägs utan ord.

Siri har stått tyst bredvid sängen och tålmodigt sett vad som sker. Ögonen är fuktiga och hon snorar lite lätt, men visar i övrigt inte sina känslor. Hon närmar sig sängen.

"Se här, Eino", inleder hon på finska.

"Du tar tag om hans huvud så här och hjälper honom att dricka. Sedan kan du ta tag i honom och försöka få honom att sätta sig upp i sängen en minut eller så. Inte längre för det orkar han inte. Vi måste få upp honom alla dagar, annars blir han försvagad och tvinar bort. Här kan han inte ligga", förklarar hon.

Eino gör som hon visar och Knut dricker djupa, törstiga klunkar av vattnet.

"Imorgon får du lite mat. Du har inte ätit på en vecka nu och om du inte börjar äta dör du av svält", säger hon.

Innan Siri lämnar dem vänder hon sig mot Eino och nickar mot honom.

"Klarar du dig, Eino?", frågar hon.

"Ja, jo, det gör jag väl", stammar han och blir röd om kinderna.

"Du kan komma via mig och säga hej innan du går", säger hon och går ut genom dörren innan han hinner svara.

Eino och Knut stretar en god stund för att få honom att sätta sig upp i sängen. Aldrig hade Knut kunnat föreställa sig att det skulle vara så svårt att få kroppen att lyda. Visst har han varit trött i sina dagar, i synnerhet eftersom han har arbetat i bageriet om nätterna, men att kroppen inte lyder är mer skrämmande än någonting annat han upplevt i sin kropp.

När han väl sitter, om än ostadigt, i sängen och lutar huvudet i händerna slår hjärtat i dubbel takt och det svindlar framför ögonen. Han känner hur han måste spy. Han viftar till Eino och försöker förklara vad han vill, så Eino hinner hiva upp en potta full med piss åt honom. Pisset skvätter över honom och hälften av spyorna missar pottan. När han spytt klart och Eino lagt undan pottan börjar han gråta och faller tungt till sidan ner igen i liggande ställning.

"Ojoj", mässar han för sig själv.

"Sov nu och bli frisk", säger Eino, klappar honom åter på huvudet, bäddar ner honom medan båda männen snyftar hjälplöst. Eino torkar tafatt klottet av sängen med en klut som ligger på ett bord.

Knut somnar snart. Eino lämnar honom och går långsamt ut för att leta rätt på Siri. När han har pratat med henne är han mer nedslagen än någonsin. Knut kommer inte att bli frisk, även om han kan bli lite bättre. Han måste bort från bygget. Men hur ska Eino få hem Knut till den friska luften i Runsor, det är den stora frågan.

* * *

Amalia sitter som vanligt vid sitt arbetsbord och skriver brev till poliser, politiker och siare. Om hon inte är ute och vandrar längs Stockholms gator, ute på sin oändliga runda i sökandet efter sin son Edvin. Hon försöker finna nya rutter för varje dag för att kanske en dag stöta på Edvin, eller någon annan som känner hans öde. Edvin har snart varit borta i två månader. Istället för att sjunka ner i svart melankoli eller våldsam hysteri, har Amalia totalt gått upp i arbetet att finna honom. För hon är alldeles säker på att hon kommer att hitta honom än och att han är vid liv. Hon skulle med all säkerhet känna på sig om han är död och det gör hon inte, så då fortsätter hon att söka och ger inget rum för vare sig sömn eller sorg.

Hennes bror Sture besöker henne nästan varje dag, troligen på grund av någon form av skuldkänslor. Han var ju den sista som såg pojken vid liv och bara avfärdade honom när han sökte upp sin morbror.

"Amalia, du måste släppa det här nu, vi hade hittat honom redan om han var vid liv. Du har letat, polisen har sökt och våra egna väktare har sökt, men vi har inte ens funnit ett spår efter pojken", suckar han. Det är första gången han säger att han anser att de borde ge upp sökandet. Men nu känner Sture starkt att det är dags.

"Ge upp, man ger väl inte upp sina barn Sture? Hur kan du ens säga något så vansinnigt dumt?", utropar hon och stiger upp med sådan hast från stolen att den nästan välter bakom henne.

"Men han finns ju inte här. Jag pratade med polisen och det är fortfarande för tidigt att dödförklara honom. Men polisen vill också sluta leta efter honom, även om de inte gör det så aktivt nu längre. De gissar att han kommer att dyka upp snart, när de sista snödrivorna smälter. Det ligger ju döda, ihjälfrusna och svältoffer lite här och var, så det har förstås inte gått att urskilja pojken från de andra som inte klarat vintern", svarar han, lite hårdare än planerat.

"Men herregud, vad är det du säger!? Och nej, jag kommer aldrig att sluta söka. Polisen gör förstås som de vill, dem kan jag inte bestämma över, men jag ger aldrig upp. Aldrig!", svarar hon med uppspärrade ögon och knutna händer.

"Jag tycker att du borde ta dig tid att sörja honom istället. Man kan inte bara fortsätta som förr när ens barn är försvunnet. Det förstår du väl?"

"Först försvann Carl till sjöss och jag fick aldrig en kropp att begrava. Sedan försvann vårt barn och jag saknar igen en kropp att begrava. Jag orkar inte med det en gång till. Om min pojke är död, ska jag ha en grav att gå till. Annars får ni begrava mig med", fräser hon och vänder ryggen mot Sture.

Han suckar, sträcker handen mot henne och lägger den på hennes axel, men hon rycker till och drar sig undan så hastigt att det ser ut som om hon bränt sig.

"Amalia..."

"Nej Sture, nej har jag sagt, du får ge upp nu. Jag kommer aldrig att sluta leta efter min pojke", svarar hon.

"Men folk har börjat prata om dig, som du beter dig ute längs gatorna, när du går fram till folk med hans bild och ställer samma frågor gång på gång och ofta till samma personer. Du måste sluta med det, och bara gå omkring och se dig om. Men gå inte och antasta folk på det där viset. Snälla?"

"Nåväl, jag kan försöka att inte fråga samma personer, det kan jag lova. Men jag tänker sällan på vem jag frågar", viskar hon uppgivet.

"Tack, försök göra så. Jag vill inte att du ska sluta som intagen på något hospital."

"Nej tack, inte jag heller. Jag går hellre och dränker mig än att bli inburad med galningar. Jag är inte galen, jag har mist mitt barn. Det är stor skillnad på de två sakerna."

"Ja, man kunde ju tro det. Men jag tror tyvärr att det rätt långt är samma sak. Att det ofta är de som mist sina barn som blir galna", svarar han.

Amalia svarar inget på den kommentaren och Sture lämnar henne där hon står.

För ett kort ögonblick är hon frestad att lägga sig ner på sängen och gråta och skrika. Men det skulle vara samma sak som att erkänna att Edvin är borta. Så istället sätter hon sig ner och författar ett brev. Hon vet inte riktigt vem hon ska sända det till. Hon har sänt så många brev till alla hon har kommit på, så nu måste hon nästan börja om.

Först får hon många svar, alla tröstande och fulla med löften om att de ska hjälpa henne att finna sonen. Men nu svarar inte ens alla på hennes desperata förfrågningar längre. Förutom sierskorna, de vill gärna ha mera pengar och lovar ytterligare råd mot mer betalning. Märkligt nog har de alla olika spådomar, ingen spår samma sak.

Hon skriver några rader, sedan stannar pennan upp. Det känns så meningslöst och hon har skrivit samma rader så många gånger. Amalia lägger ifrån sig pennan och går ut istället. Hon vänder mot vänster denna dag. Det får bli varannan dag vänster och varannan höger nu, så får hon se hur långt hon orkar gå.

Det är en ganska ljum och skön dag, våren har nått Stockholm och smeker dess bleka kinder. Efter en kall och snörik vinter smälter det fram både det ena och det andra, sådant som man helst inte vill se. Efter att ha gått längs gatorna i flera veckor vandrar hon nu ganska håglöst omkring. Hon minns Stures ord om bilden och om att fråga folk hon möter. Så idag frågar hon inte någon, i motsats till hur det var förr, då hon har stannat folk överallt och bett dem studera Edvins foto och berätta om de har sett honom.

När hon vandrat en lång stund är hon plötsligt nere vid vattnet igen, hon är inte ens helt säker på vilket vattendrag hon når. Amalia ställer sig vid kanten och blickar ut över sjön. Man ser enbart bleka spår av isen idag, några flak som guppar här och var. Längs kanterna hänger några envisa isrester kvar.

"Carl...", viskar hon mot vattnet och vinden. Hon väntar och lyssnar en stund för att höra om han svarar. Men eftersom han aldrig

har svarat henne förr, hyser hon inget hopp om att han ska svara nu heller.

"Carl, jag har mist Edvin. Är han hos dig? Jag vet inte var han är."

Hon står tyst, länge och väl. Hon känner plötsligt ett behov av att gråta, men pressar undan det med starka sväljningar.

Hon traskar vidare. Nu vet hon vart hennes fötter bär. Hon ska, för första gången sedan Edvin försvann, gå till sin älskade Skeppsholmskyrka. Hon har besökt kyrkan med jämna mellanrum allt sedan hon började gå dit efter att Carl försvann, då hon blev så vilsen i världen. Varje gång hon besöker kyrkan talar hon med prästen som hon lärt känna som Daniel. Han är en mild och god man som fortfarande inte flyttat hem tillbaka till Österlen. Nu behöver hon hans milda blick och kyrkans lugnande inverkan.

Amalia har tur för porten är öppen och Daniel visar sig vara på plats. Hon knackar försiktigt på dörren till rummet där han sitter och skriver, trots att dörren står öppen för besökare.

”Nej, men se fru Amalia, välkommen kära ni”, säger han eftersom de lagt bort titlarna för länge sedan redan.

”Fader Daniel...”, säger hon och sedan bryts rösten.

”Nej men, vad har hänt? Jag har undrat var frun har hållit hus då ni inte besökt mig på så ovanligt lång tid”, säger han och ser frågande på henne.

”Det är illa”, snyftar hon samtidigt som hon sjunker ner på en stol, alldeles som om benen blivit till gelé.

”Men så illa kan det väl inte vara kära vän. Ta nu och berätta för mig vad som har hänt.”

Det tar en lång stund innan hon lyckas använda sin röst, eftersom den förlösande gråten äntligen lossnar inom henne och forsar ut.

Daniel sitter tålmodigt bredvid henne och håller försiktigt hennes hand i sin. Prästen ser inte på henne, utan håller blicken riktad mot deras händer. Han avbryter inte heller, utan låter henne hållas med sin gråt och sin smärta.

Sedan berättar Amalia. Hon berättar allting, både om hur Edvin plötsligt försvann och hur hon sedan har irrat omkring som en galning längs Stockholms gator för att hitta sin son.

”Du förstår Daniel, när Carl, min man dog, då försvann han på havet, så jag har inte haft någon grav att gå till, utan han blev bara borta. Vi har förstås en minnessten, men det är inte riktigt samma sak. Han är inte där. Och nu är det likadant med min son och jag klarar inte av att också han ska försvinna. Därför måste jag hitta honom, jag kan inte ge upp och sluta leta. Jag måste bara få ett avslut på det hela. Helst vill jag ju förstås hitta honom vid liv. Jag tror dessutom inte att han är död och borta, för det känns inte så inombords. En mamma vet väl förstås om hennes barn lever eller ej. Gör hon inte?"

"Det här är ju alldeles fruktansvärt, kära vän. Jag har inte ord nog att trösta dig med och jag känner själv, när jag hör detta, att jag misströstar över Guds mening med allt när dylikt kan hända i våra liv. När oskyldiga små gossar bara försvinner. Jag är så ledsen för din skull. Har Amalia någon som bor hos sig? Amalia hade ju träffat en man, hjälper han er?", frågar Daniel.

"En man, ja tänker du på Oskar? Honom sände jag iväg, vi blev oense. Min bror har varit hos mig alla dagar, men jag är mestadels ensam", suckar hon och tårarna rinner åter över kinderna, men nu är gråten stilla och uppgiven. Mera tårar av ensamhet och uppgivenhet än den häftiga sorgens gråt.

Daniel sträcker ut sin hand och stryker bort en tår med sitt finger.

"Kära Amalia, allt ska du behöva uppleva. Jag vet inte vad jag ska säga annat än att jag hoppas att du finner din gosse. Amalia får gärna komma hit med mig alla dagar om hon vill, så ska vi be tillsammans att Edvin ska hitta hem igen. Om han inte är vid liv så ska vi be för hans själ", viskar han.

"Tack Daniel, jag ska försöka. Jag vet inte riktigt hur jag ska orka, om jag ska vara ärlig."

"Kom med mig", säger han, reser sig och tar hennes hand. Han leder henne in i kyrkan och de knäböjer framför altaret. Sedan knäpper de händerna och han läser en lång och innerlig bön om att Edvin ska komma hem och att Gud ska skydda och bevara honom.

Amalia tiger invid hans sida, men hon sänder ut all sin kärlek och all sin längtan efter sitt barn genom bönens snirklande stigar.

När hon vandrar hemåt är kvällen redan ganska sen. Hon känner sig nästan lite rädd, men aprilkvällen är redan ganska ljus och hon känner sig så mjuk och hoppfull efter att hon har fått tala med Daniel att hon snart glömmer bort att skynda på sina steg. Hon går långsamt och dagdrömmer om hur hon vänder runt nästa gathörn och plötsligt stöter ihop med Edvin. Hon ser framför sig hur han skrattar så att hans fina skrattgropar syns i kinderna och de jämna, fina tänderna blänker. Han skulle säga "kära mor" och ge henne en varm kram.

När hon öppnar dörren till trapphuset tänker hon att han kanske sitter i trappan och väntar på henne. Hon finner hela tiden nya ställen där han snart kommer att dyka upp och mötet är varje gång lika lyckligt. Hon blir abrupt avbruten i sina dagdrömmerier när hon når upp till första avsatsen i trapphuset och går rakt in i Oskar, som står och väntar på henne.

"Vad gör du här!", utropar hon och hon känner genast irritationen resa sig inombords.

"Jag väntade på dig kära fru Amalia", svarar han och böjer huvudet.

"Herr Oskar väntar helt i onödan, jag vill inte ha er här", fräser hon.

"Nej, jag vet det. Men jag har hört vad som har hänt och jag vill komma hit och säga att jag är ledsen. Jag har många män som arbetar för mig. Om fru Amalia vill, kan jag sända ut dem och leta efter pojken. Jag vill hjälpa er helt enkelt, för jag tycker så mycket om er fru Amalia, oberoende av hur det gick för oss två", svarar han och tar hennes hand.

Amalia tvekar en god stund. Hur lite hon än vill ha med Oskar att göra, är det ändå verkligt länge sedan någon har velat hjälpa henne med sökandet. Så tanken är frestande.

"Varför skulle herr Oskar vilja göra detta för mig, jag förstår inte?", säger hon med svag röst medan hon ser ner i golvet.

"Jag sade ju det redan. För att jag är så oerhört ledsen för er skull och för att jag vill hjälpa er."

"Inget annat?"

"Nej inget annat. Men Amalia, tänk på saken så återkommer jag om ett par dagar, så får ni då berätta hur ni vill göra. Ska vi säga så?", föreslår han.

Amalia bara nickar. Det är skönt att inte behöva ge svaret omedelbart.

Hon ryggar undan lite lätt när han böjer sig fram, lägger händerna på hennes armar och kysser henne på kinderna.

"Du är så vacker Amalia, vackrare än någonsin i din sorg", viskar han samtidigt i hennes öra.

Hon kan inte förmå sig själv att svara på hans komplimang, utan drar sig loss och går upp för trappan utan att säga något mer.

När hon satt sig ner i salongen och lagt upp benen på en pall sitter hon länge och väl och dricker konjak, glas efter glas. Husan kommer och hjälper henne i säng när det redan är sent och Amalia sovit i stolen en god stund.

"Edvin?", mumlar hon förvirrat när husan tar tag i henne. Hon drömmer om honom dag och natt.

16
Vår 1868

Förråden är nu tömda. Hur Magda än försöker, så kommer hon inte på några fler konster att ta till, för att trolla fram ätbart av ingenting.

"Alfred, jag tror vi måste äta upp havren som du sparade", säger hon trevande.

"Nej, det kommer inte på tal, aldrig", svarar han.

"Men..."

"Nej, sade jag, hörde du inte det? Äter vi upp den lilla mängden utsäde vi har, så svälter vi en vinter till, det orkar vi inte med", svarar han med gäll röst.

"Men hur ska vi klara oss, vad ska vi äta?", frågar hon uppgivet.

"Du får ta av barkmjölet eller nässlorna, eller något", föreslår han.

"Alfred, jag sade väl redan att allt är slut, jag finner inte på något mer som vi kan äta upp nu. Jag har inget att koka idag", viskar hon.

Han stirrar på henne.

"Men då måste pojkarna och jag gå och jaga. Du och flickorna får gå ut och se om något har börjat växa som går att äta. De där nässlorna brukar ju minsann växa om man vill eller inte", svarar han.

"Men hur ska vi orka gå runt i skog och mark när vi inte har ätit någonting? Det är ju nätt och jämnt så vi orkar gå mellan sängen och spisen", säger hon uppgivet och slår ut med händerna.

"Ja, jag vet och jag har inget svar på det. Men alternativet är att vi antingen lägger oss ner och dör nu eller svälter även nästa vinter", svarar han.

"Men kanske vi kan få utsäde i nödhjälp innan vi skall så?"

"Jo, jag vet, tanken har slagit mig och jag har läst om det, men vi vet ju inte, så vi kan inte riskera att äta upp det och sedan bli utan. Det förstår du väl, fast du är kvinna?", häver han ur sig och skakar på huvudet åt henne.

"Vad sade du nu riktigt?"

"Ingenting, glöm det. Nu går vi ut och skaffar mat", svarar han och vänder på klacken för att gå och göra sig klar för jakten.

Många timmar senare är de åter hemma. Männen har med sig en hare och en stor fågel som Magda inte känner namnet på. Kvinnorna har hittat lite små, späda nässlor, men i övrigt ingenting ätbart ur naturen än. De kokar en vattnig soppa på kött och nässlor som de äter av många dagar framöver.

Återigen suckar Magda när hon matar gamlingarna. De säger inget längre, de gör inget heller, bara gapar, skiter och ligger. Men mat ska de ha annars jämrar de sig och lever till.

Nästa dag är det söndag. Det är Magdas favoritdag för då får hon åka till kyrkan. Till den nya, stora Korsholms kyrka som invigdes för några år sedan. Hon tycker att den är andäktigt vacker och hon är omåttligt stolt över att de har fått en så vacker kyrka till sin egen.

Efter att staden flyttade till Klemetsö och de höga herrarnas stora byggnader, där de sitter och bestämmer, blev klara blev den gamla hovrättsbyggnaden i gamla Wasa överflödig. Hur det nu än gick till, så fick kommunen Korsholm rätt att bygga om rådhuset till kyrka istället för den som brann ner år 1852.

Byggnaden är vit, vacker och välkomnade – även om dess aura av gamla Wasas glansdagar fortfarande får människorna från de små jordbruken och torpen att känna sig obetydliga och grå. Som om de kanske ändå inte riktigt hörde hemma här, även om det numera är Guds hus och en plats för dem alla att samlas på. En plats där de för en stund kan glömma alla umbäranden – förutsatt att de inte är så hungriga att det inte går att glömma den grävande känslan i magen. Eller kanske är de redan så svaga att de inte längre kommer sig fot om fot så långt, att benen skulle bära dem fram till kyrkans dörr.

Denna dag lyssnar Magda till en vacker predikan om våren och grödornas pånyttfödande. Magda kan nästan höra fåglarna sjunga inne i huvudet medan hon lyssnar till allt hopp som kyrkoherden försöker ingjuta i folket, som misströstar och gråter. Men ingen människa har ännu överlevt på fågelsång och vackra ord.

Hon sjunger psalmerna med klar stämma och knäpper sina händer i innerliga böner om lycka och välgång för alla och envar, inte minst för egen familj. Hon torkar någon tår då och då, när det blir alltför stort glapp mellan hoppet och verkligheten. Allt det ryms inom den tid som söndagsmässan tar. Som vanligt sitter hon och ser sig omkring inne i den ljusa, tindrande kyrkan. Hon slutar aldrig att hänföras av rymden till taket och ljuset som strilar in genom de höga, välvda fönstren. Det känns som om hon vore i ett slott med dess förgyllda detaljer.

Efter att de har samtalat med vänner och bekanta utanför på gården, styr de Fjalar hemåt. De kör långsamt för att spara på hans krafter. Alfred stannar till på ett par ställen där gräset spirar i dikeskanten och låter hästen beta bort det, bara för att han i sakta mak ska få vänja sig vid färskt gräs och få tillbaka lite krafter.

"Tror du att Knut lever?", frågar Magda när de suttit tysta rätt länge och sett ut över ryggen på Fjalar.

"Ja, jag vet faktiskt inte vad jag ska tro längre. Inte ett pip har vi hört av honom sedan den dag han reste. Det är väldigt svårt att tolka tystnaden på något annat sätt, än att det har gått illa. Men jag hoppas ju förstås innerligt att han lever och har det bra", svarar Alfred.

"Jag med", svarar hon.

"Kan ni bara vara tysta! Jag vill inte att ni pratar om honom som om han vore död", fräser Lisbet bakpå kärran.

"Nej, men tvärtom, vi hoppas och önskar förstås att han är kry. Du missförstår mig nu, vännen", försöker Magda.

"Nej, ni får inte prata om honom. Bara sluta!"

Magda tiger igen. Hon har förstått att Lisbet svärmar för honom, men hon vet inte riktigt vad hon ska tycka om den saken. Inte för att det brukar spela någon roll vad mamma eller moster tycker om dylika saker.

Nästa dag bestämmer de sig för att släppa ut korna för första gången. Det finns lite gräs i hagen, men det är så kort att det inte går att plocka åt dem. Normalt brukar de ta ut korna långt senare än i slutet av april, men nu kräver omständigheterna att det som anses normalt måste omprövas.

Magda finner att djuren ligger ner, som vanligt. Först arbetar hon med att få upp dem på fötter. De är magra och matta i pälsen, ögonen ser större ut än normalt och blicken är sårad och ledsen.

"Förlåt, förlåt, älskade fina kossor. Jag skulle ha gett er mat, men jag har inget att ge och nu är ni så illa däran", viskar hon åt den svart-vita Hulda-kossan med det milda lynnet. När Magda väl fått ut kon på gårdstunet och de ska gå mot hagen lägger hon sig ner igen. Mitt på gården.

"Alfred, vad ska vi göra?", ropar hon till honom. Han står borta vid vägen och väntar på att de ska komma.

Han går fram till dem och så står de och betraktar kon där hon ligger.

"Vi har två val. Antingen låter vi dem beta här på gården nu tills de orkar gå eller så måste vi lägga kon på en filt och dra henne till hagen om hon inte orkar gå ända dit. Men vi måste få kon att äta", svarar han och ser ledsen ut.

"Nej, inte orkar vi dra en ko, vi som är så svaga själva. Inte orkar Fjalar heller dra. Eller det kanske han gör?"

"Visst skulle väl Fjalar orka dra. Men vad spelar det väl för roll om de får vara lösa här på gården ett par veckor. De kommer ju inte precis att springa iväg eller rymma", svarar han.

"Nej, det är sant. Barnen kan sitta ute turvis och vakta dem."

Magda går runt och försöker riva åt sig de korta, små grässtråna som växer här och där, främst längs väggarna vid uthuslängan.

Hon sträcker fram handen och håller gräset framför mulen på kon.

Hulda blåser och fnyser en stund så gräset fladdrar iväg, men snart sträcker hon ut sin långa, rosa tunga och nafsar åt sig gräset. Till att börja med bara lite försiktigt, men snart vill hon bara ha mer och barnen springer runt på gården och river av det ljusgröna, spirande gräset till henne.

"Nu måste vi sluta eller så sväller magen upp så hon dör av för mycket mat, istället för av svält", förklarar Magda när kon har nafsat i sig flera stora nävar gräs.

De hämtar Aila-kon som är lite piggare. Även Aila får stanna kvar på gårdstunet, men hon går självmant runt och nafsar lite här och var.

De sedvanliga, vårliga krumbukterna av pur glädje över att få komma ut, som korna brukar uppvisa normalt, syns det inget av denna sorgliga vår. Men Magda och Alfred är mest bara glada över att djuren fortfarande lever.

* * *

Knut förstår att han dessvärre dragit på sig smittan när han har arbetat med de döda. Det hade han hela tiden tänkt på, att det var ett farligt arbete. Men nu när han ligger här med lungsoten själv känns det så oändligt sorgligt. Att tänka sig att bli nerslängd i en grop som vargmat och sedan övertäckt med ett tjockt lager sand för att bara glömmas bort i en öde skogsbacke, känns bortkastat. Som om ens liv var så lättförgängligt. Ingen kommer någonsin att besöka ens grav. Liksom ingen besöker hans egna föräldrars gravar ute i den gudsförgätna åländska skärgården. Vi blir lika ensamma i döden som vi var i livet, konstaterar han krasst för sig själv.

När Eino hälsar på nästa gång har Knut väntat länge, trots att det inte var så många timmar sedan han var där senast.

"Du måste hjälpa Saga, hon är allt jag har här. Och du måste ge dig av härifrån, annars dör du här. Du kommer inte att klara en vinter till. Dessutom tror jag att det är lika tungt att arbeta här i hettan med myggen som det är i kölden", viskar Knut till Eino.

"Men vi ska ju åka härifrån tillsammans", viskar Eino tillbaka.

"Sluta, du vet lika bra som jag, att jag inte kommer att lämna det här stället förrän ni får slänga mig bak på Sagas kärra. Du behöver inte låtsas för min skull, hellre kan du prata klarspråk med mig."

"Du har rätt, förlåt. Siri sade faktiskt att de inte kan bota dig, att du har dragit på dig lungsoten. Hostar du blod?", frågar Eino.

"Inte så mycket än, men jo, jag hostar blod ibland. Det kommer att bli värre, har Siri berättat för mig."

"Jag är så ledsen för din skull. Vet du, jag skulle ha kommit med dig hem. Hem till ditt Runsor, det måste vara så fint", säger Eino och ser drömmande ut.

"Ja, jag har längtat hem varje dag och varje sekund jag har varit här i den här jävla skogen. Jag har ångrat så, att jag gav mig av. Och nu kommer jag aldrig att få återse markerna och det hemtrevliga huset", Knut suckar djupt och sluter ögonen.

"Jag vet inte vad jag ska säga, vill du prata med en präst?", frågar Eino tafatt.

"Nej, ingen präst. Fast på tal om präster, så har jag faktiskt tänkt på hur märkligt det är att jag kommer att dö här, grävas ner i ett stort hål och glömmas bort. Ingen kommer någonsin att besöka min grav. Hos oss har vi alltid gått till graven vid Kapellbacken."

"Jag kommer att besöka din grav, ofta. Men kanske du fortfarande har chans att bli frisk?", säger Eino och försöker låta lite uppåt.

"Jag blir inte frisk och ni kommer att avancera framåt med bygget, så då kan du snart inte besöka min grav längre. Och tänk vad många gravar här finns längs med vägen. Du kommer inte ens att kunna skilja den ena från den andra."

"Nå, du får det att låta så trist. Jag ska sätta upp ett märke då. En vacker sten eller ett stadigt kors. Någonting som sedan påminner mig om platsen den dagen jag reser tillbaka från Sankt Petersburg."

"Kanske du kan ta med dig Saga istället då. Jag har lovat stoet att hon ska få flytta och komma till ett nytt, gott hem. Jag sviker ju hästen nu, om hon måste bli kvar här ensam", envisas Knut.

Eino skakar på huvudet.

"Nej, alltså jag vet inte. Vad i hela friden skulle jag ta mig till med hästen? Jag har ju inget stall hemma dit jag kan ta henne där hon skulle få leva lycklig i alla sina dagar, vilka för övrigt kan vara väldigt många", svarar han och ser väldigt kritisk ut när han sedan lägger ett finger över munnen.

Plötsligt somnar Knut och Eino sitter länge kvar och tiger medan tankarna maler i huvudet.

Så dyker Siri upp. Hon lägger en varsam hand på hans axel, men han blir ändå skrämd där han sitter och grubblar.

"Sover han?", frågar hon.

"Ja, han somnade. Före det pratade han om döden, så han vet även själv att han inte kommer att klara sig ur hostandet", svarar Eino.

"Ja, alla vet väl rätt väl vad det betyder att hosta blod", viskar hon och ser på honom. Hon håller kvar handen på hans axel tills han reser sig upp.

Han är nästan huvudet högre än hon när han står upp.

De slår följe mot dörren och just när han ska stiga ut genom dörren tar han hennes lilla hand i sin.

"Träffa mig senare ikväll?", frågar han, röd som ett rönnbär.

Hon rodnar också och nickar.

"Klockan tio bakom stallet där Saga står", viskar hon, drar åt sig handen och skyndar iväg.

Eino väntar länge innan Siri dyker upp, rejält försenad.

"Förlåt", mumlar hon.

Båda två blir osäkra och tafatta.

Eino står och tummar på ett litet, spirande grässtrå som han har plockat bakom huset. Han tvekar innan han tar till orda.

"Jag har tänkt på en sak och då plötsligt kom jag på att jag vill fråga dig också. Allt du behöver göra är säga ja eller nej. Och om du säger nej så vill jag att du glömmer att jag någonsin frågade. Och om någon frågar dig något sedan så vet du ingenting", säger han tveksamt och med pauser mellan orden när han söker vad han ska säga.

Hon ser rakt på honom.

"Nu vet jag inte vad jag ska svara, eftersom jag inte riktigt vet vad du vill veta", svarar hon lågt.

"Men du kan lita på mig", fortsätter hon innan Eino hinner säga något mer.

"Jo, jag kände det på mig, därför står vi här idag."

Siri ser med ens lite ledsen ut. Eino hinner uppfatta hennes skiftning i hållningen och instinktivt förstår han vad den beror på.

"Och för att jag tycker om dig...", fyller han då i och sneglar på henne med ett litet leende i ena mungipan.

Hon rodnar och fnissar till.

"Sluta", ler hon och daskar till hans arm.

Eino tvekar och hon kan se det.

"Du kan verkligen lita på mig Eino, jag hatar det här stället lika mycket som alla andra."

"Jo, jag vet, men min idé är så galen att jag inte ens vet om jag litar tillräckligt mycket på mig själv", säger han.

"Är det så pass?"

"Ja, så här är det. Knut har bestämt sig, för länge sedan, att han ska ta med sig Saga hem, fast hon inte är hans häst, men han älskar stoet så mycket. Och Knut hade tänkt ge sig av med Saga nu när våren är så långt framskriden att det går att ta sig fram längs vägarna och det finns gräs åt Saga. Då skulle han ta sig hem till Wasa på henne, eller med henne, jag vet inte riktigt hur han tänkt", berättar han.

"Jaså, Knut är från Wasa, jag är hemma från Kristinestad, det är inte så långt därifrån. Kanske hundra kilometer längs med kusten", svarar hon.

"Det låter som en underbar idé, men nu kommer inte Knut att orka ta sig hem till Wasa över huvudtaget. Han kan återfå lite krafter, men inte tillräckligt för ett sådant äventyr", fortsätter hon och skakar sorgset på huvudet.

"Men du förstår inte. Knut måste få komma hem. Han har så fin gård och familj där, han har berättat allt för mig, i timtal har han berättat om de gröna fälten, den fina hästen, den familj som tog hand om honom när han var ensam. Och sitt alldeles egna bageri som han har inne i staden. Han har så bra liv där, så han måste få komma hem.”

”Jag förstår inte, vad han gör här om allt är så bra”, mumlar hon och tittar ner på skorna.

”Nej, inte jag heller. Själv har jag inget att gå tillbaka till, därför är jag här. Men han har säkert ångrat sig också.”

”Jag har ingenting att gå tillbaka till heller. Många syskon och en liten torparstuga är vad jag kommer från. Jag vet inte ens om min familj har överlevt sedan jag var tvungen att ge mig av därifrån”, berättar hon dyster.

”Men ska jag säga vad det är jag tänker?”

”Ja, absolut, berätta!”

”Du och jag ska ta hem Knut. Vi tar inte bara Saga utan vi tar även kärran, han får ligga på kärran, så kör vi hela vägen till Wasa. Det får väl ta hela sommaren om det behövs. Du får hjälpa mig att sköta om honom. Så för vi Saga och Knut till hans hem, så får han ligga i en ordentlig grav som någon besöker, istället för att ligga här i en sandgrop i skogen”, säger han ivrigt.

Siri spärrar upp ögonen.

”Säg något då!”, säger han.

”Jag vet inte vad jag ska säga, det låter verkligt farligt. Är det inte stöld om vi tar med oss Saga och kärran?”

”Säkert.”

”Och så skulle vi behöva mycket annat också, filtar, mat, kläder, pengar skulle vara bra förstås – och jag har lite sparat – men det går väl inte att ta. Och lite medicin, eller åtminstone salva att smörja hans bröst med”, tänker hon högt.

”Men skulle du vilja komma med mig?”, frågar han tveksamt.

”Det låter egentligen som ett underbart äventyr, även om vi skulle vara både svaga och hungriga”, ler hon.

”Men nu måste jag gå och lägga mig, jag ska upp tidigt till arbetet”, fortsätter hon.

"Jo, jag med, det finns sand att flytta även imorgon. Men kan du tänka på det, så ses vi här igen imorgon kväll?"

"Jo, jag lovar att tänka på saken, vi kan ses på samma tid och samma plats imorgon, hoppas att jag hinner i tid då."

"Arbetar du hela tiden, om du ska upp tidigt och inte hinner sluta till klockan tio på kvällen?", undrar han förbluffat.

"Jo, vi arbetar hela tiden. De tycker att vi har så lätt arbete när vi inte behöver lyfta tung sand, utan bara sjuka människor", viskar hon och han ser med ens hur trött hon verkar.

Han stryker henne ömt över kinden och deras blick möts för ett kort ögonblick, sedan skiljs de åt.

Båda två ligger sedan och tänker på det som sagts. Trots att de är helt utmattade och både kroppen och huvudet desperat behöver sömn, ligger de och vrider sig en god stund innan de faller i en tung och drömlös dvala.

När Siri går in i det torftiga, tillfälliga lasarettet nästa morgon, sneglar hon genast mot Knut. Han sover fortfarande tungt, men han hostar inte och han ser rofylld ut. Hon låter honom sova vidare och sköter först om de andra patienterna som redan är vakna på grund av sina plågor.

Hon finner även en död patient. Hon vet att den unga pojken och hästen Saga kommer att dyka upp om en stund.

När skjutsen anländer, smiter hon ut.

"Hej Saga, viskar hon till hästen och går fram till henne. Stoet klipper med öronen och lyssnar.

"Vi har Knut här hos oss, han saknar dig", viskar hon och smeker gång på gång hästen över mulen och rufsar lite lätt i manen.

"Du är visst både snäll och fin du Saga. Jag förstår väl att han är fäst vid dig", viskar hon och skyndar sedan tillbaka för att arbeta, så att ingen ska se vad hon gör.

När det är Knuts tur att bli omskött passar hon på.

”Varifrån är du hemma Knut?”, frågar hon oskyldigt.

”Jag är från Åland, men blev ensam och funnen av en man som tog mig med sig hem till en gård utanför Wasa, till en by som heter Runsor. Innan jag kom hit bodde jag inne i Wasa och drev ett bageri, sedan tog allt mjöl slut”, viskar han för att inte anstränga strupen.

”Jag är hemma från Kristinestad. Det är inte så långt från Wasa, kanske bara hundra kilometer längs kusten”, svarar hon.

”Är det därför du kan svenska? Men du pratar också finska?”, svarar han undrande.

”Jo, min mor var svenskspråkig och min far finskspråkig, så vi barn lärde oss båda språken när vi växte upp. Många tyckte det var fel, att de borde ha valt ett enda språk för det är för svårt med olika. Men jag tycker det var bra. Jag är glad att jag kan båda språken, det är en rikedom”, svarar hon.

”Jag har lärt mig lite finska här, men det är svårt.”

”Jag tycker att du pratar bra finska, inte tänka på det nu.”

De avbryts av att han hostar. Hon låter honom hosta färdigt och hon ser att det kommer stänk av blod när han hostar. Hon ger honom en duk att hosta i, så att han kan samla slemmet i den.

När han lugnat ner sig ser han ledsen ut.

”Längtar du hem Knut? Är det fint på er gård?”

”Ja, det är säkert det finaste stället på jorden. Jag var så dum som kom hit, men jag trodde att det skulle vara bra här. Och du skulle se den fina kyrkan vi har, vit och vacker. Och Wasa, som är nybyggt invid vattnet, så många fina hus byggda i rödaste tegel. Och esplanaderna i den nya staden, breda och fina och prydda med gröna lövträd. Det är annat än den här urskogen”. Knut går i ett slag från att se drömmande ut till butter.

Siri måste sedan lämna honom och ta itu med allt annat som väntar, men tankarna maler i huvudet på henne. Om Wasa är en sådan fin stad, kanske hon kunde bo där. Om hon skulle bege sig iväg med Eino och ta hem Knut och Saga och sedan bli kvar i Wasa. Hon känner ingen där, men inte känner hon någon här heller. Hon tror att Wasa är en ganska stor stad, så kanske de har ett lasarett där hon kunde få arbete. Kanske hon kunde bo med Eino, fantiserar hon och rodnar enbart vid tanken på det gemensamma livet. Han är så mager och smutsig nu, att hon knappt ens kan föreställa sig hur han skulle se ut om han vore tvättad och fick ordentligt med mat. Men han verkar vara en bra karl. Tänk att han till och med funderar på var Knut ska begravas, inte många män bryr sig om dylika saker.

Eino har bestämt sig, han ska snart ge sig av. Han har studerat platsen, där Saga och kärran är om nätterna och han har snappat åt sig ett par extra filtar.

Han undrar om det var dumt att fråga Siri om hon vill följa med. Det var bara ett infall han fick när han hörde att hon pratar svenska med Knut och såg hur väl hon sköter om honom. Och så är hon så vacker.

Han bestämmer sig för att åter fråga henne ikväll när de träffas om hon vill följa med. Då måste hon besluta sig. Och om hon inte tänker följa med, så måste hon åtminstone hjälpa honom med uppgiften att få ut Knut ur lasarettet. Han behöver nog hjälp med den saken.

Eino vågar inte ens tänka på vad som skulle hända om han åkte fast med en stulen häst och en svårt sjuk patient. Kanske det ändå vore bättre om Siri inte kom med, på så vis behöver hon inte råka ut för några problem. Men han vill så hjärtans gärna ha henne med sig. Ju mer han tänker på saken, desto mer vill han ha med henne, men han tänker låta henne bestämma själv. Eino kommer varken att tjata på att hon ska komma eller hindra henne om hon bestämmer sig för att följa med.

Den dagen är längre än alla andra. Det känns som om han hinner skyffla mer sand just idag, än han gjort någon annan dag sedan han inledde järnvägsbygget. Han bara väntar på att arbetsdagen ska vara till ända.

När kvällen kommer besöker han åter Knut. Han ser att Siri skyndar av och an mellan rummen och sängarna, men hon kommer inte fram till dem. Han ser dock att hon iakttar dem då och då, för att sedan abrupt vända bort sin blick.

Hans hjärta värker och hoppet sjunker som en sten i bröstet när han ser hur hon beter sig. Han antar att hon har tänkt på saken och insett att det han planerar är galenskap.

När Eino, flera timmar senare, står bakom knuten och väntar på Siri är det inte alls lika roligt och spännande som dagen innan. Tvärtom överväger han att lägga benen på ryggen och smita därifrån för att undvika att höra hennes bortförklaringar. Men han står kvar, han känner att han är skyldig Knut det.

Plötsligt dyker hon upp, han hörde inte ens hennes steg. Han rycker till när hon säger "hej".

"Hej på dig du, jag trodde att du inte skulle komma", svarar han och ser henne utmanade i ögonen.

"Nehej, men hur så?", säger hon förvånat.

"Du undvek oss hela kvällen, visst såg jag ju det."

"Ah, du tänker så. Ja egentligen har du riktigt rätt", svarar hon.

Han bara nickar.

"För ingen får ju misstänka att jag har något med er att göra sedan när vi är försvunna. Om du förstår hur jag tänker", säger hon och daskar i honom.

Eino nästan trillar omkull av förvåning och uppspelthet.

"Kommer du med, gör du verkligen det?", frågar han och kämpar med att hålla rösten låg.

"Ja, dumsnut, jag kommer med! Och jag tänker sedan bosätta mig i Wasa, jag har ingenstans att ta vägen ändå. Knut berättade om den nybyggda staden för mig, så jag tänker att där kan jag väl bo. Hellre det än i Ryssland", svarar hon och ögonen ser med ens hoppfulla ut.

"Jag kan bo i Wasa med dig Siri, vi kan väl kanske bo tillsammans?", frågar han och försöker se nonchalant ut, men det lyckas inte så väl.

"Är detta ett frieri Eino?", ler hon illmarigt mot honom och han rodnar våldsamt.

"Nå, vi kan kanske återkomma till den saken, först har vi ett stort äventyr framför oss", viskar han.

"Hjälp, vad är det riktigt vi ger oss in på", viskar hon tillbaka.

"Du ska se att det säkert går riktigt bra", viskar han tillbaka. Han lägger ut armarna och hon stiger in i hans famn. Så står de länge och väl.

"Vi träffas här igen imorgon, vi måste inleda planeringen", säger han och så skiljs de åt med känslor av allehanda slag som bubblar i bröstet, både förväntan, rädsla och en groende känsla av något varmt.

17
Vår 1868

Nästa vecka inleder Oskar sökandet efter Edvin. Han har samlat ihop nästan alla sina anställda. Så har han ritat upp en karta och ringat in husen, där var och en skall gå in och leta. Allt enligt ett noggrant uträknat mönster. Han kommer även att delta i sökandet själv.

Oskar visar Amalia hur han har tänkt.

"Se här, säger han och visar upp kartan. Först letar vi genom detta område idag, sedan tar vi följande imorgon och så vidare. Vi ska finkamma hela staden, så om han finns här, hittar vi honom, var så säker", förklarar han och pekar med fingret över Stockholms karta.

Hon nickar.

"Men polisen har sökt och vi har letat med våra egna styrkor, men ingen har funnit honom, trots alla hängivna försök. Och om ni finner honom, kommer han förstås att vara död nu". Hon sväljer hårt för att inte brista ut i gråt.

"Jag förstår att ni har sökt väl, men jag är rädd att ingen har ritat upp en så här noggrann karta för sökningen. I så fall är det lätt hänt att man missar ett hus, en gränd eller ett vattendrag", förklarar han.

"Nåjo, så kan det säkert ligga till. Tack för att du gör detta. Jag hoppas att du förstår att jag är tacksam. Jag kan förstås betala er för timmarna ni lägger ner på arbetet också. Se till att skriva upp det, så får vi göra upp om betalningen senare", svarar hon.

"Naturligtvis, jag gör inte detta för pengarna, men om Amalia vill betala blir det förstås som du vill. Och visst vet jag mycket väl, att jag inte har något att hämta hos dig längre. Det slutade så olyckligt för dig och mig, jag vet inte varför det blev som det blev. Jag önskar att vi kunde få börja om", viskar han och vänder sig om.

"Nu ska jag gå och leta, mina män väntar utanför", säger han med ryggen redan vänd mot henne.

"Kommer ni och rapporterar hur det gick sedan?", frågar hon med höjd röst.

"Naturligtvis!"

Oskar har avsiktligt uteslutit huset där han vet att kroppen ligger gömd. Han har inga planer på att hämta hem pojkens lik, men han vill komma i goda papper hos Amalia igen. Nu är ju hindret för deras lycka – och hans rikedom – bortröjt, om än inte riktigt som planerat.

De går runt och knackar på dörrar, och tittar bakom vedtravar och stenar. De söker noggrant, effektivt och försöker verkligen att inte missa en enda fläck.

Varje kväll går Oskar via Amalias bostad och rapporterar. För varje kväll som han berättar att de inte har funnit pojken, blir hon allt mer nedslagen. Hoppet om att han skulle bli funnen hade stigit när letandet inleddes, men nu verkar det åter allt mer osannolikt att det verkligen kommer att ske.

Oskar håller om henne och smeker henne över håret, som om hon vore en liten kisse, och han tröstar henne. Men han aktar sig för att låta henne ana oråd och visa att han har baktankar med det hela. Han vill invagga henne i en falsk förhoppning om att sonen ska bli funnen och sedan få vara hennes största klippa och tröst när han åter inte hittas.

Amalia vankar av och an över golvet. Åter upplever hon dagarna som oändligt långa och plågsamma.

För att få tiden att gå sätter hon sig ner med papper och penna och börjar planera Edvins begravning. Den ska naturligtvis hållas i Skeppsholmskyrkan och Daniel ska vara förrättare. Hon bläddrar i psalmboken och sjunger lite för sig själv, medan hon sitter och väljer vilka psalmer hon vill ha med. Sedan övergår hon till att tänka på blomsterarrangemang och maten som hon vill bjuda på. Det kommer att bli en fin dag. Hon ska göra dagen så fin som möjligt för Edvins skull. Allt för honom.

Men när dagen går mot sin ända, dyker Oskar åter upp och rapporterat att de inte heller denna gång funnit pojken. Trots att hon försökt stålsätta sig mot orden hela eftermiddagen, eller egentligen hela veckan, känns det ändå som om han hällde varm tjära över henne när han berättar nyheten. Det blir tungt att andas, svetten bryter fram, ögonen klibbar ihop och hon orkar inte röra på sina leder. Hon bara sjunker, sjunker, sjunker.

Oskar sitter kvar hos henne en god stund. Han säger ingenting, bara sitter där och hon känner hans kravlösa närvaro och det är skönt att ha någon hos sig.

När ytterligare en timme har passerat reser han sig.

”Amalia, jag måste gå nu, jag är trött och hungrig. Vi fortsätter imorgon, men då är det faktiskt sista dagen som vi söker. Hoppet är inte ute än, med andra ord. Kanske morgondagen blir den dag som för lycka med sig”, säger han och smeker henne över håret innan han lämnar henne.

Hon reser sig inte och följer honom till dörren, som hon normalt skulle ha gjort. Nu tänker hon inte ens tanken.

Amalia vet att de är ute och söker igen. Först tänker också hon gå ut, men hon orkar inte. Efter alla varv hon har gått genom de samma kvarteren, känns det som om de andra nu får göra det. Hon måste lita på dem nu.

Hon ställer sig och tittar ut genom det vanliga fönstret. Hon ser att det nu är vår. Stockholm grönskar, både träd och gräs växer. Det borde vara en skön tid då man gärna söker sig ut för att vända sitt vintergråa ansikte mot solen för att hämta kraft och förnyelse. Men hon ser inget vackert i denna vår. Hon ser bara en oändligt lång och ensam framtid framför sig, utan spirande grönt.

Hon miste Carl, hon miste Alfred och nu miste hon den viktigaste av dem alla, sin egen son.

Det är den sista sökdagen och ingen tror väl att någon hittar pojken längre. Han har blivit mer eftersökt än de allra flesta personer som försvinner. Och vem skulle ens ha haft intresse av att ha ihjäl honom. Så går diskussionerna. Alla tycker att det är en uppskruvad process som den rika och hysteriske modern dragit igång. Amalia tar inte del av skvallret, de elaka tungornas budskap och sladdertackornas hån. Hon så är ensam som få människor kan vara. Den enda som hör av sig längre är brodern Sture. Så när Oskar plötsligt dök upp igen och ville hjälpa henne kändes det nästan som en skänk från ovan. Kanske han ändå finns i hennes liv av en orsak.

Oskar suckar tungt när han inleder sökandet. Han har ett utstakat område som han ska gå. I utkanten av området står huset där han lämnade kvar ungen för flera veckor sedan. Han har valt ut en anställd som han tycker verkar lite enkel i huvudet som den, som letar i området som angränsar till hans eget. Mittemellan deras områden står det övergivna huset. Han vet inte ens varför det är så övergivet, det är högst märkligt egentligen.

Han öppnar dörrar, knackar på och frågar. Kikar in bakom buskar och uthus. Han går in i vedlider, stinkande dass och han går, trots högljudda protester. in i handlarnas lager. Allt för att det ska se ut som om han söker och verkligen vill finna pojken. Att han vet var gossen finns bekommer honom inte det minsta, inte heller att han hade del i saken. Enligt honom får pojken skylla sig själv som dels lade sig i hans och Amalias framtidsplaner, dels att han sprang undan, trots att de inte tänkte skada honom dess mer. Gossen skulle ju snart ha fått gå hem. Och så gjorde han så där. Han var en dum liten unge och det är inte Oskars fel att det gick som det gick. Nu gäller det att få Amalia tillbaka, ungen är ju trots allt ur vägen nu. Även om det förstås kan hända att Amalia inte är lika rolig att leva med, när hon ska leva utan sin unge. Kanske de kan få ett eget barn. Så snurrar Oskars tanka där han vandrar fram längs gatan.

När han når slutet av sin rutt, ser han att det händer något vid huset där pojken är gömd. Först tänker han vända om och försvinna, men inser att det skulle verka väldigt märkligt, så han skyndar sig fram till de andra.

"Vad är det som sker här?", frågar han första bästa person.

"Vi vet inte riktigt, men polisen gick just in i huset", svarar mannen.

"Polisen?", frågar Oskar med hjärtat i halsgropen.

"Ja, alltså de har ju hållit på sökt efter den där pojken i det här området igen och kanske det har något med den saken att göra", spekulerar mannen.

"Det var som tusan!", säger Oskar med spelad glädje.

Han tar trappan upp i ett par steg och rusar in i byggnaden. Först ser han ingen, sedan följer han ljudet – även om han vet vilket rum de troligen befinner sig i.

"Hallå!", ropar han när han kommer in i rummet.

"Ut härifrån, det här är ett polisärende!", säger en av poliserna med höjd röst.

"Ursäkta, men mitt namn är Oskar Vikstam. Det är jag som leder den här sökoperationen och om ni har funnit något av intresse, är det av största vikt att jag är medveten om saken", svarar han och låter viktig.

"Det spelar ingen roll, vi tar hand om allt som berör fallet", svarar polisen och går mot Oskar.

När polisen reser sig, hinner Oskar se en skymt av pojken, som naturligtvis ligger kvar på samma ställe som han lämnade honom.

"Gode gud, det är pojken, ni fann honom!", utropar han då.

"Ja, det är pojken, men det var inte vi som fann honom, utan en person som hörde till er sökgrupp. Ni kan prata med honom, han sitter i rummet intill", suckar polisen.

Oskar skyndar sig iväg.

"Berätta allt för mig", säger han med hög röst när han stiger in i rummet där mannen sitter. Han som inte skulle leta i det här huset.

"Nåväl, jag gick nu bara in hit för att söka. Huset fanns inte på min karta, men jag såg att det är övergivet, så jag ville kontrollera hur det såg ut och säkerställa att vi inte missade det. Jag visste inte om det fanns på er karta, men jag såg att ni inte hade nått så här långt än, så jag gick in", förklarar han.

Oskar skulle vilja bli arg och skälla på honom för att han frångick sin karta, men det skulle verka mycket märkligt, så han håller god ton.

"Tänk så bra att ni tänkte så, jag är så stolt över er! Nu blir nog Amalia glad. Eller nåja, kanske inte glad, eftersom han är död, men hon får i alla fall ett slut på ovissheten och på detta sökandet", svarar Oskar.

"Ja, stackars, stackars kvinna", suckar mannen och stryker sig över ansiktet.

"Jo, hon har lidit alla helvetets kval minsann. Ni ska bli belönad för ert utomordentligt fina arbete."

"Tack herr Vikstam, det blir mycket tacksamt och välkommet. Mina barn behöver skor."

Oskar nickar till svar och går ut ur huset. Med ens är han osäker på vad han ska ta sig till. Om han ska gå till polisstationen, till Amalia eller till sitt arbete. Men så slår det slår honom att han måste gå till träffpunkten de använder, när de har avslutat dagens sökningar. Han knallar iväg. Klockan är fortfarande lite och många kommer att hålla på en timme till, så han går via en källarkrog och dricker en stor, skummande öl.

Medan han dricker sin öl, långsamt och eftertänksamt, sitter han och funderar på framtiden. Hur ska han nu tackla det här med att pojken blev funnen? Hans planer ändras åter.

Det är ganska sen kväll när polisen ringer på hos Amalia. Med sig har de hennes bror Sture.

"Sture, vad betyder detta?", frågar hon förvirrat när husan släpper in dem.

"Sätt dig Amalia", kommenderar han.

Hon går före dem mot matbordet, där slår hon sig sedan lydigt ner, även om hela hon är i uppror. Sture i sällskap med polisen kan väl bara betyda en enda sak.

"Sture?"

"Jaja, vänta lite."

Polismannen bakom Sture harklar sig och stiger fram, han är pionröd i ansiktet.

"Jag är ledsen bästa fru Palmlöf, men dagens eftersök gav resultat och vi har funnit herr Edvin i ett övergivet hus många kvarter härifrån", säger han hastigt. Det går så fort att Amalia nästan har svårt att uppfatta vad han riktig säger.

"Ursäkta, jag förstod inte. Har ni hittat Edvin? Var är han?", Amalia känner sig så förvirrad att hon inte ens blir upprörd.

"Amalia, de har funnit Edvin idag, han är död. Jag har varit och sett honom så du behöver inte göra det. Jag kunde meddela dem att det är Edvin som de har funnit", säger Sture samtidigt som han går fram till henne och tar hennes händer i sina.

"Död, sade du död, Sture?", frågar Amalia. Nu brister hennes ansiktsdrag och hakan darrar.

"Ja, han är död Amalia."

"Nej", viskar hon.

"Ja, det är han. Nu ska vi sätta oss ner tillsammans du och jag, vi ska prata om honom och sörja. Imorgon ska vi börja planera för hans begravning", säger Sture och viftar till poliserna att de ska lämna dem.

Amalia säger inte ett ord, hon har lindat armarna kring sin kropp och vaggar från sida till sida.

Sture leder henne mot salen och placerar henne i en bekväm stol och serverar henne en stor konjak, sedan slår han sig ner framför henne.

"Vet du Sture, jag kände detta på mig häromdagen, så jag har redan planerat begravningen, den är nästan färdig", viskar hon. Hennes blick vandrar ut genom fönstret och upp i himlen ovanför det blåa vattnet. Hon undrar för sig själv hur himlen kan vara så molnfri och blå, när det känns som om den faller ner över henne och kväver henne.

"Nu har jag ingen kvar längre, Sture", viskar hon.

"Du har ju mig", försöker han, men han hör själv hur patetiskt det låter.

Hon reser sig och hämtar texten hon skrivit om Edvins begravning. Amalia läser den högt för Sture. Han avbryter inte henne, utan nickar bara efter varje rad som hon läser upp.

”Det blir bra”, säger han sedan tafatt.

När kvällen kommer reser han sig på ostadiga fötter efter flera glas konjak.

”Jag måste gå hem nu, klarar du dig här Amalia? Jag kommer tillbaka imorgon.”

”Jaja, gå du bara”, säger hon och viftar mot honom. Ingenting spelar längre någon roll. Hon sitter kvar i sin stol när han går.

Bara några minuter efter att Sture gått, hör hon åter dörrklappen och tror att han har glömt något. Så när Oskar plötsligt står framför henne med en ursäktande husa bredvid sig, blir hon väldigt förvånad.

”Oskar, vad gör du här?”, frågar hon. Meningen är att rösten skall låta skarp, medan den med nöd och näppe bär.

”Jag ville bara hålla om dig”, svarar han och kommer fram emot henne, men Amalia orkar inte resa sig. Istället sätter han sig då bara ner framför hennes fötter och lutar sitt huvud mot hennes ben.

”Stackars, älskade lilla Amalia. Jag är så ledsen för din skull. Det här är nog det värsta jag har varit med om och då är han inte ens min son”, viskar Oskar.

Hans ord får Amalia att för första gången brista ut i häftig sedan hon fick det hemska budet. Äntligen någon som förstår hur oöverstigligt svårt detta är. Efter en stund övergår hennes gråt i ett ljud som låter närmast som ett ylande.

Oskar känner för första gången sedan olyckan något som liknar skuldkänslor. Amalias yl kryper innanför skinnet på honom. Han kan för första gången i sitt liv känna en förnimmelse av den grymhet som dödens käftar besitter och den påverkan de har på människor vars älskade de slukar.

***

Snart är det dags att så. Alla vårens tecken tyds ett efter ett. Isen, löven, fåglarna och temperaturen följs i minsta detalj. Alla minns förra våren lika väl som de minns smaken av det sista de åt före en häftig kräksjuka. Turligt nog följer denna vår inte samma spår som den gjorde år 1867.

Alfred sitter på en tunna och tittar på den ynkliga mängd utsäde som de har denna vår. Nästa dag säljer de äntligen utsäde inne i staden Wasa, eller Nikolajstad. Alfred har inte besökt staden på hela vintern. Han har inte haft något ärende till staden, som ändå inte har något annat att erbjuda än tomma hyllor. Hans häst hade inte orkat gå de tio kilometerna dit som krävts, på den ynkliga matranson som hästen fick i vinter. Men nu har Fjalar ätit lite gräs alla dagar och är förhoppningsvis lite piggare och klarar av färden.

Aldrig hade Alfred kunnat föreställa sig att frosten i september skulle bli en sådan halshuggarnatt som den blev. Människorna runt omkring dem har dött i drivor. Uthungrade, sjuka och ihjälfrusna. Och ingenting har han kunnat göra åt saken. Han har stått i brödköerna precis som alla andra och de har delat på de ynkliga små ransonerna de har fått, men han ser på sig själv och sin familj hur hungern har slitit ut dem, hur barnen är hålögda och grå. Ingen pratar och skrattar längre och händerna skakar, när de sträcker fram dem över matbordet för att ta åt sig av de små smulorna som erbjuds.

Alfred stryker hastigt bort ett par tårar som tränger sig fram. Det är ingen idé att gråta, det hjälper ingen. Han måste bara se till att få hem utsäde. Han har inga pengar att köpa utsädet för, så han har varit tvungen att ta lån. I morgon på morgonen ska han kvittera ut pengarna och sedan köpa utsädet för de lånade pengarna. Alfred har ända fram till denna dag klarat av att driva sitt jordbruk utan skulder. Men nu finns det inte längre några andra utvägar. Det känns som ett stort nederlag och en pinsam skam, att vara tvungen att krypa till korset och betala för att äta från egna marker.

Han har inte berättat hur det ligger till för Magda än, men han inser att han måste göra det. Med tunga steg går han in i stugan och sätter sig ned bredvid henne, där hon sitter invid bädden med de gamla.

"Magda, jag måste berätta en sak", inleder han.

Hon rycker till och förstår direkt att det är något utöver det vanliga som trycker honom.

"Ja?"

"Jag ska till stan imorgon och hämta hem lite utsäde. Jag hoppas att jag hinner få något innan det tar slut."

Hon verkar andas ut.

"Men vi har ju inga pengar att köpa det för, så jag har varit tvungen att ta ut ett lån. Vi måste inleda avbetalningen av det sedan", fortsätter han.

Magda bara nickar och tiger.

"Hörde du vad jag sade?", frågar han irriterat.

"Klart att jag hörde, vad vill du att jag ska svara på det då? Alla andra gör likadant. Det är skuld eller död som gäller hädanefter. Vi har ju klarat oss länge. De flesta har redan i flera år haft skulder på utsädet", svarar hon bitskt.

"Nåväl, jag hade tänkt att vi skulle klara oss i fortsättningen med."

"Kanske vi kunde ha ätit av havren som fanns, eftersom du nu ändå kommer att köpa utsäde?"

"Nej, absolut inte. Det går bara att köpa vete nu, de säljer inte ens havre. Tänk vad bra att vi har så mycket att vi kan så själva". Nu håller Alfred på att bli arg. Det var då ett evigt tjatande.

"Jaja, men du ska till Wasa imorgon då?" Hon inser att det är dags att lägga ner diskussionen.

"Jo, jag åker tidigt på morgonen. Kanske du följer med?", frågar han i ett försök att lätta upp stämningen mellan dem.

"Jag vet inte, jag ska tänka på saken och säger hur det blir innan vi går och lägger oss."

Nästa dag åker de iväg, tidigt på morgonen. Fjalar verkar ganska pigg på att komma ut och trava längs vägarna. Både Alfred och Magda är upplivade av tanken att se den nya, fina staden i vårlig skrud, även om deras ärende inte är odelat positivt.

Medan Alfred går in på banken, med mössan i handen och hakan lågt ner mot bröstet, väljer Magda att sitta kvar i kärran. Hon känner sig med ens så lantlig och ful. Kvinnorna som bor i staden har kläder som ser mycket modernare och nyare ut, än hennes egna, gamla, svarta paltor. Hon har inte haft råd med nya kläder på flera år. Alla pengar till kläder har gått åt till att hålla barnen klädda och skodda. Hon väljer att titta bort istället för att stirra på damerna som svassar förbi.

Hon trodde att Alfred snart skulle komma tillbaka, men det dröjer så länge att hon blir orolig att de ska missa auktionen. Efter att ha väntat i vad som känns som en evighet, öppnar hon försiktigt dörren till banken och stiger in. Det visar sig att Alfred långt ifrån är den enda som är ute i samma ärende denna dag. Eftersom de är många som behöver köpa utsäde, så får han vänta länge på sin tur. Men nu är han snart klar.

Alfred får sina pengar och sina papper och bugar omständligt innan han backar ut ur kontoret, där bankiren tog emot honom.

När de väl har stigit ut genom dörren, tar han stora kliv och hivar sig upp i kärran.

"Skynda dig", hojtar han och tittar otåligt på Magda som är lite långsammare.

De kör sedan i en våldsam fart mot torget där auktionen hålls. Det visar sig att den är i full gång.

Alfred försöker genast ropa in säden. Han blir överbjuden flera gånger, men till sist får han tag i ett parti med några säckar som han ropar in.

Magda hinner bli nervös innan han kommer till skott.

När de åker hem är lasten tung, Fjalar trött och Alfred och Magda tysta och utmattade.

"Var ska vi ta pengarna till betalningen?", frågar Magda efter en lång tystnad.

"Jag vet inte, jag har faktiskt ingen aning", svarar han utan att låtsas som om allt ska bli bra. För det är han inte alls så säker på det själv heller.

När de kommer hem och han börjar lasta av, tar hon en hink och den välbekanta kniven och vandrar ut i skogen. Det är vår och på våren måste man ta vara på barken som ska torkas för att malas till barkmjöl. Det finns bara en sak hon hatar mer än bröd bakat på bark och det är att inte ha bröd alls på bordet till sin familj. Hon har sett vad svält gör med människorna och det är inte vackert.

18
Tidig sommar 1868

De har inte invigt Knut i sina planer än, trots att allt är närapå klart. Knut ligger kvar på lasarettet, mest för att ingen vet vad de ska göra av honom. Han är inte arbetsför, men har inte heller vett att dö och ge bättre behövande sin bäddplats.

Siri sköter om honom varje dag och hon frågar om hans hemtrakter varje kväll, medan hon gör honom klar för natten. Hon njuter av att höra om Wasas glittrande vatten, den vänliga svenskspråkiga befolkningen, de vidsträckta fälten och djupa skogarna. Det han berättar påminner henne om hemmet i Kristinestad, men i större skala. Kanske hon kan få arbete på lasarettet ute i det gamla Wasa som brann. Hon berättar inte för Knut anledningen till att hon frågar om staden, men han piggnar alltid till av att tala om de älskade platserna.

En kväll när hon frågar om hemmet börjar han berätta om Åland.

"Du ska veta Siri, att det finns inget så vackert som de åländska, röda klipporna. När jag kom upp till Wasa och såg deras grå stenar och klippor, var jag tvungen att känna på dem för att ta reda på om de kändes likadant som de röda. Jag hade aldrig sett så grå stenar i hela mitt liv. De är så trista och fula jämför med de röda. Har du sett röda klippor, Siri?", frågar han.

"Nej det har jag inte. Jag visste inte ens att det finns sådana. Vi hade också bara grå stenar där jag rörde mig hemma. Är de röda så som blod eller hur ser de ut?", hon stannar upp och måste tänka efter medan hon talar.

"Nja, inte egentligen. De är mera ljust röda och de glittrar så vackert när solens strålar träffar dem. När klipporna översköljs av vågorna blir

de rödare än när de är torra. Det är så vackert. Men inte kommer jag att
återse de röda klipporna heller. Det jag skulle få se under min tid har jag
nu sett och jag tror det är mer än vad många andra får se under sin livstid,
så jag ska vara tacksam. Jag har ju ändå inte hunnit bli någon särdeles
gammal man."

"Du hinner säkert se saker än...", försöker hon trösta, men tystnar på
slutet av meningen.

"Egentligen är det mest bara en sak jag önskar att jag hade fått se, något
som jag känner fattas mig mest", säger han.

"Vad?"

"Jag önskar att jag hade fått se min familj. Se min fru i ögonen och
smeka mitt barns hår, men det har inte livet gett mig", svarar han lågt.

Siri svarar inte, hon smeker bara hans trötta kind och nickar.

När kvällen kommer och Siri och Eino träffas bakom hörnet har hon
bestämt sig.

"Nu är det dags, vi måste åka nu så att Knut hinner hem", säger hon
häftigt direkt han dyker upp.

"Har det hänt något?", frågar han förvånat.

"Nej, eller jo. Inte egentligen, men jag hör på honom att det är dags",
svarar hon.

"Okej, vi har dragit ut på det onödigt länge ändå, så jag håller med.
Inte i natt, men nästa natt. Se till att du har allt klart så att vi bara kan
packa kärran, bära ut Knut och köra iväg. Vi ses imorgon kväll och kollar
det sista", svarar han.

"Absolut, jag har varit klar ganska länge rent praktiskt, men inne i
huvudet är jag rädd och feg. Men nu måste vi bara göra det här. Jag ser
inte hur vi kan vänta längre. Vi har nyss fått vår lön och har lite pengar,
jag har samlat på mig mat, medicin och lite redskap. Vi är redo", svarar
hon.

Eino och Siri träffas klockan ett på natten. De har lindat in alla sina
ägodelar i filtar. Varje steg de tar är planerat.

De går fram till kärran, som står invid stallet och slänger upp sina saker där. De gör en hastig bädd åt Knut. Först tar de halm som de brer ut på kärrbottnen, sedan en filt över och en filt bredvid att dra över Knut. Maten och annat som de har med sig, ligger inlindad i filtarna på kärran.

Mest spännande är det att gå och hämta Saga eftersom de inte vet om någon finns i stallet och hur hästarna ska reagera.

De hör bara lugna ljud från hästarna när de smyger in i stallet. Flera hästar står tillsammans. Vissa står helt stilla, någon ligger ner och någon står och tuggar. Ingen av dem reagerar på människorna som går bakom dem, utmattade som de är. När de når Saga, lyfter hon på huvudet, men ger inte ifrån sig något ljud.

"Hej Saga", viskar Eino och han får ett litet fnys till svar.

Lugnt och metodiskt inleder de arbetet. Stoet följer villigt med dem ut. Ljudet från hovarna låter som skott i natten där de smyger fram och Eino spänner sig så våldsamt att han nästan brister.

Medan Eino spänner för hästen framför kärran går Siri till lasarettet. Hon vet att ingen arbetar där just nu, för deras patienter måste klara sig själva några timmar alla nätter. Men hon vill inte avslöja sig och måste därför undvika att väcka de andra patienterna.

Hon säger inget utan ruskar Knut försiktigt i armen. Han sover lätt och öppnar ögonen nästan genast. Hon håller fingret för munnen, så han säger ingenting.

Hon tar fram hans kläder och börjar klä på honom. Knut lyder utan att säga något eller streta emot. När Eino smyger in sitter de båda två på Knuts sängkant och håller varandra i handen. Knut andas tungt. Eino lyfter upp honom i sina armar, inte utan besvär eftersom Eino är både mager och utarbetad, men det går. De försöker gå så tyst som möjligt mot utgången, men vid ett tillfälle tar Knuts fot i en dörrpost och smällen verkar låta lika högt som när ett hav av människor klappar i händerna. Först stannar de upp och nästan fryser till is av rädsla. Men när ingen säger något eller rör på sig, fortsätter de. När de väl kommer ut på gården kan de gå lite fortare. Knut säger fortfarande ingenting.

När de kommer fram till kärran förstår han allt.

”Saga”, viskar han och sträcker ut handen. Eino stannar till så att han får stryka henne över mulen.

De installerar Knut i bädden bak på kärran. Han får flera filtar över sig och Siri pysslar om honom så att han ska ha det bra.

”Åker vi hem?”, viskar han.

”Ja Knut, nu åker vi hem och Eino och jag följer med dig. Vi tänker bosätta oss i Wasa, så bor vi nära varandra. Och Saga kommer med, så får hästen bo på din gård”, viskar hon tillbaka.

Tårarna rinner ner för Knuts kinder.

”Tänk om jag inte lever så länge, men det gör inget. Saga får ändå komma hem, lova att köra mig dit om jag dör på vägen”, viskar han tillbaka och snörvlar.

”Jag lovar, men det ska säkert gå bra. Jag är säker på att det går bra”, viskar hon. Sedan hoppar hon upp på kuskbocken bredvid Eino och så rullar de iväg på sitt livs äventyr.

Eftersom det redan är juni är den finländska natten ljus och magisk. Det är dock en mulen natt så de har lite skydd av mörkret ändå. Det är tyst längs vägen där de åker fram. Då och då kör de förbi någon stackars trashank som långsamt och plågsamt traskar fram längs vägen. Dessa människor har dock så fullt upp med att orka överleva, att risken att de lägger märke till ekipaget som passerar dem i maklig takt, är obefintlig.

Knut ligger med vidöppna ögon. Han ser björk efter björk blinka förbi där han ligger. Den ena avlöser den andra, för att snart bytas ut till mäktiga, mörka tallar när de kör djupare in i skogen. Efter en stunds umgänge med träden i den vaggande takten och med Sagas lugna klapprande i öronen blir han sömnig och tänker att han ska blunda en kort stund bara. Så han somnar och sover den bästa sömn han har han upplevt på väldigt länge och han drömmer om midsomrarna i Runsor. Knut orkar inte oroa sig för hur de ska ta sig hem, hur de ska hitta, hur långt det är kvar och allt annat praktiskt.

Eino och Siri ser sig om hela tiden. De är så på sin vakt att det nästan pirrar i huden på dem. Än kör de i skydd av nattens lugn och de nyfikna ögonen går att räkna på tio fingrar än så länge. Men inom några timmar kommer arbetarna och förmännen att vakna till liv. Ju längre borta de är från bygget vid den tiden, desto bättre.

Nu kör de än så länge längs med den uppbyggda banvallen, men snart hoppas de kunna vända bort från bygget och köra in mot landet. De har tänkt sig att först ta sikte på den stora staden Tammerfors först, för att sedan köra mot nordväst. Om det bara går att undvika, vill de inte köra in till Riihimäki, där det stora kontoret finns och där tågbanan har sin början. Några småvägar vågar de inte svänga in på, så de fortsätter att följa vägen längs vallen. Det skulle vara katastrofalt att behöva vända om och köra tillbaka.

”Känner du igen dig?”, viskar Siri, efter att de har kört länge och väl.

”Nej, faktiskt inte. Jag minns inte längre var bygget befann sig när jag kom hit. Det var vinter och då ser det så annorlunda ut”, svarar Eino.

Efter att de har kört långsamt en god stund, det känns som flera timmar, ser de att det rör sig folk längs vägarna. Saga går nu allt långsammare och både törsten och kissnöden är vid det här laget stor.

”Vi borde ta en paus”, säger Eino.

”Jo, jag vet, men det känns som om jag bara ville allt längre bort utan att ha tid att stanna upp”, svarar Siri och stryker sig nervöst över hucklet.

”Sant, men det går inte länge, Saga måste få vila, vi måste se till Knut och äta lite”, svarar han.

Han ser en ganska stor skogsglänta framöver, marken är jämn och gräset grönt och högt så han styr in mot skogsbrynet och ställer ekipaget i solen med ett par björkar som skydd för insyn.

”Det här är perfekt”, säger han med ett leende.

Siri nickar och ler tillbaka. Hon sträcker ut sin hand mot honom och han kramar den ömt.

”Det går bra ska du se”, viskar han.

Sedan hoppar de av kärran och springer iväg mot skogen för att lätta sig.

När de kommer tillbaka till kärran sitter Knut och ser sig omkring. Han ser utvilad ut och kinderna har fått färg.

"Hej!", hälsar han med ett stort leende.

"Nä, men hej på dig du gamle vän! Roligt att se att du ser så pigg ut! Nu är vi på gång minsann! Du ska se att du snart är hemma igen. Saga sköter säkert om att vi kommer oss fram i rödaste rappet", svarar Siri och klättrar upp till honom på kärran.

Eino kommer tillbaka efter en stund och han ser lika glad ut även han av att få se Knut sitta upp i kärran.

"Eino, du måste hjälpa mig ner härifrån och till skogs, jag är så nödig", hojtar Knut till honom.

Medan Saga betar av gräset tar vännerna för sig av den torftiga maten de har fått med sig.

"Så, hur kom ni på det här och vad tror ni händer när de märker att vi har försvunnit?", frågar Knut.

"Det var Einos idé, men sedan har planen växt fram emellan oss under en tid. Vi har planerat och samlat på oss det vi behöver, det var riktigt trevligt", säger Siri med ett stort leende.

Knut hinner notera den varma blicken som hon ger Eino. Han blir varm inombords när han förstår hur det ligger till. Han unnar dem varandra av hela sitt hjärta.

"Men vad som händer, det är en bra fråga. Jag vet inte ens om de är så vettiga att de lägger ihop oss alla tre, eller fyra om vi räknar med att Saga också har rymt. Jag har inte uppgett någon adress och vi är väl kanske på väg nu till den enda adress som de har på oss tre. Vem vet, kanske polisen dyker upp i Runsor någon dag", suckar Eino.

"Nåväl, de får dyka upp där då. Jag kan gå och gömma mig... om jag ens lever längre den dagen". Knut viskar fram slutet på meningen.

"Det är klart att du lever Knut, sluta nu", replikerar Eino. Han låter lite vass i tonen.

Siri säger ingenting.

De packar ihop efter ett par timmars vila och Knut envisas med att sitta upp i vagnen.

"Jag vill ju se mig omkring, förstår ni väl", fräser han när de försöker få honom att lägga sig ner. Han känner sig redan mycket piggare än när han låg i sin skitiga säng dag ut och dag in.

Så vänder de ut på vägen igen. Gruppen möter ständigt folk på väg mot bygget. De tre diskuterar att de borde varna dem, men kommer fram till att det är upp till var och en att se det med egna ögon och prova på. Kanske arbetet vid skelettbanan passar någon.

De möter även ett par ekipage som ser ut att komma från kontoret och spänningen stiger genast. Men å andra sidan är det helt omöjligt att herrarna som kommer från Riihimäki-hållet skulle veta att de har rymt från bygget.

"Är det någon av er som har tagit reda på hur vi borde ha gjort för att få lämna bygget utan att behöva rymma?", frågar Knut plötsligt.

Siri och Eino ser på varandra.

"Alltså, nej, men jag har hört att det är lite svårt", säger Eino tveksamt.

"Men är det inte bara att anmäla att man slutar och så får man lön för det man har arbetat?", frågar Knut.

Eino rycker frågande på axlarna.

"Men då hade vi inte kunnat ta Saga och kärran och utan kärra skulle du inte ha kunnat följa med", säger Siri och låter lite stolt.

"Det är sant. Vi hade inte heller haft råd att köpa hästen eller kärran, så då skulle allt ha runnit ut i sanden. Men vi kunde ju ha avslutat arbetet och tagit hästen sen", försöker Knut.

"Nåja, du har väl inte arbetat på länge ändå", muttrar Eino surt. Han som är så stolt över det han gjort och nu ifrågasätter Knut det hela.

"Förstå mig inte fel, jag är gudaglad över det ni har gjort, men jag undrade bara."

Diskussionen rinner ut i sanden för det finns inte mycket mer att säga.

När de har kört någon timme kommer de fram till ett rätt stort vägskäl. Det kommer folk med häst från avtagsvägen till höger och Eino lägger upp ɔin hand och frågar på finska.

"Vi ska mot Tammerfors, är det här en bra väg dit?"

"Jo, det går bra att ta den här då. Men du kommer först till Tavastehus, så fråga efter den staden nästa gång. Sedan är det lätt att hitta från Tavastehus till Tammerfors", svarar mannen på kuskbocken.

Eino styr in Saga på den nya vägen och det känns genast bättre. Nu är de inte längre på samma väg på vilken alla färdas till och från järnvägsbygget.

Efter en stund hasar Knut ner mellan filtarna och lägger sig bekvämt. Han ligger och känner efter innan han somnar. För första gången på länge känner han sig tillfreds, trots att han är sjuk och hostan kittlar i bröstet. Knut undrar vad Alfred och Magda ska säga när han kommer hem och de inser hur sjuk han är. Kanske de vänder iväg honom när de förstår att han bär smittan. Och va ska Lisbet säga? Vilken besvikelse han kommer att bli för henne. Eller egentligen, vad vet han? Bara för att han har längtat efter henne, betyder det ju inte att det är ömsesidigt. När han somnar ser han hennes söta ansikte framför sig, vaggad till rytmen av Sagas trygga steg som stadigt och fast för honom hemåt. För varje steg hon tar, kan han sova gott och känna ett litet uns av hopp inför framtiden. Om än väldigt lite.

Eino och Siri följer vaket med allt de ser längs med vägen, bägge två livrädda för att någon ska känna igen dem och vilja stoppa dem.

"Borde vi stanna snart och hitta ett ställe där vi kan stanna över natten?", föreslår Siri efter att de har kört i vad som känns som till världens ände, med tanke på hur bakändan känns. Saga har också saktat in märkbart igen och hennes huvud har sjunkit längre ner av trötthet.

"Jo, du har visst rätt. Kan du hålla ögonen öppna längs med vägen. Kanske vi kunde hitta en övergiven lada eller en dunge som liknar den vi stannade vid förr", svarar Eino genast.

Så kör de vidare. De har svårt att besluta var de ska stanna och det drar ut på tiden.

"Nu orkar jag faktiskt inte länge Eino, nu måste du bara bestämma dig", säger Siri slutligen.

Eino nickar uppgivet.

"Mmm", svarar han.

När de kört genom en skarp högerkurva uppenbarar sig en skogsglänta, alldeles övergiven och på väg att växa igen. Eino styr av vägen och in mot gläntan.

De lämnar kärran bakom en lada som håller på att falla ihop, lösgör Saga och går in i ladan för att rekognosera. Den är liten, lutande och rank men det finns lite gammalt hö kvar och det bor inga djur där, så de bestämmer sig för att övernatta i den.

"Knut", säger Siri för att väcka upp honom.

Han vaknar och känner inte igen sig så det tar några ögonblick innan han kommer ihåg vad som sker och ler mot henne.

"Hej Siri, var är vi?"

"Jag har ingen aning Knut, men jag hoppas att vi når Tavastehus imorgon, men det vet jag inget om. Vi har gjort så gott vi kan", svarar hon.

"Det är klart, dum fråga!"

"Vi ska sova inne i ladan", säger hon och pekar.

Knut nickar och visar tumme upp. Samtidigt kravlar han av kärran, långsamt och omständligt.

De tuggar i sig en bit salt kött, ser till att Saga är tryggt bunden och lägger sig för att sova, totalt utmattade efter en natt utan sömn och den enorma anspänningen de levt med under dagen.

* * *

Amalia har ingen aning om hur begravningen plötsligt är arrangerad. Hon har ett vagt minne av att hon har valt blommor, kista och sådant, men hon är inte helt säker på om hon drömde så livfullt om förberedelserna, att de känns verkliga, eller om hon faktiskt har utfört dem.

Klädd i svart från topp till tå och krönt med en hatt med svart flor över ansiktet, står hon åter längst framme i Skeppsholmskyrkan. På samma plats som hon stod tillsammans med Carl för en evighet sedan. Det var en lycklig dag. Hon har inte haft många sådana dagar i sitt liv. Och nu lär inte eländet och den svåra längtan bli ett dugg lättare att leva med.

Prästen Daniel leder begravningen. Amalia vet inte hur det går för honom. Hon vet inte om han talar fint och sjunger rent. Hon reser sig inte på de rätta ställena, hon sjunger inte och hon knäpper inte ens händerna vid bönerna. Hon sitter där, i den hårda bänken, rak som en altartavla och stirrar framför sig med oseende ögon. Hennes bror, Sture, försöker flera gånger få henne att följa med i ceremonin, men han ger upp.

Amalia sitter och försöker omfatta att hennes lilla Edvin finns i kistan som står framför henne. Att han ligger där och kanske ser ut som något som liknar en mumie. Och hon som trodde i sitt hjärta att han levde. Det säger mycket om hennes dåliga moderskap. Att hon inte känner i sitt hjärta hur hennes enda barn mår, eller vet om han lever eller är död.

När det är dags för dem att gå fram till kistan, måste Sture och hans fru nästan släpa henne emellan sig. Hon gör sedan inget, står bara där och hänger, oförmögen att se på begravningsgästerna.

Plötsligt reser sig alla och hon ser att någon bär iväg med Edvins kista. Amalia får god lust att skrika till dem att de ska ge fan i att lägga sig i det som pågår. Men hon orkar inte ens knysta något. Hon staplar iväg bakom kistan, ut på gården, åter stödd av sina närmaste.

Så står hon snart framför ett svart hål i marken. Det ser ut som öppningen till helvetet. Hon väntar sig att det ska spruta eld ut ur hålet. Hon försöker skaka på huvudet. Ingen lägger märke till hennes skakande, eller så tänker de bara att hon blivit galen.

När hon ser att männen på fullt allvar tänker sänka ner hennes älskade son i det svarta, gapande hålet brister det för henne. För första gången under hela begravningen väller känslorna fram.

"Nej, nej, nej, inte där! Vem har gett er lov att lägga honom där?", viskar hon.

Ingen tar någon notis om hennes mumlande.

"Sluta, ni får inte", säger hon med lite högre röst och de som står intill henne vänder på huvudet och ser frågande på henne. Men ingen gör något.

Hon tar några steg framåt. Plötsligt får hon för sig, att hon själv måste stoppa dem då ingen gör någonting, utan bara låter det ske. Så hon tar ytterligare några snabba steg och grabbar tag i ärmen på mannen som står närmast henne. Han håller på att sänka ner kistan i graven. Mannen tappar balansen eftersom han är totalt oförberedd på det som sker. Kistan gungar till och en av männen släpper ur sig en tanklös svordom.

"Sluta! Där kan han ju inte vara, det ser ni väl", säger hon högt med brusten röst och vild blick.

Samtidigt når Sture henne och tar henne ömt i sina armar och leder henne tillbaka till platsen i ledet.

"Sture, de sänker ner honom i helvetet", viskar hon.

Då kommer Daniel fram till henne och viskar i hennes öra, eftersom han hört vad hon sagt.

"Kära vännen, lilla Edvin är nu hos Gud. Han blir nersänkt i vigd jord och han kommer att vila i den djupaste frid som finns hos sin gode fader. Du kan lita på mig, för jag har själv gjort arbetet och Herren tog emot honom", viskar han.

"Men...", försöker hon invända.

"Det finns inga fler men, Amalia. Han blev äntligen funnen och fick friden som han har sökt så länge efter. Nu är allt väl, även om han fattas oss i livet. Men hans själ är i ro och platsen här under linden där han kommer att vila bredvid sin fars minnessten, är den vackraste på hela gravgården. Vi kan ses här varje dag och be en bön tillsammans, om du vill", fortsätter han.

Amalia bara nickar och tårarna rinner stilla ner för hennes kinder och droppar ner på klänningen. En tår träffas av solens strålar, den skimrar till likt en kapsel fylld med den varmaste moderskärlek.

"Edvin", viskar hon.

Värken inombords är så stark, att hon inte förmår röra på sig, när de andra lämnar grässlänten för att flytta sig till kaffebjudningen som

Sture har ordnat. När hon står kvar efter att gästerna har lämnat graven återvänder Daniel till henne. Han går långsamt fram emot henne, stannar invid hennes sida, arm mot arm står han där och tiger. Hans blotta närvaro skänker henne tröst och styrka. Ibland är närvaro bättre än alla ord. Ord är så överflödiga när de ändå bara ekar av dåligt samvete och tomma löften.

Amalia följer inte med vad som händer runt omkring henne. När alla hästar klapprat iväg utom hennes egen skjuts, tar Daniel henne försiktigt om axlarna.

"Kom Amalia, det är dags. Vi träffas här imorgon klockan två, så kan vi sörja tillsammans igen. Jag ska be vaktmästaren ställa en bänk här så kan vi sitta istället för att stå. Jag tar med mig ett par kuddar och filtar mot kylan", säger han.

Amalia bara nickar.

"Och om du glömmer bort mig och vår träff här, eller om du får förhinder, gör det ingenting. Jag sitter här i den vackra grönskan och njuter av en stunds lugn och ro medan jag ber för Edvin", fortsätter han.

Sedan leder han bestämt iväg henne mot deras skjuts. Hon vänder sig om flera gånger för att se till att hon kommer ihåg rätt.

Sedan nickar hon tacksamt mot en massa obekant folk. Hon minns inte ens hälften av dem från förr. Amalia äter inget, dricker en halv kopp kaffe och hon försöker mumla svar på deras deltagande. Hon ser ingen i ögonen. Mest av allt längtar hon bara bort. Hon vet inte vart hon längtar. Kanske längtar hon allra mest efter att inte finnas till längre, att bara få somna bort från det svarta, tomma hålet. Både från den svarta öppning som de lade ner hennes son i och det mörka tomrum som sprider sig likt en smitta i hennes inre.

När Amalia äntligen kommer sig hem, trött och sliten, ställer hon sig framför spegeln. Hon möter en mörk blick, kall och trött. Hon känner inte igen kvinnan som ser på henne i spegeln. Håret har grånat ytterligare och mungiporna pekar hårt dragna neråt. Hon drar nålarna ur håret och skakar ut det över axlarna. Hennes en gång så tjocka, fina hår är nu ett minne blott. De gråa håren gör håret mer styvt och trist. Men nu spelar hennes utseende ingen roll längre. Ingen ser ändå på mig mer än några sekunder i taget.

Amalia står och ser ut över den soliga sommarkvällen i Stockholm – totalt blind för dess vackra kontraster och hoppingivande grönska – när hon hör dörrklappen. Hon suckar tungt och irriterat när hon hör ljudet. Just nu vill hon inte se en enda levande själ. De enda personerna hon vill träffa ligger under en lind.

19
Sommar 1868

De har färdats flera veckor utan någon längre paus. Men det går långsamt. Saga har orkat väl när hon får beta gräs, men människorna är nu ändå svagare. Matransonerna är små och de hittar inget att äta i naturen.

Så en kväll kör de över ett stort vattendrag. De ser en man som sitter och fiskar, så de kör av vägen in på en äng och Eino går långsamt fram till mannen.

"Hej, är det god fångst här?", frågar han.

"Ja, riktigt bra", svarar mannen och pekar mot en hink där det simmar flera feta fiskar.

"Vi skulle behöva mat. Råkar du ha en extra krok eller ett metspö till eller något liknande?", frågar han osäkert medan han skrapar med ena foten i gräset.

"Du kan få köpa mitt spö, om du har lite pengar. Jag har flera hemma", svarar mannen och sträcker spöet mot honom.

Eino lyser upp och tar emot spöet och nickar. Han har lite pengar kvar. När de har gjort upp affären och mannen är beredd att bege sig iväg med sin fångst, inser Eino att han ska fråga var de är.

"Ursäkta, kan ni berätta för mig vad vattendraget heter och var vi riktigt är?"

"Javisst, detta är Kyro älv och ni är i en kommun som heter Östermyra. Vart är ni på väg?"

"Vi ska till Wasa, eller det gamla Wasa egentligen", svarar Eino.

"Nåväl, då har ni ungefär hundra kilometer kvar. En ganska lång väg, så det tar säkert någon dag", svarar mannen.

"Vi kommer långväga ifrån, så det låter inte alls så långt i våra öron, även om vi längtar våldsamt efter att resan ska ta slut", svarar Eino. Siri dyker nu upp invid honom.

"Goddag frun, jag berättade just för er man att ni har cirka hundra kilometer kvar på er resa", säger han och nickar lätt med huvudet mot henne.

"Tack, vänligt av er att upplysa oss om det". Hon sneglar mot Eino som blinkar med ett öga mot henne.

Mannen lufsar iväg och de går mot kärran för att spänna ifrån Saga och se till Knut innan de sätter sig ner för att fiska. Också Knut vill sitta vid stranden, så de slår sig ner på rad alla tre och turas om att hålla i spöet. Det nappar faktiskt friskt och Eino får äran att rensa fiskarna. När de har fått ihop till tio fiskar går Eino för att göra upp eld och tälja pinnar att trä fisken på.

"Gud, vad det här är gott!", utropar Knut när de sitter och äter av de glödheta fiskarna.

"Häda inte", fräser Siri och ger honom en ilsken blick.

"Nej, det är klart, förlåt! Jag blev bara så till mig över att få äta färsk, nygrillad fisk. Fantastiskt! Tänk vilken tur att vi hade lite salt att lägga i dem."

Knut mår lite bättre för varje dag som går. Han har med stort intresse iakttagit deras väg genom nästan halva landet, genom stora skogar, livliga byar och ödsliga vägar. Han ser hur Eino och Siri kommit varandra allt närmare och hur kärleken lyser ur deras ögon. Men allra mest gläds han åt hästen, att Saga ser så frisk och glad ut. Stoet rör sig numera med en mjukhet och självklarhet som han inte sett hos henne tidigare. Hästen kan lägga sig ner och rulla sig i det gröna gräset med sådan glädje, att han måste skratta åt henne när hon rullar omkring. Knut tänker inte så mycket på sig själv. Han lever och vågar hoppas att han kanske överlever trots allt. Han känner ju sig så mycket bättre. Han pratar inte om sin hälsa, men vill gärna tro på sin halvt inbillade, nyfunna friskhet.

Nästa natt när de slår läger är alla tre irriterade och gnälliga. De är så nära och hade gärna åkt ända fram, men det är helt enkelt för långt. De borde ha startat tidigare på morgonen, men istället satte de sig för att fiska och grilla fisk igen, så halva dagen gick åt till det.

Vägen är nu ganska smal och full med gropar, så de kör långsamt. Plötsligt ser de en skylt som berättar att de närmar sig Orisbergs lantbruksskola och den stora herrgården.

"Jag har hört om det där stället", säger Knut och pekar mot en slingrig väg som leder upp mot skogen på vänster sida om vägen.

"Vad är det där?", frågar Eino.

"Det är en herrgård. Alfred har berättat om den, för han och Magda har sovit här när de reste upp från Helsingfors en gång för många år sedan. Det lär vara en riktigt stor och fin herrgård med så otroligt mycket djur och verksamhet. Jag minns inte riktigt om han också nämnde att de har ett stort järnbruk där", säger Knut.

"Oj, ett järnbruk, det låter intressant. Jag har arbetat på ett sådant ett par år", svarar Eino.

"Men kanske vi kan vända in och se om vi kan stanna över natten. Jag minns att Alfred och Magda fick sova gårdens sovsalar och hjälpa till på gården som betalning."

"Vilken bra idé, jag skulle gärna vilja se en äkta herrgård", inflikar Siri.

Sagt och gjort. De vänder upp på infartsvägen och kör längs den mindre vägen genom skogen.

"Är du säker på att detta är rätt väg?", frågar Knut lite osäkert efter en stund.

"Jo, jag är säker, det är bara en bit in längs vägen", svarar Eino, så de skumpar vidare.

Efter en stund får de syn på den stora huvudbyggnaden.

"Åh, det ser ju ut som ett slott", säger Siri andäktigt.

"Jag antar du aldrig har sett ett slott?", frågar Eino och skrattar lite.

"Nej, inte riktigt. Ser de inte ut såhär?"

"Nej. I Tavastehus finns ett riktigt slott, men det ser inte så trevligt ut, det är bara stort", svarar han.

De kör långsamt in på gården, bortkomna och osäkra, men blir snart mottagna av en man som möter dem med höjd hand och ett stort leende på läpparna.

De hälsar på honom och känner sig lättade när de ser att de är välkomna.

Eino och Siri förklarar att de är på väg mot Wasa, men att de behöver ytterligare en paus längs vägen och att de blev nyfikna när de såg skylten.

"Vi har ett litet gästhus en bit bort om ni kan betala för er", säger han och pekar in mot området.

Eino och Siri utbyter en snabb blick som han hinner uppfatta och fortsätter.

"Ni kan även slå läger där borta i dungen om ni har filtar och dylikt så ni klarar er. Dessvärre har vi gott om mygg här eftersom sjön har stillastående vatten. Men det måste ni iså fall uthärda", förklarar han.

"Tack, vi slår gärna läger här", svarar Eino snabbt.

"Kan vi sedan få gå omkring här och se oss om? Jag har arbetat på ett järnbruk i mina hemtrakter i sydöstra Finland och Siri här blev väldigt intresserad av skolan", säger han.

"Javisst, jag kan gärna visa er runt. Möt mig här om en timme", svarar mannen och skyndar sedan iväg.

Uppspelta och glada kör de iväg mot dungen där de ska sova. Knut som inte blandat sig i diskussionen, eftersom den gick på finska, frågar upp allt som blev sagt.

"Åh, men jag vill också gå runt här och se mig omkring", suckar han när han får höra om planerna.

"Men då följer du med oss, punkt slut", säger Siri och daskar honom på armen.

"Men tänk om jag inte orkar eller om jag börjar hosta", muttrar han.

"Du orkar visst, du har blivit så mycket starkare, du måste bara ta tag i ditt liv nu och lära dig leva med bröstsjukan. Du kan inte lägga dig ner och dö förrän du är död", svarar hon rakt på sak.

De möter mannen på utsatt tid. Knut kunde inte stå emot, så även han följer med dem. De går först till ladugården, där mannen berättar om lantbruksskolan. På grund av alla frågor och svar, spenderar gruppen en god stund där. Sedan går de över mot järnbruket. Mannen visar dem tillverkningen i knippsmedjan och där märker de direkt att Eino vet vad han talar om, när han jämför smedjan med den han har arbetat i.

"Jag kan erbjuda er arbete här om ni är intresserad", säger mannen plötsligt.

"Men, men?", frågar Eino och ser osäker ut.

"Ja, som en av förmännen på gården har jag rätt att ta folk i arbete om jag finner sådana som vi behöver", säger han.

"Jag vet inte...", säger Eino och flackar med blicken. Han ser hastigt på Siri.

"Vi är inte gifta eller något, så du gör förstås som du vill. Du behöver inte se på mig. Jag kan bara en sak och det är att sköta om sjuka. Det måste man nästan göra på sjukhus, så om jag vill arbeta kan jag inte bo mitt ute i skogen vid ett järnbruk", säger hon och försöker tala lågt, så att inte förmannen ska höra vad hon säger.

"Vi har även en mottagning för sjuka, förstås, eftersom vi har så mycket folk i arbete här", avbryter mannen innan Eino hinner säga något.

Eino nickar dumt.

"Vi har arbetarbostäder och det finns flera lediga bostäder som bäst. Här finns allt ni behöver. Vi har till och med en egen, fin liten brukskyrka som man kan gå i om söndagarna", berättar han och pekar mot en liten, kantig kyrka.

"Åh, den var söt", säger Siri och lutar huvudet en aning.

"Men nu måste jag rusa iväg. Jag hade en ledig eftermiddag, därför hade jag tid med er. Normalt finns det ingen som tar hand om besökare så som jag nu gjorde. Men eftersom jag kände mig sysslolös, tyckte jag att jag kunde göra detta idag. Jag hoppas att ni vill ha arbete?"

"Vi måste nog tänka på saken. Och som sagt, vi är inte gifta och kan inte flytta in under samma tak sådär bara. Men det kan man förstås åtgärda lätt", svarar Eino och stöter i Siri lätt med armbågen så att en vacker rodnad sprider sig över hennes ansikte.

Knut är trött och han har inte sagt många ord eftersom de har pratat finska hela tiden. När mannen går iväg, går Knut mot kärran före de andra två, som är upptagna av varandra, fnissar och går och håller varandra i handen. Knut kryper upp i kärran, lägger sig i halmen och drar filtarna över sig. Han känner sig så urlakad och så ofattbart sorgsen. Han kan se hur alla andra lever, överlever, planerar och har ork och livslust att göra saker. Så har också han haft det så förut. Den första tiden med eget bageri var den roligaste tiden i hans liv. En tid som han nu inser aldrig kommer att komma åter. Knut försöker hålla emot tårarna, men det går inte. Han hör att Eino och Siri stiger i kärran efter en stund, men han låtsas sova, så att han inte behöver tala med dem.

Efter en lång och myggrik natt är det dags att packa ihop. De vill starta tidigt i ottan. Eino dyker upp med ett halvt bröd bakat på barkblandat mjöl och en kanna mjölk. Mjölken är nymjölkad och varm fortfarande. Smaken när de doppar det hårda brödet i sina mjölkfyllda bleckmuggar är gudomlig. Den påminner om tider med solsken, mätta magar och sorglösa dagar.

Så kör de iväg med vetskapen om att de senast i morgon är hemma hos Alfred och Magda i Runsor. För Eino och Siri betyder känslorna främst stor förväntan, medan det för Knut känns helt annorlunda. Han undrar vad de ska säga, när han återvänder och drar sjukan med sig till deras hem. Det är ju inte en odelat positiv sak. Han inser även att han inte kommer att kunna baka längre. Inte heller kommer han att vara till någon nytta på gården i sitt försvagade tillstånd. Så han blir bara en börda. Ytterligare en mun att mätta. En person som kanske även kräver vård och omsorg och på så vis orsakar mer arbete för Magda. Han vill i synnerhet inte bli omskött som en gammal gubbe av Lisbet. Fina Lisbet.

De övernattar än en gång innan de styr kosan mot de sista timmarna längs vägen innan de når Runsor. Gruppen säger inte många ord när den åker den sista sträckan. Saga är duktig och knatar på. Åtminstone hästen som han kan ge Alfred, borde bli en positiv överraskning.

Eftermiddagen är sen när de kör genom den gamla staden Wasa. Det går långsamt och Knut berättar om branden för sina vänner. Han har själv inte sett staden innan branden, så han har inget att jämföra med. Men han har hört så många historier genom åren, att han kan återge dem livfullt och målande.

De kör förbi kyrkoallén och han pekar till vänster och berättar om den vita, vackra kyrkans historia som hovrätt.

När de följer den smala grusvägen ut mot Runsor och sedan tar av på vägen mot Karlssons gård, känner han sig sprickfärdig.

"Stanna", säger han med hög röst.

"Vad, stanna här?", frågar Eino och låter förvirrad.

"Ja, bara stanna", ber han och han ser att Siri dunkar armbågen i sidan på Eino.

Knut stiger av kärran så fort han förmår och går en bit längs vägen. Han står och blickar ut över fälten där vetet växer. Han förstår att familjen lever, men han har ingen aning om vem som har överlevt denna satans vinter och han är osäker på om han vill veta. Om han orkar höra talas om någon som inte klarat sig. Och han vet heller inte hur han ska orka berätta om sitt eget öde. Han har med nöd och näppe klarat av att inse faktumet att han är sjuk.

Han sträcker ut handen och tar tag i en utblommad hundloka och drar, kastar iväg den och drar i ett grässtrå istället. Han sticker det vanemässigt i munnen när det lossnar ur bladen. Och tankarna mal. När han inte lyckas förmå sig att gå tillbaka till kärran och fortsätta färden mot gården, böjer han sig ner och stöder händerna mot knäna. Allt känns så fruktansvärt överväldigande.

Han märker inte ens när Eino går fram till honom.

"Kom Knut, det går nog bra ska du se. Vi fortsätter nu. De blir säkert så glada att se dig, det är jag säker på", viskar han samtidigt som han lägger en tröstande hand på Knuts axel.

Knut nickar. Efter en stund rätar han upp sig och går med dröjande steg tillbaka till kärran. Han hostar och spottar.

Ett par minuter senare kör de långsamt in på Karlssons gård.

* * *

Alfred står och myllar över potatisen när han ser den obekanta hästen och kärran som kör in mot deras gård. Han går först långsamt mot gården, för att snart snabba på sina steg. Han anar oråd, det är så sällan det kommer obekant främmande och för första gången är han skuldsatt och rädd inför framtiden. Alfred noterar att de stannar upp och sysslar med något på vägen. Så även han stannar upp, studerar ekipaget och rynkar på ögonbrynen. Vad i hela friden är det för konstigt pack, tänker han. När de sätter sig i rörelse igen går Alfred vidare med snabba steg.

När han kommer in på gårdstunet är det ingen ute och hästen har ännu inte nått gården. Sällan har han sett häst och kärra som kört så långsamt och han skakar på huvudet. I brist på något att sysselsätta sig med medan han inväntar främmandet, harklar han sig och spottar iväg en stor luska längs gårdsplanen samtidigt som han hissar upp byxorna.

Snart kör de in på gården och folket som sitter på kuskbocken verkar vara helt obekanta människor, så Alfred säger inget utan går bara dem långsamt till mötes. Han bröstar upp sig och sätter på sig sin mest bestämda min, så att de ska uppfatta att de har att göra med husbonden i gården. Mannen nickar mot honom, men kör vidare in på gården och svänger hästen mot uthuslängan på ett märkligt familjärt sätt. Alfred lägger upp en hand som för att hejda dem. När kärran kör förbi honom ser han att det sitter en person baktill och dinglar med benen över kanten. Det tar ett par sekunder innan han känner igen det stora grinet i mannens ansikte.

"Knut?!", utbrister Alfred och känner sig osäker. Det är Knut, men ändå inte. Mannen liknar Knut, men ser ut att vara minst tio år äldre än den Knut som åkte för ungefär ett år sedan.

"Ja Alfred", svarar mannen och hoppar av kärran. Han vacklar nästan omkull när han tar i marken och Alfred skyndar på stegen för att ta tag i honom.

"Förlåt, jag är lite svag", säger Knut förläget och håller fast i Alfreds arm.

"Herregud, hur är det med dig? Och vad glad jag är att du är hemma!", säger Alfred och han känner hur orden stockar i halsen på honom när känslorna tränger upp till ytan.

"Tack Alfred, det är så härligt att vara hemma. Kom, så ska du få träffa mina vänner."

Eino och Siri har ställt sig invid Saga och står och samtalar med låg röst. När Knut och Alfred närmar sig dem, ler de varmt.

Alfred skakar hand med dem och allra sist ser han på Saga.

"Det var ett vackert sto", ler han, alltid lika glad i hästar.

"Du får stoet av mig Alfred, hon är din", säger Knut. Glädjen och stoltheten som lyser i de trötta ögonen går inte att ta miste på.

"Får en häst av dig, nu skojar du väl. Hur skulle det ha gått till? Och vem är hästen, hur gammal är hon och varifrån kommer hon?". Frågorna bara haglar.

Innan Knut hinner svara vänder Alfred sig om.

"Maagdaa, Liiisbet!!", ropar han med hög röst.

Lisbet stiger snart ut på trappan och Magda dyker upp bakom hörnet, från trädgårdslandet. Samtidigt dyker även Elmer och Verner upp ur vedboden och Ingeborg närmar sig tillsammans med Magda, så det formligen väller in folk på gården.

"Titta vem som är här!" utropar Alfred och pekar mot Knut.

Knut ser inte alls ut att njuta så stort av den plötsliga uppmärksamheten. Han blir med ens väldigt matt och tar några steg mot kärran. Alfred ser på honom att han inte mår bra.

"Kom och sätt er för all del", säger han och tar Knut varsamt under armen och går mot bänken utanför huset. Siri och Eino följer tveksamt efter.

"Ta hand om hästen, hon behöver vatten och gräs", säger Alfred till Elmer som lydigt gör som han säger.

"Vad heter hon?", frågar han Eino i förbifarten.

"Hon är Saga", säger han på bruten svenska och Elmer ser förvånad ut.

Knut slår sig ner på bänken med de andra runt omkring.

Först blir det nästan lite pinsamt tyst. Det finns så mycket att säga, att det är svårt att hitta en början på härvan som ska redas upp.

"Är du sjuk eller har du bara svultit?", frågar Magda, hon ser oändligt sorgsen ut.

"Jag är sjuk och jag kommer att dö. Det finns ingen bot för mig för jag har lungsoten", svarar han med blicken fäst på sina händer.

När han uttalat orden reser sig Lisbet och rusar iväg in, hon smäller igen dörren bakom sig.

Knut sitter en stund och tittar på dörren, han kan inte bestämma sig för om han ska följa efter henne eller ej.

"Låt henne vara, hon måste få besinna sig i sin ensamhet", säger Magda med låg röst.

Knut bara nickar, han har svårt att låta bli att gråta. Det är svårt att tala om sin egen förestående död.

"Vi ska ta dig till sjukhuset, du ska se att de kan hjälpa dig", säger Alfred.

"Men du, berätta nu, om järnvägen, hästen, dina vänner och hur det kommer sig att ni är här nu", ber Magda.

Och Knut berättar. Han ber Siri och Eino fylla i och berätta sina egna historier och alla lyssnar andäktigt. Efter en stunds berättande börjar Knut hosta. Han fiskar upp en smutsig, fläckig duk ur fickan och hostar i den.

Magda avbryter då.

"Ni får nu gå och se på Saga en stund medan jag kokar oss lite te och så ska jag se om jag hittar lite att äta", säger hon och reser sig.

Alla vandrar iväg mot Saga, men Knut sitter kvar. Han har inte ett uns av ork kvar.

När Magda ser hans smala gestalt genom fönstret hugger till det till i hennes hjärttrakt. Lilla Knut. Ett år var han borta och nu återvänder han hem som en bruten man utan någon framtid. Det blev en dyrköpt dröm för honom, han som gjort så väl ifrån sig med eget bageri och allt.

Hon söker upp en tygbit och går sedan ut till honom.

"Kom in Knut", säger hon och tar tag i hans arm.

Han nickar bara och reser sig långsamt från bänken. Han stöder sig tungt på henne upp för trapporna.

"Kan jag bo i din fars stuga, tror du?", frågar han lågt när han satt sig vid bordet.

"Ja, det är klart att du kan. Du får även bo här inne", svarar hon.

"Nej, jag vill inte att ni ska behöva höra på mitt hostande, vara så utsatta för smittan och så vill jag gärna ha lite eget liv", viskar han medan han skakar lätt på huvudet.

"Ja, det är klart. Vi har ju de gamla här också", svarar hon.

"De gamla?"

"Ja, du vet ju förstås inte om det, men vi fann ju plötsligt min far på fattighuset. Han pratar inte, så jag vet inte alls var han har hållit hus eller så, men han är här nu. Både han och svärmor verkar vara av segt virke, men deras förstånd har blivit svagare."

"Det var värst, tänk att han plötsligt dök upp igen", säger Knut och himlar med ögonen.

Snart rumlar alla de andra in i rummet och ljudnivån blir hög. När alla bänkat sig på ett eller annat vis smyger Lisbet in i rummet. Hon ser inte mot Knut utan tittar envist ner i bordet.

"Siri och Eino planerar att de ska åka tillbaka till herrgården i Orisberg", säger Knut.

"Orisberg, där är det fint!", utropar Magda.

"Vad ska ni göra där?", frågar Alfred.

"Jag tänkte att jag ska arbeta med de sjuka och Eino är smed. Vi pratade med dem när vi var där och de erbjöd oss plats. Varken jag eller Eino har något hem som vi kan återvända till, så det känns som en bra lösning för oss. Vi måste bara gifta oss först", berättar Siri och man kan se att hon är både förväntansfull och lycklig.

"Men om det löser sig så väl för er, så förstår jag minsann ert val", ler Magda.

"Så vi har ett bröllop att ordna!", utbrister Knut och slår ihop händerna. Alla skiner upp och talar med ens i munnen på varandra.

Redan nästa dag skrider de till verket. Paret går till prästen och ansöker om lysning och de slår fast datumet för bröllopet. Prästen är först väldigt misstänksam och förhör dem noggrant om varför det är så bråttom med giftermålet. Paret berättar om sina planer och det värdefulla erbjudandet om arbete vid den stora gården och prästen blir genast mer medgörlig.

De ska få gifta sig i vackra Korsholms kyrka, vit och praktfull. Siri, som sett kyrkan på håll, skakar bestämt nekande på huvudet. Nej, hon vill inte gifta sig i något sådant som liknar ett slott mer än en kyrka.

"Finns det inte något litet bönehus eller liknande där vi kan viga oss med enbart Knut som vittne?", frågar hon upprört.

"Men varför skulle ni det, när ni kan få hålla er vigsel i vår nya, fina kyrka?", undrar Magda irriterat. Högst märkligt, tycker hon.

"Men vi är ju bara enkelt folk utan familj och vänner, så jag ser ingen orsak till att vi skulle behöva en så praktfull kyrka", försöker Siri protestera.

I slutändan är det Siri som får ge med sig.

Vigseln går av stapeln en lördag några veckor senare. Magda har lyckats klä Siri i en lite bättre klänning och Eino har lånat Knuts gamla kostym, som numera är alldeles för stor och hängig för honom själv.

När Siri och Eino skrider upp längs kyrkogången medan orgeln spelar en fin psalm, står Knut och tittar på Lisbet. Efter några sekunder känner hon hans blick och lyfter på huvudet. Deras ögon möts och ingen av dem viker undan med blicken. Knut ser hur hon nickar lätt mot honom, flera gånger. Han behöver inte höra några ord. Han förstår att hennes stadiga blick och jakande nickar betyder att hon säger ja. Däremot är han osäker på om han själv gör det, om han vill döma henne till döden eller till att tidigt bli ensam. Motvilligt flyttar de sedan blicken mot prästen och brudparet när prästen inleder sitt tal.

Magda ser på Siri där hon står. Flickan är ung, vacker och den skira buketten med sommarblommor som hon krampaktigt kramar i sina händer, avspeglar hennes oskyldiga utseende. Magdas eget bröllop och äktenskap har aldrig varit himlastormande, eller byggt på förälskelse och längtan. Däremot har det varit tryggt och lugnt. Det är inte alla kvinnor som kan säga det samma. Hon har då och då tänkt på hur det skulle ha varit att gifta sig med en man, som hon hade drömt heta drömmar om och som skulle ha gjort henne rusig av lycka och svag i benen. Men det kommer hon aldrig att få veta.

Alfred torkar diskret en tår. Han sluter ögonen och sänder en tanke till Amalia. Det är numera sällan han tänker på henne, men nu när de unga tu förenas i kärlekens namn kan han inte hejda sig. Han har inte hört från henne, eller hört av sig till henne efter hennes arga brev. Allt blev så fel, trots att de både längtat och drömt så många år. Men det är bara så, att längtan och drömmar inte är tillräckligt. För att få uppleva den varma famnen och de fumlande händerna behövs mer än tankar. Man måste våga och skapa ögonblicket. Trots att de i hans och Amalias fall har kommit förbi det ögonblicket, men ändå blev det inte så som de ville – och det är enbart hans fel.

När de inleder en psalm harklar han sig högt och försöker stämma upp i sång, men rösten bara bryts och han får svälja gång på gång. Han noterar att Magda vänder huvudet mot hans håll och sneglar lite mot honom.

Förlåt mig Magda, förlåt, jag har älskat henne hela mitt vuxna liv, men det ska du aldrig behöva grubbla på, tänker han, blinkar med ett öga mot henne och sjunger vidare.

20

Sensommar 1868

Daniel ser tvivlande ut. Amalia och han sitter på bänken och ser på gravstenen. Det har gått några veckor sedan begravningen.

"Menar du verkligen det?", frågar han medan han ser på gravstenen framför dem.

"Ja, jag tror det. Jag kommer aldrig att bli helt säker på något mer i mitt liv, den tiden har passerat mig", svarar Amalia och ögonen blir med ens glansiga.

"Ja, om det är så du vill ha det, så gör jag det naturligtvis. Men jag som känner dig så väl och känner dina umbäranden skulle helst se att du tänker om. I synnerhet eftersom jag känner er historia."

"Ja, men nu har jag tänk på det här i flera dagar och jag gör det här nu. Annars kommer jag att spendera återstoden av mitt liv framför den här gravstenen och drömma om det förgångna", viskar Amalia.

"Du har ett tungt bagage att bära, kära vän, det vet jag så väl. Men det känns så radikalt, det du nu hittat på. Jag förstår mig inte riktigt på det. Men jag är bara din vän och din präst, så jag kan bara ge råd. Du gör naturligtvis som du vill."

"Ja. Han har friat och jag har sagt ja. Eller han har friat igen, skall vi säga och nu kommer vi att gifta oss. Du får lysa för oss på söndagen, Oskar och jag kommer in imorgon och skriver under pappren och vad du nu behöver ha gjort först", svarar Amalia. Hon har haft svårt att bestämma sig och är rädd att vackla, om Daniel får fortsätta ifrågasätta hennes beslut.

"Det passar utmärkt, vi kan säga klockan två", svarar han. Men han fortsätter genast:

"Jag förstår kanske ändå ditt val att gifta dig. Om ni är två behöver du inte vara ensam. Men jag kan inte förstå ditt val att flytta. Det är ju Stockholm som är ditt hem."

"Men det är oändligt många som flyttar just nu, så det kan väl inte vara så märkligt. Säger du likadant till alla i din församling som berättar att de skall flytta till Amerika?"

"Nej, det är klart, men du är min vän. Det är inte de andra, så jag lägger mig inte så mycket i deras beslut."

Amalia reser sig, borstar av sin klänning och går fram till gravstenen. Hon böjer sig ner, klappar stenen och nyper bort ett par blommor som vissnat. Hon mumlar några ord till Edvin och skjuter bestämt ifrån sig känslorna som hotar att övermanna henne än en gång.

Lägenheten ska stå kvar. De drar lakan över möblerna och hennes bror ska se till bostaden en gång i veckan. Hon har packat flera stora koffertar fulla, biljetterna är bokade.

Nästa dag ska vigseln ske. Endast hennes bror vet om vad som pågår och han ska även vara deras vittne.

"Är du nu riktigt säker på detta?", frågar Sture henne. Hon vet inte exakt hur många gånger han har upprepat frågan.

"Nej Sture, jag är inte säker på någonting. Men nu gör jag bara det här, för jag står inte ut med att sitta i min lägenhet de följande tjugo åren och tänka på min familj som dött ifrån mig, känna mig ensam och dricka konjak tills jag somnar om kvällarna", svarar hon bitskt.

"Ja, jag förstår det, men det finns väl andra, lättare, förändringar du kan göra i ditt liv än att gifta dig med en främling och flytta till andra sidan jorden", suckar han.

"Mm, säkert, men nu har jag valt detta, kan du då inte bara försöka vara glad för min skull?", frågar hon och försöker hålla sig på mattan och uppföra sig väl.

Vigseln är snabbt överstökad. De använder kläder ur garderoben och Oskar köper en blombukett till henne på torget innan de går till kyrkan. Amalia känner ingenting där hon står som brud invid Oskars sida. Möjligen en lätt avsmak när han vänder sig mot henne och ger henne en kyss framför altaret. Hon tänker inte ens på det väntar inom den äktenskapliga ramen.

Kvällen innan de ska ta Västra stambanan ner till Göteborg, vandrar Amalia långsamt genom staden. Hon sätter sig ner i gräset framför graven, där hennes man och son vilar.

"Förlåt mig, jag lämnar er nu. Jag vet inte om jag återkommer för att hälsa på er igen. Å andra sidan hälsar heller inte ni på mig, så vi är kanske kvitt då. Jag reser nu. Om jag hamnar i havet längs vägen, ses vi väl där då, Carl. Men oberoende var jag är... för evighet och alltid kommer jag att älska er och tänka på er". Huvudet dunkar, hon lutar ner ansiktet i händerna och gråter svidande tårar.

Nästa morgon påbörjar de sin resa. Oskar är beskyddande och kvävande. Amalia är så van vid att klara sig själv och bestämma över sig själv, att hon nästan får lust att slå honom när han instruerar henne och ska ha sista ordet i allt.

Om ett par veckor ska de gå ombord på RMS Scotia som ska ta dem över den vida Atlanten ända till Amerika. På båten har de bokat första klass hytt och resan förväntas ta några veckor i anspråk. Men väl framme ska de inleda sitt nya liv utan måsten och svårigheter.

Om nätterna biter hon ihop tänderna när Oskar ligger ovanpå henne och tar ut sina äktenskapliga rättigheter. Hon har inte njutit en sekund av hans beröring. Om dagarna söker hon sig gärna för sig själv för att få återhämta sig från den kvävande tillvaron med sin make.

En av de få dagarna på Atlantens hav när det är stilla och soligt, står hon i fören på Scotia. Hon har redan tänkt mycket på Carl och hur han hamnade i vattnet, när hennes tankar nuddar vid Alfred. Det är sällan hon orkar tänka på honom numera.

"Jag har gett upp hoppet nu, Alfred. Jag har förstått att det aldrig blir du och jag. Att det aldrig var meningen att bli du och jag. Jag ska försöka att aldrig mer tänka på dig och jag försöker tänka framåt nu, på ett liv med min man, i ett nytt land och med nytt liv, ett liv utan barn. Man säger visst att hoppet är det sista som överger människan. Men nu har jag gett upp hoppet om att det skall bli du och jag", viskar hon, trygg i förvissningen om att ljudet från hjulångaren dränker hennes ord. Hon torkar snabbt en tår, men vartefter hon sveper bort sorgens pärlor väller det fram nya. Hon som borde vara glad och förväntansfull över det nya livet.

* * *

Ett par dagar efter bröllopet i gamla Wasa, kör ett ekipage från gården. Alfred kör, hästen Fjalar drar och Knut, Siri och Eino sitter i kärran.

Först styr de till lasarettet, där Knut stiger av. Innan han lämnar Eino och Siri tar han ett ömt farväl av de kära vännerna.

"Tusen tack, ni gav mig livet åter. Utan er hade jag varit död och det hade säkert även Saga varit", viskar han och håller dem i händerna. Han snörvlar och tårarna rinner.

"Älskade vän, vi ses väl snart igen", viskar Siri och sedan tystnar hon för hon börjar storgråta.

Både Eino och Knut nickar och försöker le mitt i den känslofyllda stunden.

Ingen av ungdomarna kan förmå sig att avbryta sitt långsamma farväl, så Alfred måste ingripa.

"Jaja, nu får det vara nog. Ni träffas i höst igen, eller senast till jul när Siri och Eino besöker oss för att fira högtiden", säger han och försöker låta käck.

Han går runt kärran, stöder Knut upp för trappan och klappar honom kamratligt på axeln.

"Vi ses vännen, jag kommer in via och hälsar på snart", säger han samtidigt.

Knut dröjer lite i dörren innan han stiger in och skjuter igen den. När han går in stålsätter han sig för att orka möta läkaren och höra hans dom. Han vet redan vad svaret kommer att bli, men han har lovat Alfred och Magda att han ska försöka.

Alfred kör Siri och Eino till Orisberg. De sitter mest tysta i kärran och det unga paret viskar lite då och då under resans gång på finskan han inte förstår.

Alfred övernattar på herrgården. Han går ett långsamt varv kring ägorna och stannar invid sjöstranden. Det är så vackert att det värker och han känner hur intresserade och engagerade alla på gården är. Han kan därför inte låta bli att avundas det unga paret som får bli kvar där och påbörja sitt nya, gemensamma liv.

Han känner sig redan gammal och trött, i synnerhet efter den långa, hungriga vintern. Kroppen har magrat påtagligt, håret har glesnat och han har tappat ett par tänder. Men så är han redan trettiosex år, alltså ingen ungdom längre.

När Alfred återvänder hem, känns det nästan som om han hade drömt och att de unga aldrig varit där. Allt är som förr, ja, förutom att han nu har Saga. Han har redan fäst sig vid stoet. Hästen har ett lugnt och tålmodigt temperament och älskar att bli struken och klappad. Hon går bakom honom i hagen tills han stannar och tar sig tid med henne. Hon buffar vänligt, men bestämt på honom med nosen om han försöker låtsas strunta i henne. Om han bara visste hur gammal hon är. Han uppskattar att stoet är kring fem, sex år med tanke på tändernas skick. Alfred har redan bestämt sig för att betäcka Saga med Fjalar, så att de får ett föl till följande vår. Om han inte behöver unghästen själv, kan han säkert sälja den. Fjalar är nyfiken och glad. Det blir knappast några problem att få hästarna parade, kan han konstatera när han ser hur hans trotjänare uppför sig när Saga är i närheten.

Alfred och Magda besöker Knut. Han är intagen på sjukhuset, men läkaren har inte gett honom något gott hopp. Vårdarna försöker behandla honom för att åtminstone få honom lite starkare för stunden, men någon bot har de inte.

"De säger att jag kanske kunde få hjälp om jag hade råd att åka ner till Europa, till exempel till Tyskland. Där finns goda sanatorier. Men i Finland finns det inget som hjälper mig, eller oss lungsjuka", berättar han.

"Men gör de allt de kan här?", frågar Magda och låter anklagande. Hon stryker honom tafatt över håret.

"Jodå, kära Magda, absolut. Säger doktorn att det är så här, då tror jag honom. Tyvärr", svarar Knut med nedslagen röst.

När de lämnar honom hör de fortfarande hans hosta när de stängt ytterdörren. Ingen av dem säger något.

Den kvällen sitter de tillsammans på en gammal, grå bänk bakom uthuset. Solen är på väg att gå ner i väster och de sista strålarna är varmt gulröda. Myggen är få, så de får sitta ifred. Paret ser ut över fälten som har antagit en ljust gul färg och axen är mogna. Allt ser ut som det ska, för tillfället i alla fall.

Plötsligt tar Alfred Magdas hand i sin. Hon ser inte på honom. Det är så ovanligt att han tar henne i handen på det viset, att hon nästan blir rädd för vad som skall komma. Hon vågar inte se upp på honom, utan hon sitter med klappande hjärta och väntar på att han ska säga något.

Men han är bara tyst en god stund. Sedan bryter han tystnaden.

"Det är en vacker kväll Magda, nästan lika vacker som du, men inte riktigt", säger han med låg röst.

Magda blir så tagen på sängen att hon fnissar till.

"Absolut Alfred, absolut", svarar hon och glömmer med ens bort att vara osäker.

"Vi måste komma ihåg denna vackra kväll sedan när vintern tränger sig på. Det är dessa ögonblick som är livet, att dela stunden med den man älskar, en ljummen, solig sommarkväll med mätt mage och utförda sysslor."

"Du har så rätt Alfred, det är bäst att få vara hemma. Men för mig är det du som är hemma, alltid du, inte ett ställe", svarar hon.

"Vi har det bra här med barnen, de gamla och djuren. Det är länge sedan vi valde att dela våra liv som man och hustru. Jag vet att det inte alltid varit lätt för oss, men det är väl inte det för någon annan heller. Men du skall veta att jag inte har ångrat mig."

"Tack Alfred! Jag är glad att du säger så, för jag har varit osäker ibland. Jag har undrat om du hellre önskat att du delade bädd med någon annan. Det blev ju vi enbart på grund av min olycka", svarar hon.

"Ja, vi hade en ovanlig start på vårt gemensamma liv, men jag har aldrig önskat mig någon annan", ljuger Alfred och han känner hur det hettar i kinderna. Han viskar ett ljudlöst förlåt till Amalia i sina tankar. Han kommer aldrig att glömma.

* * *

När sommaren går mot sitt slut tar de in skörden. Till husfolkets glädje är den torr, fin och lyckad.

De gräftar upp potatis, plockar bär och blad så mycket de bara hinner. Det ser bra ut inför vintern och Magda är övertygad om att de skall klara av att föda alla denna gång.

Magda tar med sig Lisbet överallt. Hon skall lära sig allt det hon behöver veta inför sin egen framtid och den stund när hon själv skall börja styra över en gård.

"Jag hann inte lära mig något av min egen mor, eftersom jag bara var ett litet barn när hon dog. Men jag hade tur som istället fick lära mig av min syster och min svärmor. Det är ingen självklarhet i livet att man har nära och kära, så du skall komma ihåg att ta hand om dem du har", säger hon till Lisbet medan de sitter i lingonriset en ljummen kväll i slutet av augusti.

"Ja, mor. Det har jag också tänkt på själv eftersom även jag har mist min mor. Hur lyckligt lottad jag är som fick dig istället. Jag har nog aldrig tänkt på dig som någon annan än som min mor. Trots att du egentligen är min moster."

Magda nickar.

"Skönt att höra att jag har lyckats, för jag har verkligen försökt."

"Men ganska märkligt att far gifte sig med bägge systrarna. Hur blev det egentligen så?", frågar Lisbet plötsligt.

Magda fryser inombords.

"Du måste fråga din far om hans känslor. Men för min egen del kan jag säga, att jag har fått vara lycklig tillsammans med honom och att han har tagit så väl hand om oss alla", svarar Magda för att avbryta den nyfikna flickans frågor och tankar.

"Jag undrar om vi kan få tag på lite socker så att vi kunde koka lite lingonsylt också", säger hon sedan, reser sig ur riset och flyttar några meter bort för att plocka vidare.

När de är klara, sätter de sig utanför storstugan och rensar bären. Ingeborg kommer ut och hjälper till.

Magda sitter och iakttar halvsystrarna som inte delar något blod alls, även om de själva inte är medvetna om det. De är vackra och kloka båda två och hon hoppas innerligt att livet skall skänka dem lycka och välgång.

Hon ser hur Lisbets händer stannar upp. Hon vänder på huvudet och ser mot den lilla stugan. De kan höra hur Knut hostar bakom den stängda dörren. När han fortsätter att hosta, sänker Lisbet händerna i famnen och riktar blicken nedåt.

Alfred kommer ut ur stallet, med sig har han Elmer och Verner. Pojkarna pratar högljutt och argumenterar om något som de tydligen är oense om. Alfred tiger och lägger sig inte i. Magda ser hur Verner lägger krokben för Elmer och fäller honom till marken. Pojken faller tungt och slår sig. Verner ger ytterligare honom en lätt spark i sidan.

"Du har fel, du är ett missfoster", skriker pojken med sin gälla röst innan han lägger benen på ryggen och springer in mellan husen.

Alfred försöker hinna få tag i honom innan han försvinner, men han är inte snabb nog för pojken.

Magda känner den vanliga oron. Hon ser hur barnet, sonen till hennes våldsman, kokar över för små bagateller. Hur han tar till våld och hur han inte kan acceptera och respektera andras åsikter. Och hon är rädd. Tänk om han är allt för faderslik. Om inte ens Alfreds goda uppfostran och goda uppförande har lett in pojken på de rätta vägarna. Om blodsarvet är för starkt.

Alfred hjälper upp Elmer på fötterna igen och börjar borsta av honom, när pojken föser undan fadern.

"Han är en jävel den ungen", skriker Elmer och rusar in i huset.

Alfred ger Magda en lång och mörk blick.

Hennes hjärta värker.

Efterord och faktarutor

Så även den tredje delen i Runsorserien klar. Den är efterlängtad av många och jag är oändligt tacksam för att ni, kära läsare, uppskattar böckerna!

Det ligger en hel del idogt, tungt arbete bakom böckerna i form av faktaläsning och tangenthamrande, men även mycket glädje och kärlek. Jag skulle inte skriva böckerna om det inte vore roligt. Jag får använda min rastlösa hjärna och fritt dikta ihop historier – delvis baserade på fakta så långt jag förmår.

Med det sagt ber jag er, även i fråga om denna bok, att komma ihåg att ni håller prosa i er hand och att boken skall läsas som sådan. Det är inte en fakta- eller en historiebok. Så om läsaren hittar några fel och brister, kan det hända att jag brustit i kunskap, eller helt enkelt valt en annan väg för att boken skulle bli bättre. Målet är att boken skall kännas autentisk och passa tidseran, men inte så till den grad att den blir trist och tung att läsa. Det är viktigt för mig att texten är lätt att läsa och fri från krångliga gamla formuleringar.

Jag vill tacka alla runt om mig som på ett eller annat sätt har bidragit till bokens tillkomst. I synnerhet min kära make, Mikael, hjälper mig både osjälviskt och självklart i både hushållet och idébollandet.

Jag är oändligt tacksam till alla som på något sätt bidrar till att jag kan skriva, men även till allas om hjälper till att sprida böckerna genom att tala om dem. Läsare, bloggare, Instagrammare, bibliotekarier och försäljare, för att nämna några. Ni är många och ni är alla lika uppskattade!

Inte minst vill jag tacka Svenska kulturfonden och Svensk-Österbottniska samfundet r.f. för beviljade medel.

NÖDÅREN 1867 – 1868

De kallas bland annat nödåren, missväxtåren och ett satans år. Och det var kallt. Snön låg kvar länge, bönderna kunde inte så före midsommar och maten var slut. När hösten kom kunde bönderna inte skörda eftersom sådden skedde så sent och på sensommaren tog en tidig frost största delen av skördarna. Vasa var en av de städer i Finland som drabbades allra värst.

Myndigheterna reagerade sent och mathjälpen blev allt för liten. Folket svalt, sjukdomar härjade och vargflockar strök i runt byarna. De svältande människorna gick längs med vägarna för att försöka tigga till sig mat.

Antalet avlidna under åren varierar i litteraturen. Siffrorna rör sig mellan 150 000 och 270 000 människor. De lärda tvistar om orsaken till de många avlidna, om det var svälten eller sjukdomarna, så som tyfus och lungsot, som orsakade dödsfallen.

De ihjälfrusna människorna längs med vägarna slängdes till exempel bakom murarna vid gravgårdarna.

Vid Kapellbackens gravgård i Gamla Vasa har föreningen "Pohjanmaan historiallinen seura" (fritt översatt: Österbottens historiska sällskap) rest ett kors till minne av de personer som lagts i massgravarna.

Äldre personer från bygden har berättat hur man länge kunde finna kvarlevor efter personerna, som lämnades bakom muren precis vid stället där korset har rests. Och för övrigt samma plats där Magda och Alfred lägger liket de fann.

Foto: Privat arkiv: Pohjanmaan historiallinen seuras kors vid Kapellbackens gravgård i Korsholms kommun.

SKELETTBANAN

Järnvägsarbetet mellan Riihimäki och Sankt Petersburg var det största enskilda nödhjälpsprojektet i Finland. Den kallas bland annat skelettbanan, hungersbanan och benbanan eftersom så många arbetare dog och begravdes under rälsen. Det saknas omkring tjugotusen personer efter satsningen som till största delen tros ligga under banan. Även om en del säkert fann sin framtid i Ryssland. Det fanns ingen mat, människorna var utsvultna, sjukdomar härjade och deras redskap och kläder var mycket torftiga. Skelettbanan är i bruk än i dag, numera som rutt för snabbtåget Allegro, som är i trafik mellan Helsingfors och Sankt Petersburg.

Som författare kan jag passa på att inflika, att jag inte har någon som helst insikt i om arbetsledarna var så grymma som de framstår i denna bok. Jag har tagit mig friheten att skriva prosa.

FATTIGAUKTION

Både barn och gamla fattighjon såldes på auktion till lägst bjudande. Staden eller kommunen skulle betala den överenskomna summan till den som ropade in personen. Den som ropade in barnen förband sig till löftet att barnen skulle lära sig läsa samt få vård, mat och kläder. Medan barnen i själva verket oftast arbetade som slavar medan de svalt.

Det finns mängder med material att läsa om nödåren. Jag har haft god behållning av bland andra följande källor:

- Hufvudstadsbladets öppna artikelserie "Hungersnöden 150 år" 23.9.2017, 7.10.2017, 1.10.2017
- Nykarleby stads historia. Del II, 1810 – 1875
- Vasa Stads historia IV, 1852 – 1917
- Svenska Österbottens historia III
- Vasabladets artikel "Missväxt och tyfus spred skräck", 24.9.2017
- Samt mängder med artiklar och andra källor på Internet.

Solf den 15.10.2019

Mikaela Nykvist